DETETIVES DO SOBRENATURAL

contos fantásticos de mistério

DETETIVES DO SOBRENATURAL

contos fantásticos de mistério

BRAULIO TAVARES
seleção e apresentação

ROMERO CAVALCANTI
ilustrações

Tradução de Braulio Tavares,
Fábio Fernandes, Pedro Ribeiro e
Michele de Aguiar Vartuli

Casa da Palavra

NEIL GAIMAN • L. T. MEADE e ROBERT EUSTACE • MELVILLE DAVISSON POST • BRIAN LUMLEY • W. H. HODGSON • GREG EGAN
MANLY WADE WELLMAN • E. e H. HERON • DION FORTUNE • ROBERT E. HOWARD • ARTHUR MACHEN • J. G. BALLARD

Este livro foi revisado segundo o novo Acordo Ortográfico da Língua Portuguesa.

Copidesque
Martha Lopes

Revisão
Bruno Fiuza

Capa
Raquel Matsushita

Ilustrações
Romero Cavalcanti

Diagramação
Abreu's System

A tradução do conto *Um estudo em esmeralda* foi gentilmente cedida pela editora Conrad.

CIP-BRASIL. CATALOGAÇÃO-NA-FONTE
SINDICATO NACIONAL DOS EDITORES DE LIVROS, RJ

D492

Detetives do sobrenatural: contos fantásticos de mistério / Neil Gaiman... [et al.]; ilustração Romero Cavalcanti; tradução Bráulio Tavares, Fábio Fernandes, Pedro Ribeiro. – 1. ed. – Rio de Janeiro: Casa da Palavra, 2014.
256 p.: il.; 23 cm.

Tradução de: A study in emerald
Inclui bibliografia
ISBN 978-85-7734-494-9

1. Conto de terror. 2. Ficção inglesa. I. Gaiman, Neil. II. Cavalcanti, Romero. III. Tavares, Braulio. IV. Fernandes, Fábio. V. Ribeiro, Pedro. VI. Título.

14-15260 CDD: 823
CDU: 821.111-3

CASA DA PALAVRA PRODUÇÃO EDITORIAL
Av. Calógeras, 6, 1001 – Rio de Janeiro – RJ – 20030-070
21.2222 3167 21.2224 7461
divulga@casadapalavra.com.br
www.casadapalavra.com.br

Sumário

Prefácio: Entre a razão e o oculto | *Braulio Tavares* 7

O guardião da porta | *L. T. Meade e Robert Eustace* 15

O anjo do Senhor | *Melville Davisson Post* 34

O cavalo do mundo invisível | *William Hope Hodgson* 51

A pedra do viking | *Brian Lumley* 76

A história de Baelbrow | *E. e H. Heron* 92

O mastim da morte | *Dion Fortune* 108

A coisa no telhado | *Robert E. Howard* 125

A ceia silenciosa | *Manly Wade Wellman* 138

A pirâmide reluzente | *Arthur Machen* 153

O Da Vinci desaparecido | *J. G. Ballard* 178

A carícia | *Greg Egan* 200

Um estudo em esmeralda | *Neil Gaiman* 231

Bibliografia 254

PREFÁCIO

Entre a razão e o oculto

Braulio Tavares

O título deste livro, *Detetives do sobrenatural*, é um pouco melodramático, mas não precisa ser levado muito ao pé da letra, pois o importante é a dualidade que contém – o cientista investigando um fato espiritual; o policial querendo algemar um fantasma; o homem racional em crise, sem conseguir verbalizar sua colisão com o Estranho.

A busca do detetive particular pela verdade é mais universal do que a da polícia. Policiais são funcionários públicos, que tanto poderiam decifrar mistérios quanto apagar incêndios ou administrar o trânsito, ao passo que o detetive particular faz o que faz por talento selvagem e amor à arte. Eram assim os detetives da Era de Ouro do conto policial: o Sherlock Holmes de Conan Doyle, influenciado pelo Chevalier Dupin de Edgar Allan Poe, mas por sua vez deflagrando uma reação em cadeia, que incluiu dândis intelectuais como o Philo Vance de S. S. Van Dine e o Ellery Queen do autor homônimo.

Quando um detetive nesse modelo (racionalista, analítico, cético, preparado para tudo) se defronta com um crime cometido de modo cerebral, o conto ou romance policial vira uma espécie de jogo de xadrez. Mas o que acontece quando um detetive assim encara algo que não é produto da inteligência humana? De que modo um investigador que fuma cachimbo e toca violino conseguirá desarmar o Oculto, o Sobrenatural, o Que-Não-Existe?

Alguns detetives desta antologia têm esse perfil clássico. Para mim, o mais sherlockiano de todos é o Carnacki, de W. H. Hodgson. No entanto, há também protagonistas que são somente testemunhas dos fatos, sem terem sido contratados para resolver um problema. São meros narradores, mas o fato de conhecerem os envolvidos e de certo modo terem acompanhado os acontecimentos os leva a fazerem suas próprias investigações e a proporem suas próprias hipóteses para os fatos inexplicáveis que se deram.

Nesta antologia há contos em que não figuram detetives profissionais, contos em que não há a presença do sobrenatural ou do fantástico e ainda contos talvez sem a presença de ambos os elementos. Um antologista, no entanto, não é um farmacêutico, que precisa seguir uma fórmula em termos de ingredientes e porções. Ele se parece mais com um criador de ideogramas, querendo registrar uma ideia abstrata por meio da justaposição de elementos concretos. Em linguística, há o clássico exemplo do ideograma oriental, em que o conceito da cor vermelha é indicado pela justaposição de quatro ideogramas menores: "rosa", "cereja", "ferrugem" e "flamingo". Vistos em conjunto, transmitem a ideia do "vermelho", comum aos quatro. Assim, todos os contos aqui, cada um à sua maneira, produzem ressonâncias desse tipo e todos registram a superposição entre a investigação detetivesca e o mundo sobrenatural.

A lógica da magia

Na literatura, o mundo sobrenatural tem características do mundo real, e uma delas é o fato de que o sobrenatural tem leis, tem lógica, tem regularidade. O sobrenatural não é aleatório; funciona de acordo com suas próprias regras, que, mesmo diferentes das do mundo material, são regras que não mudam. Regras que podem ser conhecidas, estudadas e usadas em proveito de quem as estuda.

Jorge Luis Borges disse no famoso ensaio "A arte narrativa e a magia" (1932): "[A] magia é a coroação ou o pesadelo da causalidade, e não sua contradição. O milagre não é menos forasteiro nesse universo do que no dos astrônomos. Ele é regido por todas as leis naturais, e por outras, imaginárias." O sobrenatural não é um caos, pelo contrário: nele tudo acontece de acordo com um plano. São esse plano e essas leis que os "detetives do sobrenatural" procuram entender. O que acontece naquela casa assombrada? É a volta do espírito de uma pessoa morta? A manifestação mental de uma pessoa viva? A presença de forças naturais não vivas, como um tufão ou um terremoto? Seja o que for (e as histórias deste livro oferecem uma boa variedade de respostas), é algo que pode ser compreendido e controlado.

Quando um detetive enfrenta o Oculto, o Estranho, ele usa em primeiro lugar as mesmas armas dos detetives clássicos da literatura: a capacidade de observação, o olho atento para detalhes, o conhecimento da natureza humana, a intuição que o leva a perceber, num emaranhado de pistas, quais podem ser descartadas desde logo e quais merecem investigação mais atenta, e assim por diante. O processo básico é o mesmo, seja para descobrir quem matou a tiros o dono da casa ou quem está se manifestando de forma imaterial dentro dela. (Todo vaivém de hesitações e hipóteses que constitui o trabalho mental do detetive é bem reconstituído por Dyson, de Arthur Machen, no final do conto "A pirâmide reluzente".) E há muitos exemplos (alguns deles incluídos aqui) em que a investigação do Oculto acaba revelando apenas a ação humana de seres humanos, disfarçada de "assombração" para desviar a atenção dos investigadores.

Existe uma agradável simetria no fato de o sobrenatural obedecer a leis tão claras quanto as do mundo natural; esse agrado é maior para mentes mais organizadas, com tendência a um certo cartesianismo. Poderíamos imaginar, inclusive, que a oposição fundamental do Universo não se dá entre o mundo material e o mundo espiritual. Há uma possibilidade de que o mundo obedeça a uma ordem qualquer: se é uma ordem puramente material ou tem um lado espiritual é uma questão posterior. Porque o que há do lado oposto é a possibilidade de que não haja ordem alguma, de que tanto um quanto o outro sejam incoerentes, desordenados, aleatórios. O maior perigo do mundo não é a existência do mal, mas a inexistência de significado. Porque, se nada faz sentido, então nada vale a pena, e é melhor nem existirmos.

Ficção de época

Grande parte dessas histórias (e do corpo principal desse gênero literário) foi produzida nas últimas décadas do século 19 e nas primeiras do século 20. Era uma época em que muitas áreas do sobrenatural e do Oculto estavam começando a ser investigadas cientificamente e passavam a ser levadas a sério por cientistas sérios, pelo menos como hipótese inicial de pesquisa.

Em 1882, foi fundada em Londres a Sociedade de Pesquisas Psíquicas (Society for Psychical Research), reunindo cientistas respeitáveis da época para investigar fenômenos paranormais, a qual chegou a ter entre seus presidentes o psicólogo William James e o filósofo Henri Bergson. Os estudos de Jean-Martin Charcot (1825-1893) sobre histeria abriram caminho para a neurologia moderna e a psicanálise de Freud; em sua própria época, deram a muitos investigadores a sensação de que era possível descobrir, em muitas das supostas manifestações sobrenaturais, uma agência puramente humana, capaz de ser detectada por métodos científicos.

O mesmerismo, o hipnotismo, o espiritismo, os casos de múltipla personalidade: tudo isso era um terreno disputado entre os partidários das explicações sobrenaturais e os cientistas de índole materialista.

O debate sobre esses temas, principalmente na Europa, alimentou uma discussão pública em que fenômenos estranhos eram checados, alternadamente, por meio de hipóteses materialistas (de cunho psicológico) e hipóteses espirituais. E a literatura popular – com sua permanente atração pelo melodrama, a aventura, as peripécias extraordinárias – respondeu a isso com a produção de centenas de romances e contos sobre os detetives do Oculto.

Cabe aqui uma observação: é curioso que Conan Doyle não tenha produzido (ao que eu saiba) nenhuma história nesse subgênero. Ele criou o mais famoso detetive de todos os tempos, Sherlock Holmes, e foi um investigador entusiasmado (embora um tanto ingênuo e crédulo) de fenômenos extraordinários, desde a mediunidade espírita até a existência de fadas. Não me lembro de nenhum momento de sua vasta obra em que Doyle tenha reunido esses dois universos. Há alguns contos de Holmes em que, à primeira vista, parece que somente uma hipótese fantástica ou sobrenatural conseguirá explicar os fatos estranhos com que o detetive se depara ("O vampiro de Sussex", "A juba do leão", "O pé do diabo", "A cara amarela" etc.), mas no final tudo volta à fórmula básica do personagem: explicações naturais para fenômenos naturais.

Muitas histórias de detetives do sobrenatural acabam resultando em demonstrações (puramente literárias, é claro) de que o sobrenatural não existe. O que no início da história nos parece um evento espantoso, ao qual só cabe uma explicação "do outro mundo", finda sendo solucionado por uma mistura de maquiavelismo (da parte de um criminoso ou vilão), tecnologia, autossugestão. Essa tradição talvez nos venha desde os romances góticos de Ann Radcliffe (1764-1823), principalmente *Os mistérios de Udolfo* (1794), em que numerosas manifestações do Além não passam de efeitos especiais produzidos artificialmente.

Radcliffe pode ser vista como a inspiradora de uma corrente *dark* e melodramática do romance policial, cujo principal expoente é John Dickson Carr (ou "Carter Dickson"), que obedece à fórmula simples de "mistério aparentemente sobrenatural/ explicação material". Carr tornou-se o mestre do "crime impossível", que parece que somente uma intervenção do sobrenatural poderia tê-lo produzido, mas o autor sempre traz tudo de volta para o realismo.

Temos que lembrar também que, desde o século 18, as tecnologias cênicas do teatro e da ópera (para não falar dos espetáculos de circo) já desenvolviam efeitos especiais que ainda hoje nos espantam. Efeitos de luz e sombra, espelhos e falsos espelhos, alçapões, passagens secretas, móveis ou cenários com fundo falso, uso de roldanas e guindastes disfarçados, projetores, ilusões de ótica, jogos de perspectiva: tudo que podia produzir uma ilusão de realidade no palco de um teatro poderia, em tese, ser utilizado num romance para que um personagem produzisse uma ilusão equivalente sobre outros.

Ciência e magia

Arthur C. Clarke, um dos autores de ficção científica com formação mais sólida em ciência, afirmou certa vez que qualquer forma de ciência suficientemente avançada seria indistinguível da magia. Uma pessoa desinformada vê algo extraordinário acontecer diante dos seus olhos e chama isso de magia ou milagre, mas alguém com mais conhecimento percebe que tudo não passa de uma utilização inteligente das leis da matéria. O rádio, a TV, um simples isqueiro podem parecer magia aos olhos de alguém que nunca teve contato com a civilização.

Nas histórias dos detetives do sobrenatural vemos o esforço de indivíduos que, diante de fatos espantosos e inexplicáveis, insistem em afirmar que eles têm causas que podem ser descobertas e que, muitas vezes, nada têm de espiritual. São forças da matéria, agindo de acordo com leis ainda desconhecidas, e que podem ser investigadas. Como já foi dito, mesmo o mundo sobrenatural não é um mundo caótico; ele tem traços constantes que podem ser observados e inferidos.

Isso faz com que um detetive como o Carnacki de William H. Hodgson procure armar-se de apetrechos tecnológicos (câmera fotográfica, gravador etc.) junto aos seus recursos ocultistas. A crítica já identificou a influência que ele teve sobre H. P. Lovecraft, por meio da menção indireta, de passagem, a livros e rituais sobre os quais ele dá poucas informações, mas que aludem a um universo de informações inquietante e misterioso. Carnacki recorre a uma intrincada e semioculta mitologia de rituais, inscrições, invocações mágicas, que o ajudam a lidar com o sobrenatural: "o manuscrito Sigsand", "o Pentáculo Elétrico", "o ritual Saaamaaa", "o encantamento de Raaaee" etc., sugerindo um panteão obscuro de criaturas e forças astrais. Lovecraft, em seu clássico ensaio "O horror sobrenatural na literatura", afirmou sobre Hodgson:

Poucos são capazes de igualá-lo na arte de sugerir a proximidade de forças sem-nome e de monstruosas e ameaçadoras entidades, através de sugestões casuais e detalhes insignificantes, ou em provocar a sensação do espectral e do anormal em conjunção com regiões ou edifícios.

Esses detetives concentram em suas histórias a "indecisão todoroviana", formulada por Tzvetan Todorov em sua *Introdução à literatura fantástica*: a narrativa fantástica é aquela em que há uma indefinição constante entre a possibilidade de uma explicação material e uma explicação sobrenatural para os fatos relatados. Os casos que Carnacki desvenda são, em proporção igual, histórias de influências sobrenaturais (Hodgson descreve muitíssimo bem esses confrontos com forças titânicas, malignas, inexplicáveis) e histórias de espertalhões ou gângsteres fingindo a presença de fantasmas numa casa para alcançar seus objetivos.

Detetives de hoje

Os autores mais recentes desta antologia ilustram diferentes tratamentos que o tema tem recebido nas últimas décadas. A atualidade e a capacidade de renovação do tema se demonstram por meio do sucesso de séries cinematográficas (*Ghostbusters* ou *Os caça-fantasmas*, em português) ou televisivas (*Arquivo X*).

No conto de J. G. Ballard, a presença do sobrenatural é rastreada através de obras de arte. Em vez de casas mal-assombradas, o que temos são quadros mal-assombrados, revelando, para quem tiver "olho clínico", interferências insólitas no mundo real, no passado, que estavam à vista de todos mas não haviam sido percebidas. O conto faz parte de uma longa série de histórias em que Ballard reflete sobre temas como realidade e simulacro, bem como o papel da arte no mundo futuro. Sua obra é uma das poucas, na ficção científica, em que a arte e os artistas ocupam uma posição central. E o modo personalista e pouco convencional com que ele emprega os clichês da ficção científica dá aos seus contos uma imprevisibilidade constante.

No conto de Greg Egan, tanto o detetive quanto a criatura aparentemente sobrenatural surgem no contexto de uma ciência futurista, altamente especulativa, mas não impossível. Um dos talentos de Egan é o de, num único parágrafo, tornar plausível uma tecnologia futurista das mais bizarras e rebuscadas;

ele a explica tão logicamente que ela parece quase inevitável. Porém, mais do que na ciência, é na arte (como no conto de Ballard) que ele vai buscar sua matéria. O que será a arte do futuro? Que tecnologias e que fortunas terá ao seu dispor? De que sofismas conceituais se valerá para zerar o jogo? Que efeitos alguém irá considerar artísticos no futuro? Ao contrário da ciência, que tem certa tendência centrípeta de se organizar em padrões de coerência, a arte parece ser um universo gasoso, expansivo, turbilhonante. E se o objetivo final, escatológico, apocalíptico da ciência fosse materializar todas as coisas imaginadas pela arte?

Neil Gaiman, no seu conto premiado "Um estudo em esmeralda" (ganhador do Prêmio Hugo e do Prêmio Locus), faz uma das paródias mais divertidas, em tempos recentes, do cânone sherlockiano, misturando-o ao cânone de H. P. Lovecraft. A sua Inglaterra, onde existe um pacto entre a rainha Vitória e o alienígena Cthulhu, é uma síntese divertida e cheia de surpresas desses dois universos literários aparentemente incompatíveis – o detetivesco e o sobrenatural.

"A carícia" é um conto de investigação policial em que, à maneira moderna (e ao contrário da tradição de detetives como Carnacki, Dr. Taverner etc.), o detetive não é alguém intocado pela história; pelo contrário, deixa-se envolver por ela. O detetive tradicional seguia uma fórmula que Raymond Chandler tentou sintetizar assim, numa carta de 1949 a James Sandoe:

> O detetive existe inteiro e completo e intocado por tudo que acontece; ele está, na qualidade de detetive, do lado de fora da história e acima dela. É por isso que ele nunca conquista a garota, nunca se casa, nunca tem uma vida pessoal de verdade, exceto na medida em que precisa comer, dormir e ter um lugar onde guardar suas roupas.

Por maior que seja a grandeza de Philip Marlowe (o detetive criado por Chandler), os detetives de hoje são personagens tão vulneráveis aos acontecimentos da história como qualquer um dos demais. E, tanto quanto o detetive, os personagens clichê do sobrenatural têm mudado: o mesmerista, o médium, o sensitivo, o rabdomante, o hipnotizador, o aplicador de mãos, o clarividente, todas essas atividades recebem novos rótulos, novas definições, e se organizam de uma maneira diferente. Os físicos do começo do século 21 acham que o mundo material é em última análise ambivalente, contraditório, instável; e os investigadores do mundo sobrenatural dizem a mesma coisa sobre o que pesquisam. Não é impossível que os dois mundos sejam um só. E é necessário um grupo de investigadores que parta na frente a dez quilômetros por hora, enquanto o outro fica atrás, confirmando tudo e tirando a prova, mesmo que só avance um metro por dia.

Nada parece mais dispensável, em qualquer trabalho de compilação, do que os rotineiros protestos do autor garantindo que "não quis esgotar o assunto". Minha intenção foi encontrar um equilíbrio entre os detetives do Oculto tradicionais e alguns exemplares recentes (e diferentes) do gênero, representados aqui pelos contos de Egan e Ballard. Alguns contos desta antologia estavam em domínio público, e da longa lista inicial muitos deixaram de ser incluídos pela impossibilidade de se liberar ou negociar os direitos com os agentes desses autores. Somente por isso estão ausentes desta antologia detetives como John Silence (de Algernon Blackwood), Jules de Grandin (de Seabury Quinn), Lord Darcy (de Randall Garrett), Solar Pons (de August Derleth), entre outros.

O leitor que quiser se aprofundar nesse tema poderá consultar, além dos livros indicados na Bibliografia, websites como *A Guide to Supernatural Fiction* (http://homepages.pavilion.co.uk/users/tartarus/database.htm, consultado em 24/3/2014), e a lista de detetives do Oculto, por ordem cronológica, compilada por Tim Prasil (http://timprasil.wordpress.com/a-chronological-bibliography-of-early-occult-detectives/, consultado em 24/3/2014).

O guardião da porta

L. T. Meade e Robert Eustace

1897

"The Warder at the Door"
Primeira publicação: *Cassell's Magazine*, julho de 1897.
Primeira publicação em livro: *A Master of Mysteries* (Londres, Ward, Lock & Co., 1898).

Esta é uma curiosa parceria: a reunião de um casal de amigos, profissionais tarimbados, que produziram em grande quantidade obras capazes de vender de maneira sólida e previsível. O inglês Robert Eustace (1854-1943) era um escritor prolífico de mistérios policiais com certo viés científico, parceiro de numerosos colegas na produção dessa literatura em série que foi no começo do século 20 um prenúncio das *pulp magazines*, principalmente após 1930. De sua obra se destacam os contos que escreveu com a irlandesa L. T. Meade (1844-1914), cujo nome verdadeiro era Elizabeth Thomasina Meade Smith, e que, num dos verbetes que consultei, tem em seu nome 148 romances para adolescentes, 66 romances de mistério e mais de cem outras obras variadas. Entre os livros de mistério, destacam-se os contos que escreveu em parceria com Eustace, e onde aparece o detetive John Bell, em histórias publicadas entre 1897 e 1898.

Na introdução à primeira coletânea das aventuras de John Bell, o detetive assim se apresenta ao seu público:

> Aconteceu de as circunstâncias do destino me permitirem escolher minha própria profissão. Desde a juventude o estranho e o misterioso tiveram uma fascinação irresistível sobre mim. Dispondo de meios próprios de subsistência, decidi seguir esta minha rara inclinação, e agora sou bem conhecido entre meus amigos como um caçador profissional de fantasmas, capaz de elucidar o mistério da maioria das casas mal-assombradas. Até o presente nunca tive motivos para lamentar minha escolha, mas ao mesmo tempo nunca é demais avisar qualquer um que pretenda seguir meu exemplo de que cabe hesitar antes de se entregar a uma atividade que implica em tempo, despesas, trabalho ingrato, muitas vezes a exposição ao ridículo e não raramente grande risco pessoal. Explicar, pela aplicação da ciência, fenômenos atribuídos a entidades espirituais tem sido a tarefa da minha existência. Naturalmente, enfrentei grandes dificuldades no cumprimento de minha missão. Proponho-me nestas páginas a relatar história de certos eventos bizarros, envolvidos em mistério à primeira vista, e aparentemente impenetráveis de tão espantosos, mas, ainda assim, quando abordados com o verdadeiro espírito científico, muito passíveis de explicação.

O guardião da porta

L. T. Meade e Robert Eustace
(tradução de Fábio Fernandes)

– Se não acredita, pode ler você mesmo – disse Allen Clinton, subindo os degraus e procurando por entre os volumes da prateleira de cima. Eu estava recostado em minha poltrona. Os raios do sol poente brilhavam pelos vitrais da velha biblioteca e tingiam as fileiras dos volumes de couro preto com faixas vermelhas e amarelas.

– Aqui, Bell!

Peguei um volume encardido das mãos de Allen Clinton, que o havia desencavado de seu local de repouso.

– Está mais ou menos no meio do livro – continuou ansioso. – Você vai ver em letras grandes, pretas, em inglês antigo.

Virei as páginas que continham a árvore genealógica e outros arquivos dos Clintons até chegar àquela que estava buscando. Ela trazia a maldição que havia recaído sobre a família desde 1400. Devagar e com dificuldade decifrei as palavras daquela terrível acusação.

– E nesta cela jaz vosso caixão, o caixão que não possui forma humana, por cuja razão nenhum campo santo houve por bem recebê-lo. Aqui há de repousar para amaldiçoar a vossa família Clinton de geração em geração. E por esta razão, assim que a alma abandonar o corpo de cada primogênito, que é o herdeiro, ele deverá se tornar o guardião da porta durante o dia e durante a noite. De dia e de noite seu espírito ficará montando guarda ao lado da porta, para mantê-la fechada até que o filho liberte o espírito do pai da vigília e tome seu lugar, até que seu filho por sua vez pereça. E quem entrar na cela será o prisioneiro da alma que guarda a porta até que ela o deixe partir.

– Mas que ideia horrível! – exclamei, olhando para o jovem que me observava enquanto eu lia. – Mas você diz que essa cela jamais foi encontrada. Eu diria que sua existência é um mito e, claro, que a maldição sobre a alma do primogênito para manter a porta fechada e servir-lhe de guardiã é um absurdo. A matéria não obedece à feitiçaria.

– O estranho nisto tudo – replicou Allen – é que todos os outros detalhes da Abadia mencionados no registro já foram identificados, mas ninguém localizou essa cela com seu terrível conteúdo.

Realmente era uma lenda curiosa, e confesso que provocou certa impressão em mim. Eu também me pus a pensar que havia ouvido algo semelhante em algum lugar, mas minha memória não conseguia lembrar onde.

Eu havia ido a Clinton Abbey três dias antes para caçar faisões.

Agora era tarde de domingo. A família, com exceção do velho Sir Henry, Allen e eu, estava na igreja. Sir Henry, um inválido crônico agora com quase 80 anos de idade, havia se recolhido ao quarto para seu cochilo da tarde. O Clinton mais jovem e eu tínhamos saído para um passeio pela propriedade e, desde nosso retorno, a conversa girava em torno da história da família até chegar à lenda da maldição. Naquele instante, a porta da biblioteca se abriu devagar, e Sir Henry, em seu capote de veludo negro, que contrastava de modo tão impressionante com seus cabelos e barba brancos, adentrou o recinto. Levantei-me de minha poltrona e, dando-lhe o braço, ajudei-o a sentar em seu sofá favorito. Ele afundou em suas profundezas luxuriantes com um suspiro, mas, ao fazê-lo, seus olhos vislumbraram o antigo volume que eu havia depositado sobre a mesa ao lado. Ele se inclinou para a frente, tomou o livro na mão e olhou para o filho à sua frente.

– Você pegou este livro? – perguntou com aspereza.

– Sim, pai, eu o peguei e mostrei a Bell. Ele está interessado na história de Clinton Abbey e...

– Então coloque-o no seu lugar imediatamente – interrompeu o velho, seus olhos pretos queimando com uma súbita paixão. – Você sabe o quanto eu detesto ter meus livros desarrumados, e este acima de todos. Espere, dê-me aqui.

Ele ergueu-se com dificuldade do sofá e, pegando o volume, trancou-o numa das gavetas de sua escrivaninha, como se algum medo repentino tivesse se apossado dele.

– Você disse que Phyllis Curzon está chegando amanhã? – perguntou o velho com uma voz irritada.

– Sim, pai, é claro, não se lembra? A Sra. Curzon e Phyllis estão chegando para passar quinze dias, e, a propósito – acrescentou ele, começando a se levantar enquanto falava –, isso me lembra que preciso ir e contar a Grace...

O resto da frase se perdeu quando a porta se fechou. Assim que ficamos a sós, Sir Henry olhou em minha direção por alguns instantes, sem falar. Então disse:

– Lamento ter sido tão destemperado agora há pouco. Não me sinto eu mesmo. Não sei o que aconteceu comigo. Sinto-me todo em pedaços. Não consigo dormir. Acho que não me resta muito tempo, e estou preocupado com Allen. O fato é que eu daria qualquer coisa para impedir esse noivado. Gostaria que ele não se casasse.

– Lamento ouvi-lo dizer isso, senhor – respondi. – Eu imaginava que o senhor estaria ansioso para ver seu filho bem-casado e feliz.

– A maioria dos homens estaria – foi a resposta. – Mas tenho meus motivos para desejar o contrário.

– Como assim? – Não pude evitar a pergunta.

– Não posso explicar, gostaria de poder. Seria melhor para Allen deixar a velha família morrer de vez. Ora, talvez eu esteja sendo tolo a respeito, e é claro que não posso de fato impedir o casamento, mas muitas coisas me preocupam e me perturbam.

– Gostaria de poder ajudá-lo, senhor – disse eu impulsivamente. – Se houver alguma coisa que eu possa fazer, o senhor sabe que basta me pedir.

– Obrigado, Bell, eu sei que sim, mas não posso lhe contar. Um dia poderei. Mas tenho medo, um medo terrível.

Os tremores novamente tomaram conta dele, e ele levou as mãos aos olhos como se não quisesse ver alguma coisa hedionda.

– Não repita uma só palavra do que lhe contei, para Allen ou para qualquer outra pessoa – ele disse subitamente. – É possível que um dia eu possa lhe pedir que me ajude. E lembre-se, Bell, eu confio em você.

Ele estendeu a mão, e eu a segurei. Dali a um instante o mordomo entrou com os lampiões, e eu tirei vantagem da interrupção para ir até a sala de estar.

No dia seguinte os Curzon chegaram, e, com uma olhada rápida, percebi que Phyllis era uma garota encantadora. Era alta, de compleição delicada, com uma silhueta ao mesmo tempo ereta e graciosa e um rosto belo, um tanto orgulhoso. Quando em perfeito repouso, sua expressão era um tanto altiva, mas, no momento em que ela falava, seu rosto se tornava vivaz, gentil, charmoso a um nível extraordinário; ela tinha um riso alegre, um sorriso doce, modos agradáveis. Fiquei certo de que ela tinha o mais gentil dos corações, e de que Allen havia feito uma escolha admirável.

Alguns dias se passaram, e finalmente chegou a noite anterior ao meu retorno a Londres. A mãe de Phyllis tinha ido para a cama pouco tempo antes, pois havia reclamado de dor de cabeça, e Allen subitamente propôs, porque a noite era perfeita, que saíssemos e desfrutássemos de um passeio ao luar.

Phyllis riu de alegria com a sugestão e correu imediatamente para o *hall*, a fim de apanhar um casaco em um dos cabides.

– Allen – disse ela ao namorado, que ia logo atrás –, você e eu vamos na frente.

– Não, minha jovem, nesta ocasião você e eu teremos este privilégio – disse Sir Henry. Ele também havia entrado no *hall* e, para nosso espanto, anunciara a intenção de nos acompanhar no passeio.

Phyllis lhe deu um olhar assustado, então colocou a mão suavemente sobre seu braço, assentiu de volta para Allen com um sorriso e foi na frente num passo um pouco mais rápido. Allen e eu seguimos atrás.

– Ora, o que meu pai pretende com isso? – Allen me perguntou. – Ele nunca sai à noite, mas não tem andado bem ultimamente. Às vezes acho que ele fica mais estranho a cada dia.

– Ele não está nem um pouco bem, isso é certo – respondi.

Ficamos fora por cerca de meia hora e retornamos à casa por uma trilha que dava para dentro da residência através de uma entrada lateral. Phyllis nos esperava no *hall*.

– Onde está meu pai? – perguntou Allen, indo em sua direção.

– Ele está cansado e foi para a cama – respondeu ela. – Boa noite, Allen.

– Você não vem para a sala de estar? – perguntou ele, um tanto atônito.

– Não, estou cansada.

Ela assentiu para ele sem lhe tocar a mão; seus olhos, não pude deixar de notar, tinham uma expressão bizarra. Ela correu para cima.

Vi que Allen ficou espantado pelos modos dela, mas, como ele não disse nada, tampouco eu me pronunciei.

No dia seguinte, ao café da manhã, disseram-me que as Curzon já haviam deixado Abbey. Allen estava totalmente atônito, e eu podia ver que também bastante aborrecido. Ele e eu tomamos o desjejum sozinhos na velha biblioteca. Seu pai estava doente demais para descer.

Uma hora mais tarde eu estava a caminho de Londres. Muitas coisas lá exigiam a minha atenção imediata, e Allen, seu noivado, Sir Henry, e a velha maldição da família meio que afundaram nos recessos de minha mente.

Três meses depois, no dia 7 de janeiro, para a minha tristeza, vi no *Times* o anúncio da morte de Sir Henry Clinton.

De tempos em tempos, nesse ínterim, eu tinha recebido notícias do filho, dizendo que a saúde de seu pai se deteriorava rapidamente. Além disso, mencionou que seu próprio casamento estava marcado para o dia vinte e um do presente mês. Agora, claro, ele deveria ser adiado. Senti um verdadeiro pesar por Allen e escrevi imediatamente uma longa carta de condolências.

No dia seguinte recebi um telegrama dele, implorando-me que fosse a Clinton Abbey o mais rápido que pudesse, dizendo que estava em grandes dificuldades.

Apressadamente coloquei algumas coisas na mala e cheguei em Clinton Abbey às seis da tarde. A casa estava silenciosa, as cortinas fechadas – o funeral estava marcado para o dia seguinte. Clinton apareceu no *hall* e tomou minhas mãos calorosamente. Reparei no mesmo instante quão arrasado e preocupado ele parecia.

– Foi muito gentil de sua parte, Bell – disse ele. – Não posso lhe dizer quão grato estou a você por ter vindo. Você é o único homem que pode me ajudar, pois eu sei que já teve muitas experiências em assuntos desse tipo. Venha até a biblioteca e lhe contarei tudo. Jantaremos a sós, pois minha mãe e as garotas vão ficar em seus próprios quartos esta noite.

Assim que nos sentamos, ele começou a contar sua história.

– Devo lhe dar uma espécie de prelúdio ao que acabou de ocorrer – ele começou. – Você se lembra, da última vez em que esteve aqui, de como Phyllis e sua mãe deixaram Clinton Abbey abruptamente?

Assenti. Lembrei-me bem.

– Pela manhã, depois que você nos deixou, recebi uma longa carta de Phyllis – continuou Allen. – Nela, ela me contou sobre um pedido extraordinário que meu pai lhe fizera durante aquela caminhada ao luar; nada mais nada menos que um desejo sincero de que ela própria terminasse nosso noivado. Ela me falou com bastante franqueza, como sempre faz, assegurando-me de seu amor e devoção inalteráveis, mas, uma vez que disse isso naquelas circunstâncias, era absolutamente necessário ter uma explicação. Frenético, com uma raiva quase ingovernável, procurei meu pai em seu estúdio. Apresentei-lhe a carta de Phyllis e lhe perguntei o que ela queria dizer. Ele me olhou com a expressão de cansaço e *pathos* mais impronunciável.

– Sim, meu rapaz, eu fiz isso – disse ele. – Phyllis está certa. Eu lhe pedi, tão sinceramente quanto um homem muito velho poderia pedir, que ela desse um fim ao noivado.

– Mas por quê? – perguntei. – Por quê?

– Isso eu não posso lhe dizer – respondeu ele.

Perdi a paciência e lhe disse umas palavras que agora lamento. Ele não me deu resposta alguma. Quando acabei de falar, ele disse devagar...

– Eu entendo perfeitamente a sua emoção, Allen; seus sentimentos são mais do que naturais.

– O senhor me fez um grande mal – retorqui. – O que Phyllis poderá achar disso? Ela nunca mais será a mesma. Irei ter com ela hoje.

Ele não pronunciou uma palavra mais, e eu o deixei. Fiquei longe de casa cerca de uma semana. Levei quase todo esse tempo para convencer Phyllis a ignorar o extraordinário pedido de meu pai e a deixar as coisas seguirem exatamente como haviam seguido até então.

Depois de resolver nosso noivado, e como se isso fosse possível, com ainda mais força do que antes, e também marcando a data de nosso casamento, voltei para casa. Então contei ao meu pai o que havia feito.

– Como achar melhor – respondeu ele, e então afundou numa grande melancolia. Desde aquele momento, embora eu o observasse dia e noite e fizesse tudo o que o amor e o carinho pudessem sugerir, ele jamais pareceu se recobrar. Mal falava e permanecia, sempre que estávamos juntos, mergulhado em devaneios profundos e dolorosos. Uma semana atrás ele caiu de cama.

Então Allen fez uma pausa.

– Agora falarei dos eventos recentes – disse. – É claro, como você pode supor, eu estive com meu pai até o fim. Algumas horas antes de falecer, ele me chamou ao seu leito e, para meu espanto, começou mais uma vez a falar de meu noivado. Implorou-me com a mais profunda sinceridade, mesmo ali, na undécima hora, que o rompesse. Não era tarde demais, disse ele, e ainda falou que nada lhe daria paz na morte senão saber que eu lhe fizera a promessa de permanecer solteiro. É claro que tentei melhorar seu humor. Ele pegou minha mão, olhou nos meus olhos com uma expressão que jamais esquecerei e disse:

"Allen, me prometa solenemente que você jamais se casará." Isso eu tive naturalmente que recusar, e então ele me disse que, esperando minha obstinação, havia me escrito uma carta que eu deveria encontrar em seu cofre, mas não deveria abri-la até que ele morresse. Encontrei-a esta manhã. Bell, é a comunicação mais extraordinária; ou é inteiramente um produto de sua imaginação, pois seus poderes mentais estavam já falhando ao final, ou então é a coisa mais terrível de que já ouvi falar. Eis a carta, leia-a você mesmo.

Peguei o papel de sua mão e li o material a seguir numa letra trêmula e quase ilegível:

"Meu querido rapaz, quando você ler isto terei partido. Nesses últimos seis meses minha existência tem sido uma morte em vida. O horror começou da seguinte maneira. Você sabe o profundo interesse que sempre tive pela história de nossa casa. Passei os últimos anos de minha vida verificando cada detalhe e, caso a saúde me tivesse sido dada, minha intenção era a de publicar grande parte dela, num volume proporcional a sua importância.

"Na noite especial à qual vou aludir, fiquei sentado até tarde em meu estúdio, lendo o livro que vi você mostrar a Bell há pouco tempo. Em particular, muito me atraiu a terrível maldição que o velho abade havia jogado sobre a família no século 14. Li as terríveis palavras vezes sem conta.

"Eu sabia que todos os outros detalhes constantes do livro haviam sido verificados, mas que ninguém encontrara a cripta com o caixão. Então comecei a sentir sono e suponho que tenha adormecido. Em meu sono, tive um sonho: pensei que alguém havia entrado no quarto, tocado meu ombro e dito: 'Venha.' Levantei a cabeça, uma figura alta me chamava. A voz e a figura pertenciam ao meu falecido pai. No meu sonho, levantei-me de imediato, embora não saiba por que fui nem para onde estava indo. A figura foi na frente, entrou no *hall*. Apanhei uma das velas sobre a mesa e a chave da capela, destranquei a porta e saí. A voz continuava a dizer: 'Venha, venha', e a figura de meu pai caminhava à minha frente. Atravessei o pátio quadrangular, destranquei a porta da capela e entrei.

"Um silêncio mortal me cercava. Cruzei a nave até o corredor norte; a figura ainda andava à minha frente, entrou no grande genuflexório que dizem ser assombrado e caminhou direto até a efígie do velho abade que proferira a maldição. Esta efígie, como você sabe, está embutida na parede oposta. Curvando-se para a frente, a figura apertou os olhou do velho monge, e imediatamente uma pedra começou a se mover para fora de seu lugar, revelando uma escadaria atrás. Eu estava para avançar correndo quando devo ter batido em alguma coisa. Tive uma sensação de dor e subitamente acordei. Qual não foi meu espanto ao descobrir que havia agido durante o sonho, havia atravessado o pátio quadrangular e estava na capela; na verdade, estava parado em pé ao lado do velho genuflexório! É claro que não havia figura de nenhuma espécie por perto, mas o luar lançava um brilho frio sobre todo o lugar. Senti-me muito assustado e impressionado, mas estava justamente para retornar à casa ainda maravilhado com a curiosa visão que havia vivenciado quando, ao levantar meus olhos assombrados, vi que ao menos parte do sonho fora real. O velho monge parecia sorrir para mim de sua efígie de mármore, e ao seu lado havia um *espaço vazio*. Corri até lá e vi um lance estreito de escadas. Não sei explicar minhas emoções, mas minha maior sensação naquele momento foi uma forte e horrível curiosidade. Segurando a vela com força na mão, desci os degraus. Eles terminavam no começo de uma longa passagem, que rapidamente cruzei, e por fim me encontrei ao lado de uma porta de ferro. Ela não estava trancada, mas apenas fechada, e foi muito difícil de abrir; na verdade, abri-la exigiu quase toda a minha força; por fim eu consegui puxá-la em minha direção, e ali, em uma pequena cela, jazia o caixão, como diziam as palavras da maldição. Fiquei olhando para ele horrorizado. Não ousei entrar. Era um caixão em forma de cunha, adornado com grandes pregos. No entanto, ao olhar, o sangue congelou dentro de mim, pois lentamente, muito lentamente, como se empurrada por alguma mão invisível, a porta enorme e pesada começou a se fechar, cada vez mais rapidamente, até bater, com um estrondo que ecoou e reecoou pela cripta vazia.

"Aterrorizado, saí correndo da cripta e voltei ao meu quarto uma vez mais.

"Agora sei que esta grande maldição é verdadeira, que o espírito de meu pai está ali para guardar a porta e fechá-la, pois eu o vi com meus próprios olhos, e quando você ler isto saiba que ali estou. Eu lhe proíbo, pois, de se casar – não ponha filhos neste mundo para perpetuarem essa terrível maldição. Deixe a família morrer se tiver coragem. Sei que é pedir demais, mas, fazendo isso ou não, vá me ver lá e, se por sinal ou palavra eu puder me comunicar com você, eu o farei, mas guarde o segredo. Encontre-me lá antes que meu corpo seja posto para descansar, enquanto corpo e alma ainda não estiverem distantes um do outro. Adeus.

Seu amantíssimo pai,
Henry Clinton."

Li essa estranha carta até o final, cuidadosamente, duas vezes e a pus de lado. Por um momento mal sabia o que dizer. Era certamente a coisa mais extraordinária que já havia cruzado meu caminho.

– O que você acha? – Allen perguntou por fim.

– Bem, naturalmente só existem duas soluções possíveis – respondi. – Uma é que seu pai sonhou não apenas o começo desta história – coisa que, lembre-se, ele admite... mas a história inteira.

– E a outra? – perguntou Allen, vendo minha pausa.

– Quanto à outra – continuei –, mal sei o que dizer. É claro que iremos investigar a coisa toda, que é nossa única chance de chegar a uma solução. É absurdo deixar as coisas ficarem como estão. É melhor tentar esta noite.

Clinton estremeceu e hesitou.

– Algo precisa ser feito, claro – respondeu ele –, mas o pior é que Phyllis e sua mãe estão vindo amanhã cedo a tempo para o funeral, e não posso encontrá-la... não posso, pobre garota!... enquanto estiver me sentindo assim.

– Iremos à cripta esta noite – eu disse.

Clinton se levantou de sua cadeira e olhou para mim.

– Não gosto nem um pouco deste negócio, Bell – continuou ele. – De modo algum sou, por natureza, um homem supersticioso, mas digo-lhe francamente que nada me induziria a ir sozinho àquela capela esta noite; se você vier comigo, isso altera a situação, claro. Conheço bem o genuflexório ao qual meu pai se refere, ele fica embaixo da janela de São Sebastião.

Pouco mais tarde, fui até meu quarto e me vesti; Allen e eu jantamos *tête-à-tête* na grande sala de jantar. O velho mordomo nos serviu com solenidade funérea, e fiz tudo o que pude para atrair os pensamentos de Clinton para uma sintonia mais animada e saudável.

Não posso dizer que tenha sido muito bem-sucedido. Além disso, reparei que ele mal comera qualquer coisa e parecia estar num estado de tensão nervosa que era doloroso de testemunhar.

Depois do jantar, fomos para o *fumoir*, e, às onze da noite, propus que começássemos.

Clinton reuniu suas forças e saímos. Ele pegou as chaves da capela, depois fomos até os estábulos, onde pegamos um lampião, e um momento mais tarde nos encontramos no edifício sagrado. A lua estava cheia e, à luz pálida que passava pelas janelas do sul, era possível entrever a arquitetura do interior. Os arcos góticos que flanqueavam o corredor central com suas colunas peculiares, cada qual com uma figura esculpida de um dos santos, eram bastante visíveis e, mais além na escuridão, os contornos sombreados do coro e da mesa do altar, com seus retábulos de mármore branco, podiam ser distinguidos de leve.

Fechamos a porta suavemente e, com Clinton indo na frente com o lampião, subimos o corredor central pavimentado com as monumentais placas de bronze de seus ancestrais mortos. Pisávamos levemente, na ponta dos pés, como se faz por instinto à noite. Virando abaixo do pequeno púlpito, chegamos ao transepto norte, e ali Clinton parou e se virou. Estava muito pálido, mas sua voz se mantinha calma.

– Este é o genuflexório – ele sussurrou. – Ele sempre foi chamado de genuflexório assombrado de Sir Hugh Clinton.

Tomei o lampião dele e entramos. Atravessei o genuflexório imediatamente e fui até a efígie do velho abade.

– Vamos examiná-lo de perto – eu disse. Ergui o lampião, fazendo com que ele brilhasse sobre cada parte do rosto, das vestes e da figura. Os olhos, embora vazios, como em toda estátua, me pareceram naquele momento únicos e peculiares. Dando o lampião a Allen para que ele o segurasse, inseri um dedo firmemente em cada um dos olhos. No instante seguinte não consegui conter uma exclamação: uma pedra lateral imediatamente recuou, revelando os degraus que haviam sido mencionados pelo velho em sua narrativa.

– É verdade! É verdade! – Clinton gritou empolgado.

– Certamente assim o parece – observei –, mas não importa, agora temos a chance de investigar esse assunto completamente.

– Você vai descer? – perguntou Clinton.

– Claro que vou – respondi. – Vamos os dois.

Imediatamente depois, esgueiramo-nos pela abertura e começamos a descer. Só havia espaço suficiente para fazer isso em fila indiana, e eu fui na frente com o lampião. Em mais um instante estávamos na passagem comprida e logo fomos confrontados por uma porta sob um arco de pedra. Até então Clinton não havia demonstrado sinais de alarme, mas ali, no ponto de encontro ao qual a alma de seu pai o havia convocado, ele pareceu subitamente perder a coragem. Encostou-se contra a parede e por um momento pensei que ele desabaria. Ergui o lampião e examinei a porta e as paredes cuidadosamente. Então, aproximando-me, levantei a trava de ferro da porta pesada. Esta era de fato muito difícil de mover, mas finalmente, segurando-a pela beirada, consegui puxá-la para que se abrisse inteiramente, até tocar a parede da passagem. Depois disso, espiei do lado de dentro, segurando o lampião sobre minha cabeça. Ao fazer isso, ouvi Clinton soltar um grito:

– Olhe, cuidado! – disse ele, e, ao me virar, vi que a grande porta havia voltado a girar sobre mim, quase me fechando dentro da cela.

Dizendo a Clinton que a segurasse à força, entrei e vi aos meus pés o horrendo caixão. A lenda, então, até aquele momento, era verdadeira. Curvei-me e examinei aquela coisa estranha e disforme com grande cuidado. Seu formato era o de uma enorme cunha, e era aparentemente feito de uma madeira velha e escura, reforçada com ferro nas quinas. Depois de dar a volta e olhar tudo, saí e, escancarando a porta que Clinton havia mantido aberta, me pus de lado para observar. Devagar, bem devagar, enquanto ambos estávamos parados na passagem – devagar, como se empurrada por uma mão invisível –, a porta começou a se mover e, aumentando de velocidade, bateu com um estrondo.

Voltando a agarrá-la, abri-a com dificuldade e, enquanto Clinton a mantinha nessa posição, procedi a um exame cuidadoso. Até o presente não havia visto nada que pudesse provocar muito alarme. Existiam cinquenta maneiras pelas quais uma porta poderia se fechar por conta própria. Poderia haver uma mola escondida ou dobradiças fora de esquadro; uma corrente de ar, claro, estava fora de questão. Olhei para as dobradiças, eram de ferro e estavam bem presas no sólido trabalho de alvenaria. Tampouco consegui descobrir qualquer mola ou dispositivo oculto, pois, quando a porta estava escancarada, havia um espaço de várias polegadas entre ela e a parede. Tentamos várias vezes com o mesmo resultado, e finalmente, quando ela estava se fechando, agarrei-a para impedir que isso acontecesse.

Eu agora experimentava uma sensação muito estranha. Certamente sentia como se estivesse resistindo a uma pessoa que não podia ver e que estava fazendo força contra a porta do outro lado. Assim que era solta, ela continuava a seguir seu curso. Concedi que era incapaz de compreender aquele mistério. Subitamente uma ideia me ocorreu.

– O que diz a lenda? – perguntei, virando-me para Clinton. – Que "a alma deverá guardar a porta e cerrá-la sobre o caixão?"

– Estas são as palavras – respondeu Allen, falando com alguma dificuldade.

– Então, se isso for verdade – continuei – e retirarmos o caixão, o espírito não irá fechar a porta; se ela se fechar, prova que tudo isso estava errado e demonstra que é apenas um mecanismo inteligente. Vamos, Clinton, me ajude a tirar o caixão.

– Não ouso, Bell – ele sussurrou numa voz rouca. – Não ouso entrar.

– Bobagem, homem – eu disse, me sentindo então um pouco irritado com aquela coisa toda. – Aqui, abaixe o lampião e segure a porta. – Entrei e, me posicionando atrás do caixão, coloquei toda a minha força e empurrei-o para dentro da passagem.

– Agora – gritei –, aposto com você cinquenta libras contra cinco que a porta irá se fechar assim mesmo. – Arrastei o caixão para longe da porta e mandei que soltasse. Clinton mal havia feito isso e, recuando, já agarrava meu braço.

– Escute – ele sussurrou –, está vendo que não irá se fechar agora? Meu pai está esperando que o caixão seja posto de volta. Isto é horrível!

Olhei horrorizado para a porta. Era perfeitamente verdade, ela permanecia escancarada, e bastante. Pulei para a frente, agarrei-a e tentei fechá-la. Era como se alguém estivesse tentando mantê-la aberta, era preciso uma força considerável para que ela sequer se mexesse, e foi somente com muita dificuldade que consegui movê-la. Por fim consegui fechá-la, mas, no instante em que soltei, ela voltou a se abrir por conta própria e bateu de encontro à parede, onde permaneceu como antes. No silêncio mortal que se seguiu, pude ouvir Clinton respirando rápido atrás de mim e percebi que ele estava dando tudo de si para se conter.

Naquele momento, fui subitamente acometido por uma sensação que havia experimentado uma vez e que estaria destinado a vivenciar novamente duas vezes. É impossível descrevê-la, mas ela me arrebatou, fazendo um cerco ao meu cérebro até que eu me sentisse uma criança presa em suas garras. Era como se eu estivesse lentamente me afogando no grande oceano de silêncio que nos envolvia. O próprio Tempo parecia ter desaparecido. Aos meus pés jazia a coisa disforme, e o lampião atrás dela lançava uma sombra fantástica de seus contornos distorcidos na parede da cela à minha frente.

– Fale, diga alguma coisa – gritei para Clinton. O som cortante da minha voz quebrou o encanto. Senti-me eu mesmo novamente e sorri diante da peça que meus nervos haviam me pregado. Curvei-me e uma vez mais pus as mãos no caixão, mas, antes que tivesse tempo de empurrá-lo de volta ao seu lugar, Clinton havia subido a passagem como um homem que corre para fugir de uma lança atirada em sua direção.

Exercendo toda a minha força para impedir que a porta se fechasse e mantendo minha perna de encontro a ela, eu havia acabado de colocar o caixão dentro da cela e estava saindo, quando ouvi um grito agudo, e Clinton voltou pela passagem correndo.

– Não consigo sair! A pedra afundou de volta no seu lugar! Estamos trancados! – ele berrou e, louco de medo, se jogou de cabeça para dentro da cela, me derrubando em sua carreira antes que eu pudesse contê-lo. Pulei de volta para a porta enquanto ela se fechava. Foi tarde demais. Antes que eu pudesse alcançá-la, ela havia se fechado com um clangor alto em obediência àquela feitiçaria infernal.

– Você fez isso agora – eu gritei com raiva. – Viu? Ora, homem, estamos enterrados vivos neste buraco tenebroso!

Eu havia colocado o lampião logo do lado de dentro da porta e, à sua luz baça, ao olhar para Clinton, vi o terror de um louco se apoderar de seus olhos.

– Enterrado vivo! – gritou ele, com uma risada histérica. – Sim, Bell, e a culpa é sua; você é um demônio em forma humana! – Com um paroxismo selvagem de fúria, ele se jogou em cima de mim. Havia uma ferocidade de um animal selvagem em seu pulo. Ele derrubou o lampião e nos deixou na escuridão total.

A luta foi rápida. Podíamos estar enterrados vivos, mas eu não ia morrer pelas mãos dele, e, agarrando-o pelo pescoço, eu o prendi contra a parede.

– Fique quieto – gritei. – Foi sua enorme estupidez que provocou isto tudo. Fique onde está até que eu acenda um fósforo.

Por sorte, eu tinha alguns palitos de cera na caixinha de prata que sempre trago na minha corrente do relógio e, riscando um deles, reacendi o lampião. O paroxismo de Clinton havia acabado e, afundando no chão, ele ficou ali estremecendo, curvado sobre si mesmo.

Era uma situação terrível, e eu sabia que nossa única esperança era que eu mantivesse nossa presença de espírito. Com grande esforço me obriguei a pensar com calma no que podia ser feito. Gritar por socorro teria sido um inútil desperdício de ar.

Subitamente tive uma ideia.

– Você está com a carta de seu pai aí? – gritei ansioso.

– Estou – respondeu ele –, está no meu bolso.

Meu último raio de esperança se desvaneceu. Nossa única chance era que, se ele a tivesse deixado em casa, alguém pudesse descobrir a carta e vir em nosso resgate seguindo suas instruções. Era uma esperança tênue e desapareceu quase tão rapidamente quanto me havia chegado. Sem ela ninguém jamais encontraria o caminho para a cripta que havia permanecido um segredo ao longo de eras inteiras. Mas eu estava determinado a não morrer sem lutar pela liberdade. Pegando o lampião, examinei cada fresta da cela em busca de outra saída. Foi uma busca infrutífera. Não pude encontrar sinais de qualquer saída, e não tínhamos absolutamente modo algum de abrir a porta do lado de dentro. Dando alguns poucos passos curtos, joguei-me várias vezes de encontro à porta pesada. Ela nunca cedeu um centímetro, e, machucado e transpirando por cada poro, sentei-me no caixão e tentei me recompor.

Clinton ficou em silêncio, e parecia profundamente atordoado. Ele ficou sentado quieto, encarando a porta com o olhar perdido.

O tempo se arrastava pesado, e não havia nada a fazer a não ser aguardar uma morte horrível por inanição. Era mais do que provável também que Clinton enlouquecesse; seus nervos já estavam tensionados ao limite. No todo, eu jamais havia me encontrado em uma situação pior.

Ficamos ali sentados pelo que pareceu uma eternidade, e nenhum de nós disse uma só palavra. Eu repetia sem parar para mim mesmo as palavras da terrível maldição: "E quem entrar na cela será o prisioneiro da alma que guarda a porta até que ela o deixe partir." Quando o vulto deformado que estava dentro do caixão nos deixaria partir? Sem dúvida quando nossos ossos estivessem secos.

Olhei para meu relógio. Passava meia hora das onze. Certamente havíamos estado mais de dez minutos naquele lugar tenebroso! Tínhamos deixado a casa às onze, e eu sabia que isso devia ter sido muitas horas atrás. Olhei para o segundo ponteiro. *O relógio havia parado.*

– Que horas são, Clinton? – perguntei. – Meu relógio parou.

– Que diferença faz? – ele murmurou. – O que é o tempo para nós agora? Quanto mais cedo morrermos melhor.

Ele tirou seu relógio enquanto falava e o ergueu até o lampião.

– Vinte e cinco minutos depois das onze – ele murmurou sonolento.

– Pelos céus! – gritei, me levantando. – O seu relógio também parou?

Então, como o salto de um relâmpago, uma ideia me ocorreu.

– Já sei. Já sei! Meu Deus! Acredito que já sei! – gritei, agarrando-o pelo braço.

– Sabe o quê? – ele respondeu, olhando para mim como um louco.

– Ora, o segredo, a maldição, a porta. Não entende?

Saquei o grande canivete que sempre carrego preso a uma corrente e elo giratório no bolso da calça e, mandando Clinton segurar o lampião, abri a pequena lâmina de serra e ataquei o caixão com ela.

– Acredito que o segredo de nossa saída reside nisto – eu disse ofegante, trabalhando furiosamente.

Em dez minutos tinha serrado metade da beirada de madeira e, depois, entregando a ferramenta para Clinton, disse a ele que continuasse o trabalho enquanto eu descansava. Depois de alguns minutos, voltei a pegar a faca e finalmente, após quase meia hora, consegui abrir um buraquinho na tampa.

Inserindo meus dois dedos, tateei massas irregulares e de textura rústica. Eu estava sentindo agora uma empolgação repleta de temor. Trabalhando na abertura como um louco, ampliei-a e extraí o que parecia ser um grande pedaço de carvão. Na mesma hora soube do que se tratava. Era minério de ferro magnético. Ao segurá-lo de encontro à minha faca, a lâmina voou em sua direção.

– Eis aqui o mistério da "alma" – gritei –, agora podemos usá-lo para abrir a porta.

Certa vez conheci um grande mágico que havia enganado e intrigado sua plateia com um truque da caixa nos mesmos moldes: um homem abria a caixa por dentro fazendo a trava de fora deslizar com a ajuda de um ímã. Será que aquilo faria o mesmo? Senti que nossas vidas dependiam do que estivesse para acontecer no instante seguinte. Pegando a pedra, pressionei-a contra a porta no ponto exato oposto da trava de ferro externa e deslizei-o contra a madeira. Meu coração deu um pulo quando ouvi a trava erguer-se do lado de fora, e, com um empurrão, a porta se abriu.

– Estamos salvos – gritei. – Estamos salvos por um milagre!

– Bell, você é um gênio – o pobre Clinton disse ofegante –, mas, agora, e quanto à pedra no fim da passagem?

– Já cuidaremos disso – gritei, pegando o lampião. – Metade do perigo passou, de qualquer maneira, e a pior metade, aliás.

Corremos ao longo da passagem e subimos as escadas até chegarmos ao topo.

– Ora, Clinton – gritei, erguendo o lampião –, o lugar não estava fechado.

Não mesmo. Em seu terror ele havia imaginado isso.

– Eu não conseguia ver na escuridão e estava quase morto de medo – ele disse. – Oh, Bell, vamos sair daqui o mais rápido que pudermos!

Esprememo-nos pela abertura e uma vez mais nos encontramos na capela. Então empurrei a pedra de volta ao seu lugar.

A aurora estava acabando de romper quando escapamos da capela. Apressamo-nos para a casa. No *hall* o relógio marcava as cinco.

– Bem, passamos por um momento terrível – eu disse, quando paramos juntos no *hall* –, mas pelo menos, Clinton, o fim valeu todo o pavor por que passamos. Acabei para sempre com a lenda de sua família.

– Eu nem sequer entendo agora – ele disse.

– Não entende? Mas é tão fácil... Aquele caixão jamais conteve um corpo, mas estava cheio, como você percebeu, de fragmentos de minério ferromagnético. Para que finalidades diabólicas a cela foi criada é, claro, impossível dizer, mas que ela deve ter sido montada como uma armadilha humana, não há muita dúvida. O inventor certamente contou com muita imaginação ao planejar sua trama diabólica, porque era óbvio que a porta, que era feita de ferro, giraria na direção do caixão onde quer que ela fosse colocada. Assim, a porta fecharia se o caixão estivesse *dentro da cela* e permaneceria aberta se o caixão fosse *retirado*. Um método mais inteligente para simular uma intervenção espiritual seria difícil de encontrar. Naturalmente, o monge devia saber bem que o minério de ferro magnético jamais perde sua qualidade e garantiria que o engodo permanecesse potente por eras.

– Mas como você descobriu por intermédio de nossos relógios? – perguntou Clinton.

– Qualquer um que compreenda magnetismo pode responder a isso – eu disse. – É um fato conhecido que um ímã forte faz miséria com relógios. O fato de ambos os nossos relógios terem parado de funcionar foi o que primeiro me deu a pista para o mistério.

Mais tarde, naquele mesmo dia, todo o estranho caso foi explicado à Senhorita Curzon, e não muito depois a passagem e a entrada para a capela foram emparedadas.

Escusado acrescentar que, seis meses mais tarde, os dois se casaram e, creio eu, são tão felizes quanto merecem.

O anjo do Senhor

Melville Davisson Post

1911

"The Angel of the Lord"
Primeira publicação como "The Broken stirrup-leather", *The Saturday Evening Post*, 1911.
Primeira publicação em livro: *Uncle Abner, Master of Mysteries*, 1918.

Os contos de Tio Abner, o mais famoso personagem criado por Melville Davisson Post, são uma bem-sucedida mistura de faroeste e literatura policial. Dizer "faroeste" é forçar um pouco o termo, porque suas histórias são quase sempre ambientadas na Virgínia, um dos mais tradicionais estados da Costa Leste norte-americana; mas os mistérios decifrados por Tio Abner acontecem num universo rural cheio de vaqueiros, fazendas, pistoleiros, onde a mentalidade severa dos puritanos fornece os valores éticos e morais. O Tio Abner, um homem imenso, com barbas de patriarca bíblico e olhos de lince para pequenos detalhes significativos, é um dos detetives mais consistentes e originais da literatura policial norte-americana. Tanto Ellery Queen (*101 Year's*

Entertainment, 1941) quanto Howard Haycraft (*Murder for Pleasure*, 1941) o consideram a segunda grande contribuição norte-americana à galeria dos grandes detetives, vindo logo após o Cavalheiro Dupin, de Edgar Allan Poe.

O autor fez carreira jurídica, tendo sido membro da Suprema Corte do Estado da Virgínia e da Suprema Corte dos EUA. Seus primeiros sucessos literários foram as aventuras do advogado espertalhão Randolph Mason, mas os contos policiais em que aparece o Tio Abner são os mais reeditados. Assim como o Padre Brown, de G. K. Chesterton, o Tio Abner é um profundo investigador do caráter e não se deixa enganar facilmente; suas deduções sempre levam em conta os aspectos psicológicos e morais do criminoso. Quase um Manuelzão de Guimarães Rosa ou um D. Pedro Garcia-Barretto de Ariano Suassuna, é o velho sertanejo ascético, místico, mas que não se ilude facilmente.

Além disso, Post articulava com engenhosidade os seus enredos, suas pistas, as deduções do seu detetive. Alguns contos seus, como "The Doomdorf Mystery" ou "The Straw Man", introduziram inovações muitas vezes imitadas, até hoje. As aventuras do Tio Abner, contudo, são contos policiais clássicos, de base realista. Só em poucos casos resvalam pelo sobrenatural, como no conto escolhido para este volume. Como diz o Tio Abner em "The Doomdorf Mystery": "No tribunal dos homens, esse procedimento seria considerado de bom senso; mas nós estamos no tribunal de Deus, e as coisas são conduzidas aqui de uma maneira mais estranha."

O anjo do Senhor

Melville Davisson Post
(tradução de Braulio Tavares)

Eu sempre achei que meu pai correu um grande risco, mas alguém teria que corrê-lo, e eu era mesmo a pessoa que menos despertaria suspeitas. Era uma região bravia. Não existiam bancos por lá. Tínhamos que pagar pelo gado, e alguém tinha que levar o dinheiro. Meu pai e meu tio estavam sempre sendo observados. Acho que meu pai tinha razão.

– Abner – disse ele –, vou mandar Martin. Ninguém será capaz de imaginar que esse dinheiro tenha sido confiado a uma criança.

Meu tio tamborilou com os dedos na mesa e bateu com os calcanhares no assoalho. Era um solteirão, um homem severo e silencioso. Mas sabia falar e, quando o fazia, começava bem do começo e todos o ouviam até o fim. E o que ele dizia... bem, o que ele dizia ele sustentava.

– Se pegarem Martin – continuou meu pai –, vamos perder somente o dinheiro. Mas, se pegarem você, alguém vai ser morto.

Eu sabia o que meu pai queria dizer. Ninguém seria capaz de roubar Abner sem matá-lo primeiro.

É preciso que eu diga uma ou duas coisas a respeito do Tio Abner. Ele era um daqueles homens austeros, profundamente religiosos, gerados pela Reforma. Sempre carregava uma Bíblia no bolso para ler quando lhe desse vontade. Uma vez, na taberna de Roy, a rapaziada tentou ridicularizá-lo quando ele se sentou para ler junto do fogo, mas nunca tentaram fazer isso de novo.

Terminada a briga, Abner pagou a Roy dezoito dólares de prata pela quebra das cadeiras e da mesa – e ele era o único homem dentro da taberna em condições de montar de novo no cavalo. Abner era um militante da Igreja, e o seu Deus era um Deus guerreiro.

E assim eles decidiram que eu faria a viagem. O dinheiro estava em cédulas bem empacotadas. Eles o embrulharam todo em folhas de jornal, guardaram-no em dois alforjes pendentes dos lados da sela e eu peguei a estrada. Eu tinha por volta de nove anos. Não, isso não era tão perigoso quanto vocês estão pensando. Eu era capaz de cavalgar por um dia inteiro praticamente qualquer tipo de cavalo quando tinha nove anos. Era resistente como couro curtido e conhecia bem a região que iria atravessar. Não fiquem imaginando um garotinho correndo atrás de um aro no parque.

Era uma tarde do começo do outono. As estradas de barro congelavam durante a noite; durante o dia, iam derretendo e se tornando lamacentas. Eu deveria fazer uma parada na taverna de Roy, no lado sul do rio, e partir novamente ao amanhecer. De vez em quando eu passava por algum tocador de gado, mas ninguém me ultrapassou na estrada até quase o pôr do sol, então ouvi um cavalo que se aproximava às minhas costas e um homem apareceu. Era um vaqueiro chamado Dix. Ele já tinha sido comerciante, mas depois entrou num período de má sorte. Seu sócio, Alkire, roubou uma grande quantia em dinheiro que deveria ser paga aos criadores de gado. Dix ficou arruinado, teve que entregar aos credores toda a terra que possuía, e que não era muita. Depois disso ele cruzou as montanhas de volta à sua cidade natal, onde levantou uma boa soma em dinheiro e comprou certa quantidade de terra para pastagens. Proprietários estrangeiros questionaram sua posse, baseados em velhas escrituras, e ele perdeu toda a propriedade e o valor que pagou por ela. Casou com uma prima distante nossa e desde então vivia nas terras dela, que era vizinha do Tio Abner.

Dix pareceu surpreso ao me ver na estrada.

– Então é você, Martin – disse ele. – Pensei que Abner ia subir a serra.

A gente acabava ficando esperto, mesmo naquela idade, e eu não disse a ninguém o motivo da minha viagem.

– Meu pai quer que o gado fique mais um mês perto do rio – disse eu, em tom casual. – E estou indo levar as ordens aos vaqueiros.

Ele me olhou de cima a baixo, depois bateu com os nós dos dedos nos meus alforjes.

– Está levando muita bagagem, garoto – disse.

Dei uma risada.

– Ração de cavalo – disse. – Sabe como é meu pai. Um cavalo tem que ser alimentado na hora certa, mas um homem pode seguir em frente até ter fome.

É bom encontrar companhia ao longo da estrada, e logo estávamos conversando sobre isto e aquilo. Dix disse que estava indo para a região de Ten Mile, e eu sempre achei que era essa, de fato, sua intenção. A estrada fazia uma curva na direção do Sul uma milha antes de chegarmos à taverna. Eu nunca gostei de Dix, ele tinha um ar servil e um rosto velhaco, irresoluto.

Um pouco depois um homem passou por nós a galope. Era um tropeiro chamado Marks, que morava depois das terras de Tio Abner e estava cavalgando firme para ver se chegava lá antes do anoitecer. Ele acenou para nós, mas não se deteve; levamos um banho de lama e Dix o amaldiçoou. Nunca vi num rosto uma expressão de tamanha maldade. Acho que é porque Dix habitualmente mantinha um sorriso permanente no rosto e, quando esse tipo de rosto se enraivece, não há nada que se compare.

Depois disso ele se calou. Seguiu cavalgando de cabeça baixa e com os dedos beliscando o queixo, como se estivesse meio perplexo. Quando chegamos à encruzilhada, ele se deteve e ficou parado na sela por algum tempo, olhando para frente. Ali o deixei, mas mal cheguei à ponte e ele me alcançou novamente. Disse que pretendia comer alguma coisa e depois seguir viagem.

A taverna de Roy consistia num único salão bem amplo, com um sótão acima onde ficava o dormitório. Uma passagem coberta, estreita, ligava o salão à casa onde Roy vivia com a família. Era ali que costumávamos pendurar nossas selas, em cavilhas de madeira fincadas na parede. Já vi aquela passagem tão cheia de selas que era impossível achar lugar para pendurar mais um estribo. Naquela noite, porém, eu e Dix éramos os únicos hóspedes. Ele me observou com olhar matreiro quando eu tirei os alforjes e os trouxe comigo para o salão, e quando os levei comigo ao subir a escada para o sótão. Mas não disse nada – na verdade, ele mal estava abrindo a boca. Fazia frio, a estrada estava começando a congelar na hora em que entramos. Roy tinha acendido um belo fogo e, quando subi, Dix estava sentado diante dele. Não tirei a roupa, porque as camas de Roy eram colchões de palha de trigo cobertos com couro de bezerro, o que era bastante bom para o verão, mas frio demais numa noite como aquela, mesmo com um cobertor pesado, cosido à mão em grandes quadrados xadrezes.

Pus os alforjes embaixo da cabeça e fiquei deitado. Adormeci sem demora, mas subitamente acordei. Pensei que havia uma vela acesa ali no sótão, mas era um raio de luz vindo da lareira no andar de baixo, através de uma fresta no assoalho. Continuei deitado olhando para aquilo, com o cobertor puxado até o queixo. Depois comecei a imaginar por que motivo o fogo estava tão brilhante. Dix dissera que iria partir dali a algum tempo, e o costume ali era de que o último homem a sair apagasse o fogo. Eu não escutava o menor som. A luz continuava a se filtrar sem interrupção pela fresta.

Acabei pensando que Dix se esquecera do fogo e que eu deveria descer e apagá-lo. Roy sempre nos advertia sobre isso ao se recolher. Levantei-me, envolvi o corpo no cobertor, fui até a fresta por onde passavam os raios de luz e coloquei o olho ali, para ver o andar de baixo. Tive que deitar o corpo inteiro no assoalho para poder encostar o olho bem no buraco. Os troncos de nogueira tinham se transformado em brasas enormes e reluziam como uma fornalha cheia de carvões avermelhados.

Diante do fogo, eu avistei Dix. Ele tinha as mãos estendidas para frente e virava-se devagar, como se estivesse gelado até a medula, mas, mesmo com todo esse frio, quando seu rosto ficou iluminado pelo fogo, eu vi que estava coberto de gotas de suor.

Aquele rosto vai ficar guardado na minha memória. O sorriso continuava ali na sua boca, mas estava repuxado para os lados, as pálpebras estavam retraídas, os dentes estavam cerrados com força. Já vi um cachorro envenenado com estricnina e tinha aquela mesma aparência.

Fiquei deitado no chão observando a coisa. Era como se algo muito potente e maligno que habitava aquele homem estivesse ocupado modificando o rosto dele à sua própria semelhança. Vocês não podem imaginar como aquele acontecimento diabólico prendeu minha atenção – o rosto se movia como se fosse feito de alguma substância plástica, e o suor escorria por todos os lados. Durante esse tempo todo o homem estava com frio, mudando o corpo de posição e estendendo as mãos para a lareira. E era como se o calor não pudesse entrar dentro dele para aquecê-lo, tanto quanto não pode penetrar e aquecer o gelo.

Aquilo o deixava chamuscado e frio, e como ele parecia terrivelmente, desesperadamente gelado! Eu podia sentir o cheiro de queimado quando o fogo ficava muito próximo de seu corpo, mas o fogo não tinha poder sobre aquele frio diabólico. Eu mesmo comecei a ter calafrios, embora estivesse todo envolvido naquele cobertor bem grosso.

Aquele horror me deixava fascinado; era como se eu estivesse olhando para dentro de uma sala onde ocorria um parto abominável. O salão estava inundado pela luz constante e avermelhada do fogo. Nenhuma sombra se movia. E tudo estava em silêncio. O homem tinha arrancado as botas e estava se contorcendo diante do fogo sem emitir um som. Era como aquelas histórias arrepiantes de possessão ou de transformação mediante uma droga. Achei que ele acabaria morrendo queimado. Suas roupas já fumaçavam. Como era possível sentir tanto frio?

Finalmente aquilo acabou. Não cheguei a ver porque ele estava com o rosto voltado para o fogo. Mas de repente o corpo dele se recompôs e ele deu uns passos para trás, para o meio do salão. Garanto que tive medo de olhar! Não sei que tipo de coisa eu esperava ver ali, mas não achava que ainda fosse Dix.

Bem, era Dix, mas não o Dix que qualquer um de nós conhecia. Havia certa atitude de desculpas, certa indecisão, certo servilismo naquele outro Dix, e essas coisas transpareciam no seu rosto. Mas não havia nenhuma dessas fraquezas naquele homem.

Seu rosto tinha se recomposto em traços cheios de firmeza e de decisão, a flacidez das feições tinha sumido, o jeito furtivo de mover os olhos desaparecera. Ele agora estava firme, de pé, e parecia cheio de coragem. No entanto, naquele momento eu tinha mais medo dele do que já tivera de qualquer ser humano neste mundo! Alguma coisa servil que existia dentro dele, alguma coisa que até então tinha se escondido por trás de disfarces, que tinha se apresentado em trajes de subterfúgio, acabava de emergir, moldando o rosto do homem nas formas de sua abominável coragem.

Depois de algum tempo ele começou a caminhar pelo aposento. Olhou para fora pela janela e depois foi escutar junto à porta. Em seguida, caminhou com mansidão até a passagem coberta. Achei que ele decidira prosseguir na viagem, mas ele não poderia sair assim, deixando as botas junto do fogo. Daí a momentos ele voltou, segurando o pano que forra a sela, e cruzou sem ruído o salão, indo na direção da escada.

Então eu entendi qual era sua intenção e fiquei paralisado de medo. Tentei levantar dali, mas não pude. Consegui apenas ficar deitado com o olho próximo à fresta no assoalho. Os pés dele já começavam a subir a escada, e eu já podia sentir sua mão em minha garganta e o pano cobrindo meu rosto, quando lá ao longe, na estrada, ouvi o tropel de um cavalo!

Ele o ouviu também, porque se deteve na subida da escada e voltou aquele rosto odioso na direção da porta. O cavalo vinha pela longa colina além da ponte e galopava como se tivesse o diabo na sela. Era uma noite fria, escura, e a estrada gelada estava dura como pedra; eu podia ouvir o tinido do metal das ferraduras. Quem quer que estivesse montado naquele cavalo galopava como para salvar a própria vida ou algo ainda mais importante – ou então era um louco. Ouvi o cavalo alcançar a ponte e atravessá-la com estrondo. E durante todo esse tempo Dix esteve parado no começo da escada, segurando o corrimão e à escuta. Daí ele voltou a descer com agilidade, calçou as botas e ficou de pé junto ao fogo, enquanto seu rosto – o seu novo rosto – reluzia com aquela coragem maligna. Então o cavalo parou.

Pude ouvir seus cascos enquanto ele era conduzido para o abrigo, as ferraduras batendo com força no chão gelado; em seguida a porta se abriu com violência e Tio Abner entrou no salão. Senti uma alegria tão grande que meu coração quase me sufocou, e por um instante eu mal consegui enxergar, porque tudo foi tomado por uma espécie de névoa.

Abner relanceou os olhos pelo aposento e parou.

– Graças a Deus! – exclamou. – Cheguei a tempo. – Ele passou a mão sobre o rosto com os dedos unidos e retesados, como se estivesse puxando-os para baixo para se livrar de algo.

– A tempo de quê? – perguntou Dix.

Abner o olhou de cima a baixo. Eu pude ver os músculos de seus ombros fortes se contraírem. Ele olhou o homem de novo, então falou, com uma voz que soou estranha:

– Dix, é você?

– E quem mais poderia ser? – falou Dix.

– Poderia ser o diabo – disse Abner. – Sabe com que seu rosto está parecendo?

– E quem quer saber com que ele está parecendo?! – respondeu Dix.

– Olhe só – disse Abner –, a coragem chegou junto com o novo rosto.

Dix ergueu a cabeça.

– Olhe aqui, Abner – disse ele. – Já estou por aqui com sua pose de mandão. Você vem galopando a ponto de matar o cavalo, entra aqui sem mais nem menos; o que diabo há de errado com você?

– Não há nada errado comigo – retrucou Abner, em voz baixa. – Mas existe alguma coisa tremendamente errada com você, Dix.

– O diabo que o carregue – disse Dix, e eu o vi avaliando Abner com o olhar. Não era o medo que o continha – o medo era algo estranho àquela criatura –, acho que era uma espécie de prudência.

Os olhos de Abner brilharam, mas sua voz continuou baixa e firme.

– Palavras pesadas – disse ele.

– Muito bem – exclamou Dix. – Então saia da frente da porta e me deixe passar!

– Por enquanto, não – disse Abner. – Tenho algumas coisas para lhe dizer.

– Pois então diga – exclamou Dix – E libere a porta.

– Por que essa pressa? – disse Abner. – Ainda vai demorar muito para o sol nascer, e eu tenho muitas coisas para falar.

– Pois não vai falar para mim – disse Dix. – Tenho que pegar a estrada esta noite. Saia da frente da porta.

Abner não se mexeu.

– Você tem uma viagem a fazer esta noite, Dix, porém é mais longa do que imagina – disse ele. – Mas você vai ouvir o que eu tenho para lhe dizer, antes de partir.

Vi que Dix estava ficando quase na ponta dos pés e eu soube o que ele queria ter naquele instante. Queria ter uma arma e queria ter ossos e músculos que pudessem lhe dar uma chance diante de Abner. Mas ele não tinha nem uma coisa nem a outra. E ficou ali, na ponta dos pés, e começou a praguejar – pragas baixas, venenosas, mortais, que pareciam o zunido de uma faca.

Abner observava o homem com um olhar cheio de curiosidade.

– É estranho – disse ele, como se estivesse falando consigo mesmo. – Mas isso explica tudo. Quando um homem não é servo de ninguém, não tem coragem nenhuma, mas, quando finalmente ele faz a sua escolha, ele recebe aquilo que o seu mestre tem para lhe dar.

Então ele se dirigiu a Dix.

– Sente-se! – disse, naquela voz grave e profunda que usava quando tinha urgência no que dizia. Todo homem naquelas colinas conhecia aquela voz e sabia que tinha apenas um instante para decidir quando a ouvia. Dix sabia disso também e, mesmo assim, por um momento ele continuou ali na ponta dos pés, os olhos brilhando como os de uma fuinha, a boca retorcida. Ele não tinha medo! Se ele tivesse a mais remota chance de enfrentar Abner, ele teria se arriscado. Mas ele sabia que não tinha; com uma praga, ele atirou o pano da sela num canto e voltou a se sentar diante do fogo.

Somente então Abner saiu da frente da porta. Tirou o seu enorme casaco. Colocou mais um tronco de lenha no fogo e sentou-se ali, diante de Dix. A nogueira era verde, mas rapidamente se inflamou, soltando estalos. Durante algum tempo eles permaneceram em silêncio, sentados junto ao fogo sem dizer uma palavra. Abner parecia examinar profundamente o homem à sua frente. Por fim ele falou:

– Dix, você acredita na providência divina?

Dix ergueu a cabeça.

– Abner – exclamou ele. – Se o que você quer é ficar dizendo absurdos eu dou minha palavra que não vou ficar aqui escutando.

Abner não respondeu logo. Pareceu recomeçar de uma direção diferente.

– Dix – disse ele –, você tem tido má sorte há muito tempo... Talvez você prefira colocar as coisas assim.

– Agora, Abner – exclamou ele –, você está falando a verdade; eu tenho tido uma sorte dos infernos.

– Uma sorte dos infernos é o que você tem – replicou Abner. – É uma palavra correta. Eu a aceito. Seu sócio desapareceu com todo o dinheiro dos criadores do outro lado do rio, você perdeu toda a terra que tinha naquele processo e você está aqui esta noite, sem um dólar de seu. Era uma terra muito grande para ser perdida. Onde você arranjou o dinheiro para comprá-la?

– Já lhe disse isso cem vezes – replicou Dix. –Consegui com minha família, do outro lado das montanhas. Você já sabe de onde ele veio.

– Sim. Eu sei de onde ele veio, Dix. E sei de outra coisa. Mas primeiro quero lhe mostrar isto aqui. – E com isto ele tirou do bolso um pequeno canivete. – E quero lhe dizer que eu, sim, acredito na providência divina, Dix.

– Eu não dou a mínima para o que você acredita – disse Dix.

– Mas você liga para o que eu sei – replicou Abner.

– E o que é que você sabe? – disse Dix.

– Eu sei onde está seu sócio – replicou Abner.

Eu estava em dúvida quanto à reação de Dix, mas finalmente ele respondeu com um trejeito escarninho.

– Então você sabe algo que ninguém mais sabe.

– Existe outro homem que sabe – disse Abner.

– Quem? – perguntou Dix.

– Você – disse Abner.

Dix se inclinou em sua cadeira e olhou Abner mais de perto.

– Abner – exclamou –, você está dizendo loucuras. Ninguém sabe onde está Alkire. Se eu soubesse, iria atrás dele.

– Dix – respondeu Abner, novamente naquela voz grave e profunda. – Se eu tivesse chegado aqui com cinco minutos de atraso, você teria ido fazer companhia a ele. Isso eu posso lhe garantir, Dix.

"E agora escute! Eu estava na serra quando ouvi falar que você estava procurando um sócio. Quando voltei, ao cruzar Big Run, eu quebrei a tira de couro de um dos meus estribos. Eu não tinha uma faca comigo e tive que ir ao armazém comprar este canivete. Lá, o dono me contou que Alkire tinha ido encontrar com você. Eu não quis interferir e dali mesmo voltei. Assim, eu não me tornei seu sócio. E assim eu não desapareci. Quem evitou que isso acontecesse? A tira de couro que se partiu? A faca? Nos tempos antigos, Dix, os homens eram tão cegos que Deus tinha de abrir seus olhos para que eles pudessem ver Seu Anjo diante deles, na estrada... Eles ainda são cegos, mas não deviam ser tanto... Bem, naquela noite em que Alkire desapareceu, eu o encontrei quando ele estava indo para sua casa, Dix. Cruzamos um pelo outro lá na ponte. Ele tinha partido uma correia do estribo e estava tentando prendê-la com um prego. Perguntou se eu tinha uma faca, e eu lhe dei este canivete. Começou a chover, eu segui meu caminho e o deixei lá na estrada, com o canivete na mão."

Abner fez uma pausa. Os músculos de ferro da sua mandíbula enorme se contraíram.

– Deus me perdoe! – disse ele. – Era o Seu Anjo outra vez. Nunca mais vi Alkire depois daquela noite.

– Ninguém mais o viu depois daquilo – disse Dix. – Ele viajou naquela mesma noite.

– Não – disse Abner. – Não foi naquela noite que Alkire partiu na sua jornada; foi durante o dia.

– Abner – disse Dix –, você está falando como um idiota. Se Alkire tivesse pegado a estrada durante o dia alguém o teria visto.

– Ninguém poderia tê-lo visto na estrada por onde ele viajou.

– Que estrada?

– Dix – replicou Abner –, você vai ficar sabendo daqui a pouco.

Abner olhou o outro homem com expressão severa.

– Você viu Alkire quando ele começou sua jornada – continuou ele. – Mas chegou a ver quem ia com ele?

– Ninguém foi com ele – replicou Dix. – Alkire viajou sozinho.

– Sozinho, não – disse Abner. – Havia alguém com ele.

– Não vi ninguém com ele – disse Dix.

– E mesmo assim – disse Abner – você fez Alkire viajar com ele.

Vi uma expressão de esperteza se formar no rosto de Dix. Ele estava desconcertado, mas pensou que Abner estava na pista errada.

– Então eu fiz Alkire viajar com alguém, é isto? Bem, quem era, então? Você o viu?

– Ninguém nunca o viu.

– Então deve ser um estranho.

– Não – replicou Abner. – É alguém que já viajava por estas colinas antes de chegarmos aqui.

– É mesmo? – disse Dix. – E que cavalo ele montava?

– Um cavalo branco – afirmou Abner.

Nesse momento, Dix teve uma noção do que Abner queria dizer, e seu rosto ficou lívido.

– Onde está querendo chegar? – exclamou ele. – Você fica aí, fazendo rodeios. Se sabe de alguma coisa, diga logo. Vamos ouvir o que é. Do que se trata, então?

Abner estendeu sua grande mão nodosa como que para empurrar Dix de volta à cadeira.

– Escute! – disse ele. – Dois dias depois daquilo eu ia viajar para a região de Ten Mile e atravessei suas terras, Dix. Peguei a vereda por meio daquele valezinho estreito que fica do lado oeste de sua casa. A certa altura da vereda, onde há uma macieira, alguma coisa chamou minha atenção e eu parei. Cinco minutos depois eu sabia exatamente o que tinha acontecido embaixo daquela macieira... Alguém tinha cavalgado até ali, alguém tinha parado embaixo da árvore, então aconteceu alguma coisa e o cavalo fugiu em disparada – vi isso pelos rastros que ele deixou na vereda. Eu sabia que o cavalo tinha um cavaleiro e que tinha parado embaixo da árvore porque havia um galho cortado a certa altura. Eu sabia que o cavalo ficara parado ali porque os ramos menores daquele galho tinham sido aparados e estavam amontoados num mesmo ponto da vereda. Eu soube que alguma coisa tinha assustado o cavalo e ele tinha fugido, porque a relva estava espatifada no local em que ele pulou... Dez minutos depois eu sabia que o cavaleiro não estava na sela quando o cavalo pulou, sabia o que tinha assustado o cavalo e sabia que tudo aquilo tinha acontecido no dia anterior. Muito bem. Como é que eu sabia isso tudo?

"Ouça bem. Eu coloquei meu cavalo sobre as pegadas daquele outro cavalo, embaixo da macieira, e examinei o chão. Imediatamente eu vi que as plantas rasteiras na margem da vereda tinham sido esmagadas, como se algum animal tivesse se deitado ali, e mesmo no centro dessa marca vi um montículo espalhado, feito de terra fresca. Isso era estranho, Dix, aquela terra fresca num ponto onde um animal tinha se deitado! Ela tinha que ter chegado ali depois que o animal se levantou, ou então teria sido achatada pelo seu peso. Mas de onde tinha vindo?

"Comecei a andar em círculos em volta da macieira, círculos cada vez mais amplos. Por fim, encontrei um formigueiro cujo topo tinha sido arrancado, como se alguém tivesse recolhido aquela terra solta com as mãos. Então voltei até onde vira o montículo de terra e o remexi com os dedos. A parte de baixo dele estava encharcada de algo que parecia tinta vermelha, mas não era tinta.

"Havia uma cerca a uns cinquenta metros dali. Fui até lá e comecei a caminhar ao longo dela.

"Do outro lado da macieira, a relva também estava esmagada, como se um animal tivesse se deitado ali. Sentei naquele ponto e tracei uma linha com o olho por entre os paus da cerca até um galho da macieira. Então montei de novo no cavalo e voltei a colocá-lo nos rastros daquele outro cavalo sob a árvore; a linha imaginária passava bem pelo meu estômago! E eu sou quase um palmo mais alto do que Alkire."

Foi então que Dix começou a praguejar. Eu tinha visto a mudança de suas feições enquanto Abner falava e o suor tinha reaparecido em seu rosto. Mas ele manteve a coragem de que estava possuído.

– Deus todo-poderoso, homem! – exclamou ele. – Que beleza de história você consegue contar! Em breve vamos ver o Doutor Abner no tribunal com sua pasta. Porque meus funcionários mataram um bezerro, porque um dos cavalos deles se assustou ao ver o sangue e porque eles cobriram o sangue com terra para não assustar outros cavalos que passassem por ali... e de um instante para o outro fui eu que atirei em Alkire. Rapaz! Que conto do vigário! E agora, Doutor Abner, com suas belas conclusões, o que foi que eu fiz com Alkire depois de matá-lo? Eu o fiz desaparecer no ar com um cheiro de enxofre, ou fiz a terra se abrir e engolir Alkire nas suas entranhas?

– Dix – disse Abner –, o que você diz está muito perto da verdade.

– Pela minha alma! – gritou Dix. – Isso é um elogio. Se eu fosse capaz de tal mágica, pode acreditar em mim, você já estaria muito longe daqui.

Abner ficou calado um instante.

– Dix – disse ele –, quando alguém encontra um trecho de terra revolvido, o que significa isso?

– É uma adivinha? – exclamou Dix. – Ora, que eu me dane se não conseguir responder! Você me acusa de assassinato e então vem com seus enigmas. Muito bem, qual pode ser a resposta para sua adivinha, Abner? Se um crime houvesse sido cometido, a terra revolvida indicaria uma cova, e Alkire estaria lá dentro, com a camisa ensanguentada. É esta a resposta?

– Não, não é – disse Abner.

– Não! – exclamou Dix. – Sua terra revolvida não é nenhuma cova, e Alkire não está dentro dela esperando a trombeta de Gabriel! Ora, homem, onde ficam então as suas malditas conclusões?

– Dix – disse Abner –, você não me engana nem um pouco. Alkire não está dormindo numa cova.

– Então está no ar – grunhiu Dix. – Cheirando a enxofre?

– Também não está no ar – disse Abner.

– Então foi consumido pelo fogo, como os sacerdotes de Baal?

– Também não pelo fogo – disse Abner.

Dix tinha readquirido a compostura no rosto; todo aquele diálogo o tinha levado de volta ao ponto em que estava quando Abner chegara.

– Tudo isso é um diálogo de tolos – disse ele. – Se eu tivesse matado Alkire, o que teria feito então com o corpo? E o cavalo! Que fim eu teria dado ao cavalo? Lembre-se de que ninguém voltou a ver o cavalo de Alkire, assim como ninguém mais viu Alkire, pela simples razão de que Alkire montou o cavalo e desapareceu naquela mesma noite. Agora, Abner, olhe aqui, você me fez uma porção de perguntas. Agora sou eu que lhe faço uma. Nas conclusões a que você chegou, eu pratiquei isso sozinho ou com a ajuda de alguém?

– Dix – disse Abner –, eu lhe direi, de acordo com a minha consciência, que você não teve nenhum cúmplice.

– Então – disse Dix –, como eu poderia me livrar do cavalo? Eu poderia carregar o corpo de Alkire, mas o cavalo pesava quinhentos quilos!

– Dix – disse Abner –, nenhum homem o ajudou a fazer o que fez, mas houve homens que o ajudaram a esconder, depois de feito.

– Agora, sim! – exclamou Dix. – O homem ficou louco! Em quem eu poderia confiar para executar essa tarefa? Será que algum dos meus funcionários não iria contar tudo quando fosse morar noutro lugar ou quando tivesse entornado um quartilho de sidra? Onde estão os homens que me ajudaram?

– Dix – disse Abner –, esses homens já morreram há mais de cinquenta anos.

Então ouvi a gargalhada de Dix e seu rosto maligno se iluminou como se houvesse uma vela por trás dele. A verdade é que eu achei que ele tinha finalmente deixado Abner sem palavras.

– Em nome dos céus! – exclamou ele. – Com provas desse tipo é de me admirar que você não tenha me mandado para a forca.

– E a forca era o que você merecia – disse Abner.

– Muito bem! – exclamou Dix. – Corra e vá dizer ao xerife, e não se esqueça de mostrar para ele todas as suas conclusões tão certinhas, de como por um rastro de cavalo e pelo lugar onde foi morto um bezerro você inventou um assassinato de Alkire, e para esconder o corpo e o cavalo dele você inventou a ajuda de homens que estavam apodrecendo no túmulo quando eu nasci, e veja como ele vai escutar isso!

Abner não deu atenção ao discurso insolente do outro. Tirou do bolso seu grande relógio de prata, apertou o fecho da tampa e olhou as horas. Depois voltou a falar com sua voz grave e profunda:

– Dix, é quase meia-noite; daqui a uma hora você vai seguir viagem, e eu tenho algo mais para lhe dizer. Escute! Eu soube que aquilo tinha acontecido no dia anterior porque chovera na noite em que encontrei Alkire, e a terra no formigueiro tinha sido remexida depois disso. Além disso, essa terra tinha congelado, e isso mostrava que uma noite inteira tinha se passado desde que ela fora colocada ali. Eu sabia que o dono daquele cavalo era Alkire, porque junto dos ramos caídos à beira da vereda estava meu canivete, depois de ter caído da mão dele. Tudo isso eu percebi em quinze minutos, o resto me levou mais tempo.

"Segui as pegadas do cavalo até que ele parou no valezinho lá embaixo. Foi fácil seguir os rastros de quando ele galopou, porque a relva estava despedaçada, mas quando ele parou de correr não havia rastros que eu pudesse ver. Havia um riacho acompanhando o vale, e eu fui até a borda da floresta, de onde comecei a percorrer a margem procurando o local onde ele pudesse ter atravessado. Por fim encontrei um rastro de cavalo e também as pegadas de um homem, o que significava que você tinha alcançado o cavalo e agora o estava conduzindo. Mas para onde?

"Numa elevação do terreno mais adiante havia um velho pomar, onde antigamente existiu uma casa. Era uma construção com mais de cem anos, e agora estava em ruínas, desmoronando. Você tinha aberto o pomar dessa casa dando acesso às suas pastagens. Dei a volta pela encosta da colina e entrei no pomar. Havia uma grande pedra achatada, coberta de musgo, a pouca distância do local onde se erguia a casa. Quando a examinei, vi que o musgo que a cobria estava partido ao longo de toda a sua borda e reparei então que, em volta da pedra, alguém tinha espalhado terra no raio de um metro. Agachei-me e remexi essa terra; o chão por baixo dela estava manchado com aquilo que parecia tinta vermelha.

"Você foi muito esperto, Dix, ao cobrir as manchas com terra; isso lhe tomou muito pouco tempo e ajudou a esconder de maneira eficaz o local onde você matou o cavalo, mas foi muito imprudente de sua parte esquecer que o musgo partido ao longo das bordas da pedra não podia ser refeito."

– Abner! – exclamou Dix. – Pare!

Eu vi novamente aqueles filetes de suor, o seu rosto se movendo como se fosse feito de massa de pão, e o tremor daquele frio abominável sacudindo seu corpo.

Abner ficou calado por alguns instantes e depois continuou, mas já de outra direção.

– Duas vezes – disse Abner. – O Anjo do Senhor se ergueu diante de mim e eu não percebi, mas pude percebê-lo na terceira vez. Não foi no clamor do vento, nem no ruído de águas pesadas que Sua voz se fez presente entre nós. Aquele homem em Israel teve como sinal apenas o fato de que o animal que montava se recusou a avançar. Por duas vezes eu tive um sinal tão claro quanto este, e hoje à noite, quando Marks quebrou a correia do estribo diante da minha casa, bateu à minha porta e perguntou se eu tinha uma faca para consertá-la, eu percebi e me pus a caminho!

O tronco que Abner tinha posto no fogo já ardera, e o fogo tinha se convertido numa massa de brasas ardentes; o aposento estava cheio daquela luz baça e vermelha. Dix tinha ficado de pé e agora se retorcia diante do fogo, estendendo as mãos para ele, com o frio lhe invadindo a medula dos ossos e o cheiro de fumaça à sua volta.

Abner ficou de pé. E, quando falou, sua voz era como uma coisa que tinha dimensões, que tinha peso.

– Dix – disse ele –, você roubou o dinheiro dos criadores, você atirou em Alkire quando ele estava montado e hoje você teria matado uma criança!

Eu vi a manga do casaco de Abner começar a se mover e então parar. Ele ficou olhando para alguma coisa na parede. Espiei para ver o que era, mas não consegui. Abner estava olhando para além da parede, como se ela não estivesse mais ali.

Durante todo esse tempo, Dix estava tremendo com aquele frio infernal e torcendo o corpo em frente ao fogo, tentando aproximar-se dele. De repente caiu para trás e era de novo o Dix que eu conhecia – suas feições estavam flácidas, seus olhos furtivos e ele estava tomado pelo terror.

Foi o seu débil gemido que despertou Abner. Ele ergueu a mão, passou os dedos com força sobre o rosto e então olhou para aquela nova criatura, que gemia, tomada pelo medo.

– Dix – disse ele –, Alkire era um homem justo, ele agora dorme em paz naquele poço abandonado, embaixo do corpo do seu cavalo, dorme tão bem quanto o faria num campo santo. Minha mão se deteve, você pode ir embora. A vingança me pertence, e eu farei o pagamento, disse o Senhor.

– Mas para onde posso ir, Abner? – gemeu a criatura. – Não tenho dinheiro e estou morrendo de frio.

Abner tirou sua carteira de couro e a jogou na direção da porta.

– Ali há dinheiro – disse ele. – Cem dólares, e aqui está meu casaco. Vá embora! Se eu o encontrar nas colinas amanhã, ou se eu voltar a vê-lo um dia, eu lhe aviso, em nome do Deus vivo, que vou dar cabo em você.

Eu vi aquela coisa desprezível enfiar-se dentro do casaco de Abner, agarrar a carteira e deslizar pela porta afora; um instante depois ouvi o galope de um cavalo. Em seguida me arrastei de volta para baixo do couro de bezerro de Roy.

Quando desci a escada, pela manhã, meu Tio Abner estava lendo, sentado junto ao fogo.

O cavalo do mundo invisível

William Hope Hodgson

1910

"The Horse of the Invisible"
Primeira publicação: *The Idler*, abril de 1910.
Primeira publicação em livro: *Carnacki, the Ghost Finder* (Londres: Eveleigh Nash, 1913).

A fama literária de William Hope Hodgson (1877-1918) se deve principalmente aos seus romances fantásticos *The House on the Borderland* (1908), sobre uma casa situada na zona limítrofe entre vários universos; *The Ghost Pirates* (1909), em que um barco à deriva é assaltado por criaturas sobrenaturais; e *The Night Land* (1912), que se passa numa Terra milhões de anos no futuro, com o que resta da humanidade encurralada por seres monstruosos.

Hodgson foi marinheiro por muitos anos, e produziu também uma série de obras ambientadas no mar. Muito jovem e franzino, assediado pelos marinheiros mais velhos, dedicou-se a exercícios físicos para autodefesa. De volta a sua Inglaterra natal, montou na cidade de Blackburn uma Escola de Cultura Física, antes de se dedicar definitivamente à literatura. Morreu em combate na Primeira Guerra Mundial, nos arredores de Ypres (Bélgica).

Entre suas criações mais famosas, estão as aventuras de Carnacki, o descobridor de fantasmas, um dos mais metódicos e práticos detetives do sobrenatural. Em suas caçadas em casas mal-assombradas, Carnacki usa máquinas fotográficas (um dos *hobbies* de Hodgson), lâmpadas de flash, alarmes sonoros, fios elétricos, juntamente com fórmulas cabalísticas e feitiços protetores. Isto traz para suas aventuras um misto de racionalidade e ocultismo, aspecto reforçado pelo fato de que cada aventura de Carnacki tanto pode resultar no desmascaramento de um grupo de ladrões ou charlatães produzindo assombrações falsas quanto no encontro com criaturas terríveis que emergem de outros planos materiais.

Diz Carnacki:

> Sou o que se pode chamar um cético sem preconceitos. Não costumo acreditar nas coisas ou desacreditar delas "por princípio"... Vejo todos os relatos de assombrações como algo não provado, até examiná-las, e devo admitir que em 99% dos casos tudo não passa de pretensão e fantasia. Mas, o centésimo caso! Ah, se não fosse pelo centésimo, eu teria muito poucas histórias para contar...

O cavalo do mundo invisível

William Hope Hodgson
(tradução de Pedro Ribeiro)

Naquela tarde eu recebera um convite de Carnacki. Ao chegar à sua casa encontrei-o sentado e sozinho. Enquanto eu adentrava a sala, ele se levantou com perceptível dificuldade e estendeu a mão esquerda. Seu rosto parecia bem machucado e cheio de marcas, e a mão direita estava enfaixada. Cumprimentou-me e ofereceu seu jornal, que recusei. Então me passou um punhado de fotografias e voltou a ler.

Esse era o comportamento típico de Carnacki. Nenhuma palavra da sua parte, e nenhuma pergunta da minha. Passei cerca de meia hora olhando as fotografias, a maioria delas "instantâneos" (alguns com luz de flash) de uma jovem extraordinariamente bela; mas era incrível, em algumas das fotografias, que essa beleza fosse tão evidente, pois seu rosto expressava tamanho medo e espanto que era difícil não achar que ela fora fotografada na presença de algum perigo iminente e avassalador.

A maioria das fotografias fora ambientada no interior de diferentes salas e passagens, e em cada uma delas a moça podia ser vista ou de corpo inteiro, à distância, ou mais de perto, com talvez pouco mais que uma mão, um braço, uma parte da cabeça ou do vestido aparecendo na imagem. Todas elas haviam sido tiradas com um propósito definido de não apenas retratar a donzela, mas também o ambiente à sua volta, e isso me deixou muito curioso, como podem imaginar.

Quase na parte inferior da pilha, contudo, encontrei algo *realmente* extraordinário. Era uma fotografia da moça, parada de forma abrupta e nítida diante da luz forte de um flash, como era óbvio. Seu rosto estava ligeiramente voltado para cima, como que subitamente assustado por algum ruído. Diretamente acima da moça, indistinto e descendo das sombras, um único e enorme casco.

Examinei esta foto longamente sem compreendê-la, a não ser pelo fato de que provavelmente estaria associada a algum caso estranho que despertara o interesse de Carnacki. Quando Jessop, Arkright e Taylor chegaram, Carnacki silenciosamente solicitou as fotografias com a mão estendida, e devolvi-as da mesma maneira, então fomos todos jantar. Depois de passarmos uma hora tranquila à mesa, colocamos nossas cadeiras em círculo, nos instalamos confortavelmente e Carnacki começou:

– Estive no Norte – disse ele pausada e dolorosamente entre baforadas do seu cachimbo. – Em Hisgins, ao leste de Lancashire. Foi um negócio deveras estranho, e imagino que concordarão comigo quando eu terminar. Mesmo antes de ir, já sabia algo sobre a "História do Cavalo", como dizem, mas nunca pensei que me envolveria nela. Também sei *agora* que nunca a levei a sério – apesar da minha regra de sempre manter a mente aberta. Nós, humanos, somos umas criaturas engraçadas!

"Pois bem, recebi um telegrama solicitando uma reunião, o que naturalmente indicava algum problema. Na data marcada, o velho Capitão Hisgins veio me ver. Ele me contou muitos detalhes novos sobre a história do Cavalo, muito embora eu conhecesse os pontos principais e soubesse que, se a primeira criança fosse uma menina, essa menina seria assombrada pelo Cavalo durante seu namoro.

"Como já podem perceber, é uma história extraordinária, e embora já a conhecesse, nunca pensei que fosse algo mais do que uma velha lenda, conforme já indiquei. Durante sete gerações os primogênitos da família Hisgins foram varões, e os próprios Hisgins há muito consideravam a história nada mais do que um mito.

"Voltando ao presente, a filha mais velha desta nobre família é uma garota, teve que ouvir com frequência as brincadeiras de seus amigos e parentes de que seria a primeira primogênita em sete gerações e que devia manter os rapazes à distância ou entrar para um convento caso desejasse evitar a assombração. E isso, eu acho, nos mostra como a história foi aos poucos sendo considerada indigna de qualquer observação séria. Não concordam?

"Dois meses atrás, a senhorita Hisgins ficou noiva de Beaumont, um jovem oficial da Marinha, e na noite do noivado, antes mesmo que ele fosse formalmente anunciado, algo extraordinário aconteceu, levando o Capitão Hisgins a marcar uma hora comigo e, em última instância, fazendo com que eu visitasse o local para investigar o assunto.

"A partir dos antigos papéis e registros de família que me foram confiados, descobri que não havia dúvida de que ocorrera, durante o período iniciado cerca de 150 anos atrás, uma série de coincidências extraordinárias e bastante desagradáveis, para expor a situação do ponto de vista menos emocional possível. Nos dois séculos anteriores houve um total de cinco moças primogênitas em sete gerações da família. Cada uma das meninas cresceu e ficou noiva, e cada uma delas morreu ao longo do período do noivado, duas por suicídio, uma ao cair da janela, outra de "coração partido" (presumivelmente um ataque cardíaco devido a um choque súbito de pavor). A quinta moça foi morta certa noite no parque ao redor da casa, mas não parecia haver informações precisas sobre *como* isso aconteceu, só a impressão de que teria sido escoiceada por um cavalo. Foi encontrada já morta. Agora, vejam bem, todas essas mortes poderiam ter sido atribuídas – mesmo os suicídios – a causas naturais, em vez de sobrenaturais, certo? Contudo, em todos os casos, as donzelas indubitavelmente passaram por algumas experiências extraordinárias e apavorantes durante seus noivados, pois em todos os registros havia menção ao relincho de um cavalo não visto ou aos sons de um equino invisível galopando, assim como muitas outras manifestações peculiares e inexplicáveis. Imagino que já tenham compreendido o caráter extraordinário deste assunto que fui chamado a investigar.

"Fiquei sabendo, por um dos relatos, que a perseguição sobrenatural às moças era tão persistente e horripilante que dois dos noivos praticamente fugiram de suas amadas. E acho que foi isso, mais do que qualquer outra coisa, que me fez pensar que havia algo além de uma mera sucessão de coincidências desconfortáveis.

"Tomei ciência desses fatos antes de ter passado muitas horas na casa, e depois disso informei-me cuidadosamente sobre os detalhes do que acontecera na noite do noivado da Srta. Hisgins com Beaumont. Parecia que, enquanto os dois caminhavam pelo corredor grande do térreo, pouco depois de escurecer e antes que os lampiões fossem acesos, houve um relincho súbito, horrível, no corredor próximo a eles. Imediatamente depois, Beaumont sofreu um tremendo golpe ou coice que quebrou seu antebraço direito. Então o resto da família e os criados chegaram correndo para saber o que havia de errado. Foram trazidas lanternas, o corredor e posteriormente a casa toda foram investigados, mas não foi encontrado nada de estranho.

"Podem imaginar o alvoroço na casa e a conversa meio cética, meio crédula, sobre a velha lenda. Então mais tarde, no meio da noite, o velho Capitão acordou com o estrépito de um grande cavalo galopando pela casa.

"Depois disso, várias vezes Beaumont e a moça afirmaram ter ouvido os sons de cascos atrás deles depois do cair do sol, em várias das salas e corredores.

"Três noites mais tarde, Beaumont foi despertado por um insólito relincho que parecia vir dos aposentos de sua amada. Apressou-se em chamar o pai dela e os dois correram até o quarto. Encontraram-na acordada e passando mal de puro terror, tendo sido despertada pelo relincho, aparentemente próximo à sua cama.

"Na noite anterior à minha chegada, houve uma nova ocorrência, e estavam todos com os nervos em frangalhos, como podem imaginar.

"Conforme mencionei antes, passei a maior parte do primeiro dia me familiarizando com os detalhes, mas depois do jantar relaxei e joguei bilhar a noite toda com Beaumont e a Srta. Hisgins. Paramos por volta das dez horas, tomamos café e pedi que Beaumont me contasse minuciosamente os eventos da noite anterior.

"Ele e a Srta. Hisgins estavam sentados no quarto da tia dela, com a velha senhora fazendo-lhes companhia enquanto lia. Escurecia, e o lampião estava sobre a mesa, perto da senhora. O resto da casa ainda não acendera as luzes, já que a noite caíra mais cedo do que de costume. Bem, parece que a porta no quarto estava aberta e subitamente a garota disse: 'Psiu! O que foi isso?'– os dois ficaram atentos, e então Beaumont ouviu o som de um cavalo do lado de fora da casa, diante da porta da frente. 'Não será seu pai?', ele sugeriu, mas ela lembrou que o pai não estava cavalgando. Naturalmente, os dois já estavam predispostos a imaginar coisas estranhas, mas Beaumont esforçou-se para sair desse estado de espírito e foi até o vestíbulo conferir se havia alguém na entrada. Estava muito escuro no vestíbulo e ele podia ver claramente a silhueta dos painéis de vidro da porta interna na escuridão da sala. Caminhou até o vidro e espiou o caminho que conduzia até a porta, mas não havia nada à vista. Sentindo-se nervoso e confuso, abriu a porta interna e foi até a entrada para carruagens. Quase que imediatamente a grande porta do vestíbulo se fechou com um estrondo atrás dele. Ele me contou que teve a súbita e horrível sensação de estar preso de alguma maneira – foram essas as suas palavras.

Deu meia-volta e agarrou a maçaneta, mas algo parecia prendê-la com uma força terrível do outro lado. Então, antes que pudesse assimilar esse fato, foi capaz de girar a maçaneta e abrir a porta. Parou por um instante no umbral e olhou para dentro do vestíbulo, pois mal se tranquilizara para saber se estava realmente com medo ou não. Então ouviu o som de sua amada mandando-lhe um beijo, da escuridão cinzenta do corredor, e soube que ela o seguira do quarto. Mandou outro beijo de volta e adentrou o umbral, pretendendo ter com ela. Subitamente, teve a arrepiante certeza de que não fora sua noiva que mandara aquele beijo. Soube que alguém tentava atraí-lo sozinho até a escuridão e que a moça em momento algum deixara os aposentos da tia. Saltou para trás e no mesmo instante ouviu o beijo novamente, mais próximo. Gritou a plenos pulmões: 'Mary, fique no quarto! Não saia daí até eu voltar!' Ela respondeu algo de dentro do quarto, e ele gastou uma dúzia de fósforos ou mais, erguendo-os sobre a cabeça e investigando o vestíbulo. Não havia ninguém, mas, enquanto os fósforos queimavam, o galope de um grande cavalo soava pelo espaço vazio.

"Como podem ver, ele e a garota ouviram o som de um cavalo galopando, mas, quando perguntei com mais detalhes, descobri que a tia nada ouvira, embora fosse verdade que ela era um pouco surda e estava mais distante do corredor. Naturalmente, ele e a Srta. Hisgins estavam bastante nervosos e suscetíveis a ouvir qualquer coisa. A porta podia ter batido por conta de um golpe de vento súbito causado pela abertura de alguma porta interna; e quanto à maçaneta que não abria, talvez não fosse nada mais que um fecho emperrado.

"Quanto aos beijos e ao som do cavalo galopando, observei que poderiam ser sons bastante comuns, se eles estivessem calmos o suficiente para raciocinar. Como expliquei, e ele já sabia, os sons de um cavalo galopando podem ser levados pelo vento por uma longa distância, de modo que o ruído que escutara talvez não fosse nada além de um cavalo sendo montado ao longe. Já o beijo, muitos ruídos leves – como papel ou folhas farfalhando – têm um som um pouco parecido, especialmente para alguém muito nervoso e imaginando coisas.

"Concluí este pequeno sermão sobre senso comum contra a histeria enquanto apagávamos as luzes e deixávamos a sala de bilhar. Mas nem Beaumont nem a Srta. Hisgins concordavam que havia sido uma fantasia da parte deles.

"Já havíamos saído da sala de bilhar a essa altura e seguíamos pela passagem, e eu ainda me esforçava ao máximo para que ambos aceitassem as possibilidades prosaicas e ordinárias do acontecido, quando o que enterrou meu argumento, por assim dizer, foi o som de um casco na escura sala de bilhar que acabáramos de deixar.

"Senti o 'arrepio' tomar-me de um átimo, subindo da base da espinha até a nuca. A Srta. Hisgins resfolegou como uma criança com coqueluche e correu até a passagem soltando gritinhos roucos. Beaumont, contudo, girou rapidamente nos calcanhares e saltou alguns metros para trás. Também recuei um pouco, como podem compreender.

"Eis aí – sussurrou sem fôlego. – Talvez o senhor acredite agora.

"Certamente há alguma coisa – sussurrei de volta, sem tirar os olhos da porta fechada da sala de bilhar.

"Silêncio! – murmurou. – Começou de novo.

"Houve um som como um grande cavalo trotando pela sala de bilhar com passos lentos e deliberados. Fui tomado por um medo gélido e horrível de tal modo que parecia impossível respirar plenamente... certamente conhecem a sensação. Então vi que devíamos ter caminhado para trás, pois nos encontrávamos subitamente na abertura da longa passagem.

"Paramos ali e escutamos. Os sons persistiram de um modo terrivelmente planejado, como se a besta sentisse um prazer malicioso em percorrer a sala que havíamos abandonado tão recentemente. Entendem o que quero dizer?

"Então houve uma pausa e um longo período de absoluto silêncio, exceto pelos sussurros nervosos de algumas pessoas na sala de estar. O som podia ser ouvido claramente na ampla escadaria. Imagino que estavam ao redor da Srta. Hisgins, pretendendo protegê-la.

"Acredito que Beaumont e eu tenhamos ficado ali no fim da passagem por uns cinco minutos, atentos a qualquer ruído na sala de bilhar. Então percebi o medo horrível que estava sentindo e disse a ele: – Vou ver o que há lá dentro.

"– Eu também – respondeu. Estava branco como cera, mas tinha muita coragem. Pedi que esperasse um instante e corri até meu quarto, onde peguei minha câmera e o flash. Coloquei o revólver no bolso direito e um soco inglês no meu punho esquerdo, onde ficaria pronto, mas não me impediria de usar o flash.

"Corri de volta até Beaumont. Ele mostrou-me que portava sua pistola e concordei, mas sussurrei que não se apressasse a atirar, já que poderia ser algum tipo de trote idiota. Ele removera um lampião de um suporte na sala e o segurava na dobra do seu braço ferido, de modo que tínhamos uma boa luz.

Então atravessamos a passagem até a sala de bilhar, os dois bastante nervosos, como podem imaginar.

"Esse tempo todo não soou um pio sequer, mas abruptamente, quando estávamos a alguns metros da porta, ouvimos a súbita batida de um casco no sólido assoalho da sala de bilhar. No instante seguinte, parecia que o lugar inteiro tremia sob os cascos pesados de alguma criatura enorme, que vinha em direção à porta. Eu e Beaumont recuamos alguns passos e então percebemos o que estávamos fazendo, criamos coragem e esperamos. As passadas vigorosas chegaram até junto da porta e depois pararam, e fez-se absoluto silêncio, exceto pelo ruído para mim ensurdecedor da pulsação nas minhas garganta e têmporas.

"Arrisco-me a dizer que esperamos meio minuto antes que recomeçasse a batida inquieta de um grande casco. Logo depois os sons avançaram como se um ser invisível houvesse atravessado a porta fechada e o seu passo pesado estivesse sobre nós. Saltamos cada um para um lado da passagem e sei que me espremi contra a parede. O 'pocotó, pocotó' do grande casco passou entre nós lentamente e desceu a passagem com uma intensidade ameaçadora. Podia ouvi-lo pelo bramido dos batimentos cardíacos em meus ouvidos e têmporas, e meu corpo estava extraordinariamente rígido e formigando, horrivelmente sem ar. Fiquei algum tempo assim, com a cabeça virada na direção da passagem. Estava consciente apenas de que havia um perigo hediondo por perto, entendem?

"E então, subitamente, recuperei a coragem. Estava ciente de que o ruído dos cascos parecia mais próximo da outra extremidade da passagem. Torci o corpo rapidamente, deixei a câmera pronta e disparei o flash. Imediatamente, Beaumont disparou uma saraivada de tiros na passagem e começou a correr, gritando: 'Ele está atrás de Mary. Corra! Corra!'

"Cruzou a passagem, e fui atrás dele. Saímos no patamar intermediário da escadaria e ouvimos o som de cascos nas escadas; depois, nada. E a partir daí, mais nada.

"Abaixo de nós no salão pude ver alguns criados ao redor da Srta. Hisgins, que parecia ter desmaiado, e outros reunidos a certa distância, fitando o patamar de cima sem dizer palavra. E cerca de vinte degraus escada acima estava o velho Capitão Hisgins com uma espada desembainhada, no ponto onde a criatura havia se detido, bem abaixo da última batida de casco. Acho que nunca vi nada tão nobre quanto aquele venerável senhor de guarda entre sua filha e aquela coisa infernal.

"Ouso dizer que vocês podem compreender meu insólito sentimento de horror ao passar por aquele ponto nas escadas onde os sons haviam cessado. Foi como se o monstro ainda estivesse ali, invisível. E o mais peculiar era que não ouvimos outro ruído de cascos, subindo ou descendo a escadaria.

"Depois que levaram a Srta. Hisgins ao seu quarto, mandei um recado que logo iria ter com eles, assim que estivessem prontos. E eventualmente, quando chegou a mensagem dizendo que estavam à minha espera, pedi ao pai que me ajudasse com minha caixa de instrumentos e carregamo-la juntos até o quarto da moça. Fiz com que afastassem a cama para o meio do quarto e depois montei o pentáculo ao redor da cama.

"Depois pedi que lampiões fossem colocados ao redor do quarto, mas disse que sob nenhuma circunstância deveria haver uma luz acesa dentro do pentáculo, tampouco alguém deveria entrar ou sair dele. Coloquei a mãe da garota dentro do pentáculo e instruí a criada para que ficasse sentada do lado de fora, pronta para levar qualquer mensagem e para garantir que a sra. Hisgins não precisasse deixar o pentáculo. Também sugeri que o pai da menina passasse a noite no quarto e que era melhor que ele estivesse armado.

"Quando deixei o quarto, encontrei Beaumont esperando do lado de fora em um lamentável estado de ansiedade. Contei-lhe o que havia feito e expliquei que a Srta. Hisgins provavelmente estaria perfeitamente segura dentro da "proteção", mas que, além de seu pai passar a noite no quarto, eu pretendia ficar de guarda junto à porta. Disse que gostaria que ele me fizesse companhia, pois sabia que seus sentimentos não o deixariam dormir, e não me faria mal ter um companheiro. Além disso, queria mantê-lo sob observação, pois não havia dúvida de que de certa forma ele corria risco ainda maior do que a noiva. Pelo menos, essa era a minha opinião e ainda é, com a qual penso que vocês concordarão mais tarde.

"Indaguei se ele faria objeção a que eu desenhasse um pentáculo ao seu redor para esta noite e consegui que concordasse, mas pude ver que ele não sabia se devia ser supersticioso quanto a isso ou considerá-lo um tipo de truque idiota, porém levou o assunto a sério quando forneci alguns detalhes sobre o caso do Véu Negro, quando o jovem Aster morreu. Lembram-se? Ele disse que era uma superstição tola e ficou do lado de fora. Pobre diabo!

"A noite passou de modo bastante tranquilo, até pouco antes da aurora, quando ouvimos os sons de um grande cavalo galopando ao redor da casa como o velho Capitão Hisgins havia descrito. Vocês podem imaginar como isso me afetou e, logo depois, ouvi alguém se mexendo no quarto. Intranquilo, bati à porta, e o Capitão apareceu. Perguntei se estava tudo bem, ele respondeu que sim e imediatamente indagou se eu ouvira o galope, de modo que soube que ele também escutara o barulho. Sugeri que talvez fosse melhor deixar a porta do quarto um pouco aberta até o amanhecer, já que certamente havia algo por perto. Depois de fazer isso, ele voltou para o quarto, junto da esposa e da filha.

"É melhor que eu diga logo que duvidava muito de que houvesse algum valor na 'Defesa' ao redor da Srta. Hisgins, pois o que chamo de 'sons pessoais' da manifestação eram um material tão extraordinário que eu estava inclinado a comparar o caso com um dos de Harford, em que a mão da criança se materializava dentro do pentáculo e dava tapinhas no chão. Como bem se recordam, foi uma situação abominável.

"Contudo, no final nada mais aconteceu e, assim que o sol raiou, fomos todos dormir.

"Beaumont me chamou por volta do meio-dia e desci, fazendo do desjejum um almoço. A Srta. Hisgins estava lá, e parecia estar de bom humor, dada a situação. Ela confessou que, graças a mim, sentiu-se quase segura pela primeira vez em dias. Também disse que seu primo, Harry Parsket, estava vindo de Londres e que certamente faria qualquer coisa para ajudar a combater o fantasma. Depois disso, ela e Beaumont foram caminhar na propriedade para passar algum tempo juntos.

"Eu mesmo resolvi explorar o terreno e dei uma volta ao redor da casa, mas não vi marcas de cascos, e depois disso passei o resto do dia examinando a casa sem encontrar nada.

"Concluí minha busca antes de escurecer e voltei ao quarto a fim de me vestir para o jantar. Quando desci, o primo acabara de chegar, e era um dos melhores sujeitos que eu conheci em muito tempo. Um tipo dotado de uma tremenda coragem e exatamente o tipo de indivíduo que gosto de ter em um caso ruim como aquele. Podia ver que o que o deixava mais perplexo era nossa crença na autenticidade da assombração, e confesso que quase quis que algo acontecesse, só para mostrar-lhe como era verdadeiro. E de fato algo aconteceu, de modo memorável.

"Beaumont e a Srta. Hisgins haviam saído para uma caminhada pouco antes do crepúsculo, e o Capitão Hisgins pediu que eu o acompanhasse até o seu estúdio para uma conversa, enquanto Parsket subiu com suas malas, pois não trouxera um criado.

"Tive uma longa conversa com o velho Capitão, em que observei que a 'assombração' evidentemente não estava especialmente ligada à casa, mas apenas à própria moça, e que, quanto mais cedo ela se casasse, mais chance Beaumont teria de estar com ela o tempo todo; além disso, talvez as manifestações cessassem se o casamento fosse efetivamente celebrado.

"O Capitão concordou, principalmente com a primeira parte, e lembrou-me que três das moças que sofreram com as 'assombrações' haviam sido enviadas para longe de casa e haviam morrido enquanto estavam fora. Então nossa conversa sofreu uma interrupção apavorante, pois subitamente o velho mordomo adentrou o quarto correndo, extremamente pálido:

"A Srta. Mary, senhor! A Srta. Mary, senhor! – disse ofegante. – Ela está gritando... lá no parque, senhor! E estão dizendo que podem ouvir o Cavalo...

"O Capitão lançou-se sobre uma prateleira de armas, pegou sua velha espada e correu para fora enquanto a desembainhava. Subi rapidamente as escadas, peguei minha câmera com o flash e um revólver de grosso calibre. Gritei diante da porta de Parsket: 'O Cavalo!', desci as escadas e saí para o jardim.

"No escuro havia uma confusão de gritos e ouvi o som de disparos em meio às árvores. Então, de um ponto negro à minha esquerda, irrompeu subitamente um relincho infernal. Imediatamente me virei e disparei o flash, mostrando as folhas de uma grande árvore bem perto, tremendo sob a brisa noturna, mas não vi mais nada, e depois um negrume dez vezes maior caiu sobre mim e escutei Parsket gritando mais atrás para saber se eu tinha visto algo.

"No instante seguinte ele estava ao meu lado, e me senti mais seguro com sua companhia, pois havia alguma coisa incrível perto de nós, e eu estava momentaneamente cego devido ao brilho do flash. 'O que foi? O que foi?', ele repetia nervoso. E o tempo todo eu fitava a escuridão e respondia mecanicamente: 'Eu não sei. Eu não sei.'

"Ouvi uma gritaria em algum lugar à frente e depois um tiro. Corremos na direção dos sons, gritando para que as pessoas não atirassem; isso seria mais um perigo com o pânico e a escuridão. Aí chegaram dois guarda-caças que correram até o caminho com suas lanternas e armas e, logo após, uma fileira de luzes dançou na nossa direção vinda da casa, carregada por alguns criados.

"Enquanto as luzes chegavam, vi que estávamos perto de Beaumont. Ele estava junto da Srta. Hisgins e portava seu revólver. Então vi seu rosto e havia uma grande ferida em sua testa. O Capitão estava ao seu lado, brandindo a espada nua para todos os lados e fitando a escuridão; um pouco atrás dele estava o velho mordomo, com uma acha de guerra removida da parede do salão em suas mãos. No entanto, não havia nada de estranho à vista em parte alguma.

"Deixamos a moça em casa com a mãe e Beaumont, enquanto um cavalariço cavalgou para chamar um médico. Em seguida, o resto de nós, com quatro outros guarda-caças, todos armados com pistolas e levando lanternas, saímos para patrulhar o terreno da casa. Mas nada encontramos.

"Quando voltamos, vimos que o médico já havia chegado. Ele fez um curativo na ferida de Beaumont, que felizmente não era profunda, e ordenou que a Srta. Hisgins fosse direto para a cama. Fui para o andar de cima com o Capitão e encontrei Beaumont de guarda junto à porta da noiva. Perguntei como estava e depois, assim que a moça e a mãe estavam prontas para nos receber, o Capitão Hisgins e eu entramos no quarto e montamos novamente o pentáculo ao redor da cama. Já haviam deixado luzes no quarto e, depois que estabeleci a mesma ordem de vigia da noite anterior, juntei-me a Beaumont do lado de fora do quarto.

"Parsket havia chegado enquanto eu estava no quarto e juntos conseguimos ter uma ideia, conversando com Beaumont, do que acontecera no parque. Parecia que eles estavam voltando para casa depois de sua caminhada em direção ao pavilhão oeste. Havia escurecido bastante e subitamente a Srta. Hisgins fez 'psiu!' e parou. Ele também parou e prestou atenção, mas não ouviu nada por algum tempo. Então percebeu – o som de um cavalo, aparentemente distante, galopando na direção deles sobre a grama. Ele disse que não era nada e começou a levá-la às pressas para casa, mas naturalmente não a enganou. Em menos de um minuto, no escuro, o ruído se aproximou bastante deles, e começaram a correr. Aí a Srta. Hisgins tropeçou e caiu. Ela começou a gritar, e foi isso que o mordomo ouviu. Enquanto Beaumont levantava a noiva, escutou os cascos trovejando na sua direção. Ele a protegeu com o corpo e disparou todas as cinco balas de seu revólver rumo aos sons. Garantiu ter visto algo que parecia uma enorme cabeça de cavalo junto dele na luz do último tiro de pistola. Imediatamente depois foi atingido por um golpe tremendo que o derrubou; em seguida, o Capitão e o mordomo chegaram correndo e gritando. O resto, naturalmente, já sabíamos.

"Por volta das dez horas o mordomo nos trouxe uma bandeja, o que me deixou bastante feliz, já que na noite anterior senti bastante fome. Contudo, avisei Beaumont para que não bebesse álcool e também fiz com que me entregasse seu cachimbo e fósforos. À meia-noite tracei um pentáculo ao seu redor, e eu e Parsket nos sentamos junto dele, um de cada lado, pois não temia que houvesse qualquer manifestação contra ninguém além de Beaumont ou da Srta. Hisgins.

"Depois disso ficamos em silêncio. A passagem estava iluminada por um grande lampião em cada extremidade, de modo que tínhamos luz suficiente e estávamos todos armados, Beaumont e eu com revólveres e Parsket com uma espingarda. Além da minha arma, eu estava com a câmera e o flash.

"Volta e meia conversávamos em sussurros, e duas vezes o Capitão saiu do quarto para ter uma palavra conosco. Cerca de uma e meia estávamos todos em silêncio e, subitamente, vinte minutos depois, levantei minha mão sem dizer nada, pois parecia haver um som de galope do lado de fora. Bati na porta do quarto para que o Capitão a abrisse e, quando ele veio, sussurrei que pensávamos ter ouvido o Cavalo. Ficamos algum tempo prestando atenção, Parsket e o Capitão acreditaram tê-lo escutado, mas agora eu não tinha certeza, nem Beaumont. Contudo, mais tarde achei que o escutara novamente.

"Disse ao Capitão Hisgins que seria melhor que ele voltasse ao quarto e deixasse a porta entreaberta, e assim foi feito. Mas daquele momento em diante não ouvimos nada, eventualmente a aurora chegou e fomos todos para a cama com um sentimento de alívio.

"Quando fui chamado, na hora do almoço, tive uma pequena surpresa, pois o Capitão Hisgins me contou que, depois de uma reunião familiar, decidiram aceitar meu conselho e realizar o casamento sem mais um dia de atraso além do necessário. Beaumont já estava à caminho de Londres para obter uma licença especial e os dois esperavam se casar no dia seguinte.

"Isso muito me agradou, pois parecia ser a coisa mais inteligente a fazer naquelas circunstâncias extraordinárias, enquanto isso eu continuaria minhas investigações, mas, até que o casamento fosse celebrado, minha maior preocupação era manter a Srta. Hisgins perto de mim.

"Depois do almoço, pensei em tirar algumas fotos experimentais da Srta. Hisgins e do *espaço* ao seu redor. Às vezes a câmera vê coisas que parecem muito estranhas à visão humana normal.

"Com esta intenção, e também para ter uma desculpa para mantê-la em minha companhia o máximo possível, pedi à Srta. Hisgins que colaborasse com meus experimentos. Ela pareceu feliz em fazê-lo, e passei várias horas com ela, perambulando por toda a casa de sala em sala; e sempre que me vinha o impulso, eu tirava uma foto dela e do recinto ou corredor onde estivéssemos naquele momento.

"Depois de termos atravessado a casa toda dessa maneira, perguntei se ela se sentia suficientemente corajosa para repetir os experimentos nas celas do porão. Ela assentiu, então convoquei o Capitão Hisgins e Parsket, pois não pretendia levá-la mesmo no que poderíamos chamar de escuridão artificial sem ajuda e companhia à disposição.

"Finalmente descemos até a adega, com Capitão Hisgins portando uma espingarda e Parsket um pano de fundo especialmente preparado para as fotos e uma lanterna. Pedi à moça que ficasse de pé no meio da adega enquanto Parsket e o Capitão seguravam o pano de fundo por trás dela. Então disparei o flash e fomos até a próxima cela, onde repetimos o experimento.

"Aí, na terceira cela, um local assustador e escuro como piche, algo horrível e extraordinário se manifestou. Eu havia posicionado a Srta. Hisgins no centro do local, com seu pai e Parsket segurando o pano de fundo como antes. Quando tudo estava pronto e eu acabara de pressionar o disparador do flash, soou no porão aquele horrível relincho gorgolejante que ouvira no parque. Parecia vir de algum lugar acima da garota e, no reflexo da luz súbita, percebi que ela lançava um olhar nervoso para cima, mas sem um objeto visível. Então, na escuridão que se sucedeu, gritei para que o Capitão e Parsket corressem com a Srta. Hisgins para a luz do dia.

"Assim foi feito, e imediatamente fechei e tranquei a porta depois de traçar o primeiro e o oitavo sinais do Ritual de Saaamaaa em oposição a cada ombreira da porta, conectando-os através do limiar com uma linha tripla.

"Enquanto isso, Parsket e Capitão Hisgins levaram a moça até a mãe e deixaram-na lá, semidesfalecida, enquanto eu permanecia a postos fora da porta da adega, sentindo-me horrível por saber que havia alguma coisa repugnante lá dentro; e junto com esse sentimento havia uma certa vergonha, uma infelicidade, como podem imaginar, por ter exposto a Srta. Hisgins ao perigo.

"Eu estava com a espingarda do Capitão, e quando ele e Parsket voltaram trouxeram armas e lanternas. Não tenho como expressar o total alívio de corpo e mente que senti quando os ouvi chegando, mas tentem imaginar como foi esperar ali, do lado de fora daquela cela. Será que conseguem?

"Lembro-me de notar, pouco antes de destrancar a porta, como Parsket estava pálido e assustado, e o Capitão, de rosto cinzento, e me perguntei se meu rosto estava do mesmo modo. E isso, sabem?, teve seu próprio efeito sobre os meus nervos, pois o caráter bestial da situação me afetou de uma nova maneira. Depois disso, só a pura força de vontade conseguiu me levar à porta e virar a chave.

"Parei por um momento e então, com um movimento audacioso, escancarei a porta e segurei a lanterna acima da minha cabeça. Parsket e o Capitão me seguiram, um de cada lado, e seguraram suas lanternas, mas o local estava absolutamente vazio. Naturalmente, não confiei numa olhadela casual desse tipo e passei várias horas, com o auxílio dos dois, sondando cada metro quadrado do chão, do teto e das paredes.

"No entanto, no final, tive que admitir que o próprio local parecia absolutamente normal, e, assim, fomos embora. No entanto, tranquei o recinto e, do lado de fora, em frente a cada ombreira da porta, fiz o primeiro e o último sinal do Ritual de Saaamaaa, unindo-os como antes, com uma linha tripla. Podem imaginar como foi, esquadrinhar aquela adega?

"Quando subimos, perguntei ansiosamente como estava a Srta. Hisgins, e ela mesma veio dizer-me que estava bem e que eu não devia me preocupar com ela, ou me considerar culpado, como lhe dissera.

"Fiquei mais feliz e fui me trocar para o jantar. Depois disso, Parsket e eu fomos até um dos banheiros para revelar os negativos das fotos, mas nenhuma das placas tinha algo a dizer, até chegarmos àquela que fora tirada na adega. Parsket estava revelando-a, eu estava examinando um punhado de placas fixadas sob a lanterna.

"Mal havia estudado cuidadosamente as fotos quando ouvi um grito de Parsket; corri até ele, que estava fitando um negativo parcialmente revelado que segurava diante da lâmpada vermelha. Ele mostrava a garota claramente, olhando para cima como eu a vira, mas o que me espantou foi a sombra de um enorme casco bem sobre sua cabeça, como se estivesse caindo sobre ela vindo das sombras. E eu a levara direto até aquele perigo, este era o principal pensamento na minha cabeça.

"Quando o processo de revelação foi completado, fixei a placa e examinei-a cuidadosamente sob uma boa luz. Não havia dúvida alguma: a coisa acima da Srta. Hisgins era um enorme e sombrio casco. No entanto, eu não estava mais perto de obter algum conhecimento definitivo, e tudo que podia fazer era exortar Parsket a não contar nada para a menina, já que isso só aumentaria seu medo, mas mostrei a imagem ao seu pai, pois parecia certo que ele devesse ser informado.

"Naquela noite tomamos as mesmas precauções das duas noites anteriores para a segurança da Srta. Hisgins, e Parsket me fez companhia, mas a aurora raiou sem nenhum evento incomum, e fui me deitar.

"Quando desci para o almoço, fiquei sabendo que Beaumont enviara um telegrama dizendo que chegaria logo depois das quatro; além disso, uma mensagem também havia sido enviada ao reitor. E era óbvio que as damas da casa estavam tremendamente agitadas.

"O trem de Beaumont estava atrasado e ele não chegou antes das cinco, mas ainda assim o reitor ainda não havia aparecido, e o mordomo informou que o cocheiro voltara sem ele, já que havia sido chamado inesperadamente. A carruagem foi enviada mais duas vezes naquela noite, porém o clérigo não retornara e tivemos que adiar o casamento até o dia seguinte.

"Naquela noite montei a 'Defesa' ao redor da cama da moça, e o Capitão e sua esposa ficaram com ela como antes. Beaumont, conforme eu esperava, insistiu em participar da vigília comigo e pareceu estar curiosamente temeroso; não por si mesmo, mas pela Srta. Hisgins. Contou-me que estava com um horrível pressentimento de que haveria uma investida final e medonha contra sua amada naquela noite.

"Naturalmente, respondi que eram apenas os seus nervos, mas, na verdade, suas palavras me deixaram bastante ansioso, pois eu vira demais para não saber que, sob tais circunstâncias, uma convicção premonitória de perigo iminente não deve ser totalmente descartada como nervosismo. De fato, Beaumont estava tão convencido de que a noite traria alguma manifestação extraordinária que fiz com que Parsket amarrasse um longo fio ao cordão da sineta do mordomo, para que pudéssemos chamá-lo da passagem.

"Quanto ao mordomo, deixei-lhe instruções para que permanecesse vestido e que desse a mesma ordem a dois dos criados. Caso eu tocasse a sineta, ele e os criados deviam acudir imediatamente, trazendo lanternas, e estas deviam permanecer já acesas a noite toda. Se por algum motivo a campainha não soasse e eu soprasse meu apito, ele deveria considerar isso um sinal no lugar da sineta.

"Depois de ter combinado todos esses pequenos detalhes, desenhei um pentáculo ao redor de Beaumont e orientei-o com firmeza a permanecer dentro dele, sob quaisquer circunstâncias. Depois disso, nada havia a fazer exceto esperar e rezar para que a noite passasse tão tranquilamente quanto a anterior.

"Mal trocamos uma palavra e, por volta de uma da madrugada, estávamos todos muito tensos e nervosos, de modo que finalmente Parsket se levantou e começou a caminhar pelo corredor para se tranquilizar um pouco. Por fim, tirei os sapatos e acompanhei-o enquanto andávamos pelo corredor, sussurrando ocasionalmente, por mais ou menos uma hora, até que, ao me virar, prendi o pé na corda da campainha e caí de cara no chão, mas sem me machucar ou fazer barulho.

"Quando me levantei, Parsket me cutucou.

"Notou que a campainha não fez barulho? – sussurrou.

"Por Júpiter! – respondi. – Você tem razão.

"Espere um minuto – retrucou. – Aposto que a corda está presa em algum ponto, só isso. – Ele deixou sua arma e saiu pela passagem levando o lampião superior, andando pela casa na ponta dos pés, enquanto carregava o revólver de Beaumont na mão direita. Era um sujeito corajoso, pensei naquele momento e mais tarde.

"Nesse momento, Beaumont fez um gesto pedindo silêncio absoluto. Imediatamente depois ouvi a coisa que ele queria escutar: o som de um cavalo galopando noite afora. Posso dizer que tremi de verdade. O som morreu e deixou no ar uma sensação horrível e insólita de desolação. Levei a mão até o fio do sino, esperando que Parsket já o houvesse soltado. Então esperei, olhando para frente e para trás.

"Passaram-se dois minutos, de um silêncio que parecia quase sobrenatural. E então, subitamente, na extremidade iluminada do corredor, soou a batida de um grande casco; instantaneamente o lampião foi jogado com um estrondo tremendo e ficamos no escuro. Puxei a corda com força e soprei o apito, então ergui a câmera e disparei o flash. O corredor refulgiu com o clarão, mas não havia nada, e as trevas caíram como um trovão. Ouvi o Capitão na porta do quarto e gritei para que ele trouxesse uma lâmpada, rápido, mas, em vez disso, algo começou a chutar a porta, e escutei o Capitão bradando dentro do quarto, depois os gritos das mulheres. Tive o medo súbito e horrível de que o monstro houvesse entrado no quarto, mas no mesmo instante veio o relincho vil e gorgolejante que escutamos no parque e na adega. Soprei o apito novamente e procurei cegamente a corda da sineta, berrando para que Beaumont permanecesse no pentáculo, acontecesse o que fosse. Gritei novamente, chamando o Capitão para que trouxesse a lanterna, e houve um impacto violento contra a porta do quarto. Então peguei os meus fósforos para ter um pouco de luz antes que aquele Monstro incrível e invisível estivesse sobre nós.

"O fósforo riscou a caixa e acendeu devidamente; no mesmo instante ouvi um ruído abafado por trás de mim. Virei-me, louco de terror, e vi algo com a luz do fósforo: uma monstruosa cabeçorra de cavalo junto de Beaumont.

"Cuidado, Beaumont! – gritei. – Está atrás de você!

"O fósforo apagou abruptamente e imediatamente veio o estrondo da espingarda de Parsket (os dois canos ao mesmo tempo), disparada evidentemente com uma só mão por Beaumont, aparentemente junto do meu ouvido. Tive um vislumbre momentâneo da grande cabeça no clarão, e de um enorme casco em meio ao fogo e a fumaça que pareciam estar caindo sobre Beaumont. No mesmo instante disparei três balas do meu revólver. Escutei um golpe surdo e depois aquele horrível relincho perto de mim. Disparei duas vezes na direção do som. Imediatamente depois disso algo me atingiu e fui derrubado para trás. Caí de joelhos e gritei por socorro a plenos pulmões. Ouvi as mulheres gritando por trás da porta fechada e estava ciente de que a porta estava sendo esmagada por dentro; logo depois soube que Beaumont estava lutando com algo horrível perto de mim. Por um instante fiquei estupidamente paralisado de medo e então, cegamente e com um arrepio gélido, fui ajudá-lo, gritando seu nome. Posso afirmar que estava quase doente de puro medo. Houve um pequeno grito abafado nas trevas, e saltei para frente no escuro. Agarrei uma orelha larga e peluda. Então fui atingido por outro grande golpe, que me derrubou. Bati de volta, fraco e cego, e agarrei com a outra mão a incrível criatura. Abruptamente tomei a distante consciência de um tremendo estrondo atrás de mim, e de uma grande explosão de luz. Havia outras luzes na passagem e o ruído de pés e gritos. Minhas mãos foram arrancadas da coisa que seguravam; fechei os olhos e ouvi um forte berro acima de mim, então um golpe pesado, como um açougueiro cortando carne, e em seguida algo caiu sobre mim.

"Fui ajudado a ficar de joelhos pelo Capitão e pelo mordomo. No chão estava uma enorme cabeça de cavalo de onde saíam o tronco e as pernas de um homem. Nos pulsos estavam fixados grandes cascos. Era o monstro. O Capitão cortou algo com a espada e levantou a máscara, pois não era nada mais que isso. Vi então o rosto do homem que a usara: era Parsket. Ele tinha uma ferida séria na testa, onde a espada do Capitão atravessara a máscara. Olhei espantado para ele e para Beaumont, que estava se sentando, apoiado contra a parede do corredor. Então olhei novamente para Parsket.

"Por Júpiter! – eu disse finalmente, e então fiquei em silêncio, pois sentia vergonha por aquele homem. Podem compreender, não? E ele estava abrindo os olhos. Sabem, eu tinha começado a gostar dele.

"E daí, enquanto Parsket se recobrava e olhava de um rosto para o outro, começando a se lembrar, aconteceu algo insólito e inacreditável. Pois da outra extremidade do corredor soou subitamente a batida de um grande casco. Olhei naquela direção, depois para Parsket e vi um medo horrível em seu rosto e seus olhos. Ele se virou com um movimento cambaleante e olhou, com um terror enlouquecido, para o lado do corredor de onde viera o som, e o resto de nós permaneceu paralisado. Lembro-me vagamente dos soluços e sussurros vindos do quarto da Srta. Hisgins, tudo isso enquanto olhava assustado para a outra ponta do corredor.

"O silêncio durou vários segundos e então retornou abruptamente um grande ruído de cascos no fim do corredor. Logo após, soou o 'pocotó, pocotó' de cascos poderosos vindo na nossa direção.

"Mesmo assim, a maioria de nós achou que era algum mecanismo de Parsket ainda funcionando e fomos tomados por uma estranha mistura de medo e dúvida. Acho que todo mundo olhou para Parsket. E subitamente o Capitão bradou: 'Pare com essa bobagem imediatamente. Já não fez o bastante?'

"Eu estava realmente assustado, pois sentia que havia alguma coisa horrivelmente errada. E então Parsket deixou escapar:

"– Não fui eu! Deus do céu! Não fui eu! Meu Deus! Não fui eu.

"Nesse momento todos pareceram entender que alguma coisa pavorosa estava descendo pela passagem. Houve uma correria para sair dali, e até o velho Capitão Hisgins recuou com o mordomo e os criados. Beaumont desmaiou imediatamente, como fiquei sabendo depois, pois estava muito ferido. Eu simplesmente me espremi contra a parede, ajoelhado como estava, estúpido e tonto demais para correr. E quase ao mesmo tempo, o pesado trote soou mais perto de mim e pareceu fazer tremer o piso sólido por onde passava. Abruptamente o barulho cessou, e tive a nauseante certeza de que a entidade parara em frente à porta do quarto da moça. Então percebi que Parsket estava de pé oscilando diante do umbral com os braços abertos, como se quisesse preencher a passagem com seu corpo. Parsket estava extremamente pálido, e o sangue corria sobre sua fronte devido à ferida em sua testa; notei nesse momento que ele parecia estar olhando para algo na passagem com uma expressão peculiar, desesperada, fixa e incrivelmente poderosa. Mas não havia realmente nada a ser visto. E subitamente o 'pocotó, pocotó' recomeçou e seguiu pela passagem. No mesmo instante, Parsket avançou para fora do umbral e caiu de cara no chão.

"Houve gritos dos homens apinhados na passagem, e os dois criados e o mordomo simplesmente correram levando suas lanternas, mas o Capitão se apertou contra a parede lateral e ergueu o lampião sobre a cabeça. O passo monótono do Cavalo passou por ele e deixou-o intacto. Ouvi as pisadas monstruosas indo embora pela casa quieta e, depois disso, um silêncio mortal.

"Nesse momento, o Capitão se moveu e veio na nossa direção, trêmulo e devagar, com o rosto extraordinariamente cinzento.

"Me arrastei até Parsket com a ajuda do Capitão. Nós o viramos de bruços, entendem? Soube no mesmo instante que ele estava morto, mas podem imaginar o sentimento que me atravessou.

"Olhei para o Capitão, e subitamente ele balbuciou: 'Aquele... Aquele... Aquele...', e então compreendi que ele estava tentando me dizer que Parsket ficara entre sua filha e o que quer que houvesse passado pelo corredor. Levantei-me e ajudei-o a se firmar, embora eu mesmo não estivesse seguro das pernas. De repente seu rosto começou a se mexer, ele caiu de joelhos junto a Parsket e chorou como uma criança. Então as mulheres passaram pelo umbral do quarto e deixei que cuidassem dele, enquanto ia ter com Beaumont.

"Essa é praticamente a história toda, só me resta tentar explicar um ou outro detalhe enigmático.

"Talvez tenham percebido que Parsket estava apaixonado pela Srta. Hisgins e que esse fato é a chave para boa parte desses acontecimentos extraordinários. Ele sem dúvida foi responsável por alguma parte da 'assombração'; na verdade, penso que por quase tudo, mas, como sabem, não posso provar nada e o que tenho a dizer-lhes é principalmente o resultado de dedução.

"Em primeiro lugar, é óbvio que a intenção de Parsket era afastar Beaumont pelo medo, e, quando descobriu que não conseguiria fazer isso, acho que ficou tão desesperado que realmente pretendeu matá-lo. Detesto dizer isto, mas os fatos me forçam a essa conclusão.

"Estou certo de que foi Parsket que quebrou o braço de Beaumont. Ele conhecia todos os detalhes da dita 'Lenda do Cavalo' e teve a ideia de trabalhar com a velha história para seus próprios fins. Evidentemente, ele tinha alguma maneira de entrar e sair da casa escondido, provavelmente por meio de uma das muitas janelas francesas, ou talvez tivesse uma chave de uma ou duas portas do jardim; e, quando supostamente estava longe, na verdade voltava sub-repticiamente e se escondia em algum local na vizinhança.

"O incidente do beijo na sala escura atribuo à imaginação nervosa de Beaumont e da Srta. Hisgins, mas devo dizer que o som do cavalo diante da porta da frente é um pouco mais difícil de explicar. Contudo, ainda estou inclinado a seguir com a minha primeira ideia sobre esse ponto, de que não havia nada realmente sobrenatural envolvido.

"Os sons de cascos na sala de bilhar e no corredor foram feitos por Parsket no andar de baixo, batendo contra os painéis do teto com um pedaço de madeira preso a um dos ganchos de abertura da janela. Provei isso com um exame que mostrou as marcas no teto.

"Os sons do cavalo galopando ao redor da casa possivelmente também foram causados por Parsket, que devia ter um cavalo amarrado na plantação próxima, a menos que ele mesmo tenha feito os sons, mas não consigo imaginar como ele possa ter sido rápido o bastante para produzir a ilusão. De qualquer modo, não estou certo quanto a esse ponto. Não consegui encontrar marca alguma de cascos, como se recordam.

"O relincho gorgolejante no parque era obra de ventriloquia da parte de Parsket, e o ataque lá fora contra Beaumont também foi produzido por ele, de modo que, quando pensei que ele estivesse em seu quarto, devia estar do lado de fora o tempo todo, e juntou-se a mim quando corri pela porta da frente. Isso é o mais provável. Quero dizer que Parsket foi a causa, pois, se fosse algo mais sério, ele certamente teria desistido da sua tolice, sabendo que naquele momento era desnecessária. Não consigo imaginar como ele escapou de ser alvejado, tanto nessa ocasião quanto na última investida tresloucada que acabei de contar. Como podem ver, ele realmente era desprovido de qualquer tipo de medo em relação a si mesmo.

"Naquela ocasião, quando Parsket estava conosco, quando pensamos ter ouvido o cavalo galopando ao redor da casa, certamente nos enganamos. Ninguém estava muito certo quanto a isso, exceto Parsket, naturalmente, que com certeza fez questão de encorajar essa crença.

"Considero que foi o relincho na adega que fez surgir a primeira suspeita na mente de Parsket de que havia algo mais em ação além da sua assombração falsificada. O relincho foi produzido por ele do mesmo modo que no parque, mas, quando me lembro do seu semblante apavorado, tenho certeza de que os sons receberam o acréscimo de alguma qualidade infernal que assustou o próprio homem. Mais tarde, contudo, ele se convenceria de que estava fantasiando. Naturalmente, não devo esquecer que o efeito sobre a Srta. Hisgins deve tê-lo deixado bastante infeliz.

"Quanto ao clérigo que não apareceu, descobrimos depois que era uma emergência, ou melhor, uma chamada falsa. Ficou claro que Parsket estava por trás disso, para ganhar mais algumas horas em que pudesse alcançar seu propósito, e para que ele pudesse ser revelado com um pouco de imaginação, pois descobrira que Beaumont não desistiria por medo. Detesto pensar nisso, mas é inevitável. De qualquer modo, é óbvio que o homem estava um pouco desequilibrado. O amor é uma doença estranha!

"Então, não há dúvida alguma de que Parsket deixou a corda para a sineta do mordomo amarrada em algum lugar a fim de ter uma desculpa para sair e consertá-la, naturalmente. Isso também lhe deu a oportunidade de remover um dos lampiões da passagem. Então ele só precisaria quebrar o outro e o corredor ficaria totalmente mergulhado nas trevas, permitindo que atentasse contra a vida de Beaumont.

"Da mesma maneira, foi ele que trancou a porta do quarto e levou a chave (estava no seu bolso). Isso impediu que o Capitão trouxesse uma lanterna e viesse nos ajudar. Mas o Capitão Hisgins quebrou a porta com o pesado protetor da lareira, e foi este som que pareceu tão confuso e assustador no escuro da passagem.

"A fotografia do casco monstruoso acima da Srta. Hisgins na adega é uma das coisas sobre as quais não tenho certeza. Pode ter sido falsificada por Parsket enquanto eu estava fora da sala, o que seria fácil o bastante para qualquer um que soubesse como. Mas não parecia uma falsificação. Contudo, há tantos indícios de falsificação quanto do contrário; e a coisa é vaga demais para que um exame nos dê a certeza definitiva, de modo que não expressarei minha opinião. É certamente uma foto horrível.

"E agora chegamos àquela última coisa medonha. Não houve manifestações posteriores de qualquer coisa anormal, então há uma extraordinária incerteza nas minhas conclusões. Se não houvéssemos escutado aqueles últimos sons e se Parsket não houvesse demonstrado aquele medo avassalador, todo o caso poderia ter sido explicado da forma como demonstrei. De fato, como viram, sou da opinião de que quase tudo pode ser esclarecido, mas não vejo como decifrar a coisa que ouvimos por último e o medo estampado no rosto de Parsket.

"Sua morte... não, isso não prova nada. No inquérito ela foi descrita de modo pouco técnico como causada por um espasmo cardíaco. Isso é muito normal e nos deixa no escuro quanto a se ele morreu porque ficou entre a garota e alguma incrível monstruosidade.

"A expressão no rosto de Parsket e o que ele disse quando ouviu as pesadas batidas de cascos no corredor parecem mostrar que ele entendeu subitamente o que antes não fora mais do que uma horrível suspeita. O seu medo e a noção do tremendo perigo que se avizinhava provavelmente foram ainda mais intensos e reais do que os meus. E então ele teve uma atitude nobre e grandiosa!"

– E a causa? – perguntei. – Qual foi a causa disso tudo?

Carnacki meneou a cabeça.

– Só Deus sabe – respondeu com uma sincera e peculiar reverência. – Se aquela coisa era o que parecia ser, poderíamos sugerir uma explicação que não ofende nossa razão, mas que pode estar totalmente errada. Mas tenho cismado, embora fosse necessária uma longa exposição sobre Indução de Pensamento para que vocês pudessem apreciar meus motivos, que Parsket produziu o que eu poderia chamar de um tipo de "assombração induzida", um tipo de simulação induzida dos seus conceitos mentais para seus pensamentos taciturnos, desesperados. É impossível deixar o assunto mais claro em poucas palavras.

– Mas aquela história antiga! – repliquei. – Por que não poderia haver algo de verdadeiro *naquilo*?

– Pode ter havido algo de verdadeiro naquilo – concordou Carnacki. – Mas não acho que isso tenha algo a ver com os acontecimentos. Ainda não organizei suficientemente meu raciocínio, talvez mais tarde eu possa explicar por que penso assim.

– E o casamento? E a adega, algo foi encontrado ali? – perguntou Taylor.

– Sim, o casamento foi realizado naquele mesmo dia, apesar da tragédia – Carnacki respondeu. – Foi a coisa mais sábia a fazer, considerando tudo que não posso explicar. E sim, fiz com que abrissem o piso da antiga adega, pois tive a impressão de que algo ali poderia servir de esclarecimento. Mas não havia nada.

"Sabem, a coisa toda foi assombrosa e extraordinária. Nunca esquecerei a aparência no rosto de Parsket. E depois os sons horripilantes daqueles grandes cascos na casa silenciosa."

Carnacki se levantou:

– Vamos, vamos embora! – disse de modo amigável, usando sua costumeira fórmula de despedida.

E logo saímos para o silêncio do Embankment, e depois para nossas casas.

A pedra do viking

Brian Lumley

1977

"The Viking Stone"
Primeira publicação: *The Horror at Oakdeene and Others*, Arkham House, 1977.
(Traduzido de: *The Compleat Crow*, Londres, Hodder and Stoughton, 1997).

Nascido na Inglaterra em 1937, Brian Lumley é militar aposentado (pela Royal Military Police britânica) desde 1980, e um dos mais ativos seguidores de H. P. Lovecraft, tendo produzido numerosos romances e contos que se inserem, direta ou indiretamente, no ciclo dos Mitos de Cthulhu, criado pelo autor norte-americano. O personagem Titus Crow, que aparece em "A Pedra do Viking", é um investigador do oculto que enfrenta magos e feiticeiros no território inimigo, além de criaturas sobrenaturais de variados tipos.

A carreira de Lumley começou quando estava de serviço em Berlim (antes da queda do Muro) e enviou suas primeiras histórias para August

Derleth, da editora Arkham House, um grande entusiasta da obra de Lovecraft e um dos responsáveis pelo seu sucesso póstumo. Derleth publicou seus contos em algumas antologias, bem como seus primeiros romances e a coletânea *Tha Caller of the Black* (1971). As aventuras do ocultista Titus Crow vieram em seguida: *The Burrowers Beneath* (1974), *The Transition of Titus Crow* (1975), *The Clock of Dreams* (1978), *Spawn of the Winds* (1978), *In the Moons of Borea* (1979), *Elysia* (1989) e a coletânea de contos *The Compleat Crow* (1997).

Autor prolífico, Lumley tem publicado com regularidade títulos em outros ciclos de romances de sua invenção, como as séries "Necroscope", "Psychomech" e "Vampire World". Sobre o personagem Titus Crow, ele afirmou numa entrevista de 1984:

> Ele é mais um ocultista do que um cientista. E não tem relação com o personagem Titus Groan, da série *Gormenghast*, de Mervyn Peake – é uma mera coincidência de nomes. Também não o acho parecido com o Dr. Laban Shrewsbury, de Derleth; este me parece ter emergido como um personagem pronto e completo desde a primeira linha, ao passo que Crow começou pequeno e foi crescendo até tomar as proporções que tem hoje. Não tenho certeza de onde veio a inspiração para criá-lo, mas eu sempre tive um "fraco" pelo Dr. Van Helsing, de *Drácula*.

A pedra do viking

Brian Lumley
(tradução de Pedro Ribeiro)

– De Marigny! – A voz de Titus Crow parecia tensa e urgente pelo telefone. – De Marigny, diga-me: você já emprestou aquele seu livro, o *Saga-Engledingabok*, para Benjamin Sorlson?

– Sim, de fato, Titus – respondi bocejando e esfregando os olhos. – Mas ele já o devolveu, e Sorlson parece um bom sujeito. Imagino que você o conheça, certo?

– Ah, sim, conheço – grunhiu Crow em resposta, com voz estranhamente metálica pelo telefone. – Sei que ele é um excelente arqueólogo, um maldito tolo opiniático... e é meu amigo, por assim dizer. Mas isso não faz diferença agora. Henri, acho que vou precisar de sua ajuda, mesmo que só para convencer Sorlson a não fazer isso.

– Convencer Sorlson a não fazer isso? – repeti apaticamente. – Titus, não é um pouco cedo para mensagens misteriosas? E o que diabos você está fazendo acordado a essa hora?

Eu tinha conhecimento do hábito de Crow de trabalhar até tarde e de acordar mais tarde ainda.

– "Essa hora", De Marigny, são nove da manhã. E me levantei para verificar a correspondência. Recebi uma carta de Sorlson. Ele foi até Skardaborg e descobriu a pedra de Ragnar Machado-Sangrento!

Machado-Sangrento? Skardaborg? Mas que diabos – minha mente sonolenta não conseguia se concentrar nas palavras dele. Eu participara de uma reunião – uma reunião bastante boêmia em sua parte final, algo que Crow não apreciava – da Sociedade Londrina de Escritores de Mistérios na noite anterior e naquele momento estava sofrendo as consequências. Expliquei isso rapidamente para Crow.

– Café, De Marigny – rosnou. – Recomendo três ou quatro canecas pelo menos, e preto! Então, se estiver interessado, traga o livro de Loftsson com você e me encontre em King's Cross para o primeiro trem da tarde para o norte. Aí explicarei tudo.

Bem, uma convocação de Titus Crow não é algo a ser posto de lado levianamente – o homem era meu amigo e mentor desde que meu pai me enviara da América quando rapaz –, então me levantei e me vesti, fiz um rápido desjejum (incluindo, como meu amigo sugerira, uma generosa caneca de café preto), coloquei o livro que Crow solicitara na minha pasta e depois peguei um táxi pra King's Cross.

No táxi, peguei o *Saga-Engledingabok* e procurei "Skardaborg". Eu sabia que o livro era muito raro, pois era uma cópia manuscrita do original em latim – ou pelo menos era o que o prefácio fazia crer. Crow, que me pedira o livro emprestado certo verão, quatro anos antes, acreditava que fosse a tradução em latim da obra perdida de Jon Loftsson sobre os reis da Noruega e as aventuras dos vikings na Inglaterra. Ele duvidava de que existisse outra cópia. Desde então se referia à obra como "o livro de Loftsson". Certamente *havia* uma obra perdida em latim, provavelmente de cerca de 1115, mas eu secretamente questionava a autoridade de Crow para alegar que meu livro estivesse relacionado com tal obra.

Skardaborg! Sim, ali estava: Scarborough, como havia adivinhado. Então, Benjamin Sorlson, o célebre (embora heterodoxo) arqueólogo, especialista em vikings e outros temas antigos noruegueses, estava em Scarborough. Agora... E Ragnar Machado-Sangrento?

Antes que eu pudesse continuar com minha pesquisa, o táxi chegou em King's Cross. Deixei o livro de lado, paguei o motorista e fui até a bilheteria. Ali, como um tolo, peguei um bilhete de retorno para Skardaborg antes de notar meu ato falho, mas eventualmente cheguei à plataforma de ida para o norte procurando pelo meu amigo, Titus Crow.

Era impossível não notá-lo. Alto e com um terno escuro, com sua cabeleira leonina e aparência imponente, ele se destacaria em qualquer multidão, mas, quando me juntei a ele, seria seguro dizer que poucas ou nenhuma pessoa na plataforma nos reconheceria como "dois dos principais ocultistas de Londres".

Bem, eu me oponho a tal descrição quando aplicada de modo pejorativo à minha pessoa (e certamente alguns membros da imprensa tiveram oportunidade de usá-la no passado), mas não podia negar meu interesse em temas ocultos. Como poderia, se meu próprio pai, Etienne-Laurent De Marigny, foi um dos maiores místicos modernos? A questão é apenas que não sou um grande adepto e, se fosse, certamente *não* usaria as forças das trevas para meus próprios fins.

Crow também deplorava o rótulo de "Mago Negro", pois, na sua incessante busca por mistérios e descobertas de maravilhas, o Oculto fora simplesmente uma passagem à qual tinha sido conduzido pelas suas perambulações; onde ele aprendera, em mais de uma ocasião, coisas *outré*, inauditas na esfera mais mundana dos homens comuns. Crow poderia, nesse sentido, ser chamado de ocultista – mas também era um homem muito bem-informado e um especialista em muitos campos.

Conseguimos um compartimento somente para nós no trem, mas foi só depois do início da jornada que Titus tentou explicar seu propósito ao seguir Sorlson até Scarborough, e só após certo estímulo da minha parte.

– Hã, você disse que Sorlson havia "encontrado a pedra de Ragnar Machado-Sangrento"...

– De fato – assentiu Crow. – E o maldito tolo quer trazer a coisa até Londres!

– O que é exatamente essa pedra, Titus, e por que ela é tão importante para você?

– A pedra? Oh, me desculpe, De Marigny, eu pensei que você estivesse bem familiarizado com esse seu livro. A pedra é uma *Bauta-stein* ou menir, embora esse segundo termo costume ser usado apenas em relação a pedras celtas, erguida junto a um túmulo para que o espírito do ocupante repouse nela à noite, como num poleiro, e por meio da qual o fantasma poderia encontrar seu caminho de volta ao túmulo ao amanhecer.

– Parece muito acolhedor – respondi com um arrepio. – Então é uma importante descoberta histórica e arqueológica. Certamente Sorlson só deseja presentear a coisa para um museu ou alguma autoridade semelhante?

– Ele a quer para si – afirmou Crow de modo sinistro. – E esse é exatamente o problema. Aquela pedra *não deve* ser perturbada! Há uma maldição na coisa, com mais de oitocentos anos, desde as guerras com os vikings – e ainda está operante!

"Sabe, De Marigny – continuou depois de uma breve pausa –, ao contrário de nós, Sorlson acha que há pouco a temer nesse tipo de coisa. Ele riu na minha cara quando deixei escapar o que sabia sobre a pedra e sua maldição três meses atrás. De fato, deixou claro que achava que eu estava brincando sobre a própria existência da pedra... Ou foi o que pensei! Mas na verdade ele já devia saber algo sobre Ragnar Machado-Sangrento; então, quando lhe contei sobre seu livro... Bem, não importa quão tênue seja a chance, Sorlson obviamente pensou que minha história era pelo menos digna de verificação. – Coçou o queixo. – Aliás, quando foi que ele pegou o livro emprestado?"

– Faz apenas seis semanas. Ele ficou com o livro só por uma semana. Então me fez uma oferta generosa por ele, que recusei. Lembrei-me de como você o considerava raro.

– Raro não, único! Oh, está aqui mesmo, na prosa relacionada com os poemas, e...

– Espere um minuto, Titus – interrompi-o rudemente. – Temo que você esteja indo um pouco rápido demais para mim. Quer dizer que você já sabia desse *menir* há algum tempo?

– Sim, há quatro anos, desde que peguei o livro de Loftsson emprestado e rastreei o túmulo. Aliás, trouxe o livro? Ah, aqui está ele! Passe-o para cá e vou mostrar-lhe a que me refiro. As pistas iniciais estão aqui nos poemas. Sempre estive interessado nessas sagas de batalhas e, como sou um arqueólogo amador, bem, não pude resistir ao desafio. Agora me arrependo. Mas escute... – Ele encontrou a página e começou a ler:

Não tivemos a chance, em Skardaborg,
de pilhar, saquear e espalhar o terror;
remamos para Whitby, onde uma armada
estava à nossa espera, e bem-preparada.
Mas em Skardaborg caímos numa armadilha
de redes, que nos laçaram os remos e a quilha;
até que por fim nos vimos cercados
e à espada nua enfrentamos seus soldados.
Lutamos nós e eles sem quartel e sem perdão
de escudo no braço e de lança na mão,
e no choque das tropas ouviu-se o clangor
dos machados e espadas que o sangue banhou...

Crow fez uma pausa na leitura, e olhou para mim:

– Assim começou a batalha. Agora, De Marigny, o poema continua do mesmo modo violento por vários versos, até que o Rei Eystein, sempre no coração da batalha, percebe que um dos seus navios está se saindo muito bem. Com sangue nos olhos, de modo que não consegue ver perfeitamente, Eystein joga mais uma lança enquanto pergunta a um dos seus homens:

Aquele capitão, à proa, na batalha,
que tem manchada em vísceras sua cota de malha,
com expressão de fúria ele luta, de pé...
Dizei-me, Gudrod, esse homem, quem é?

Ele respondeu:

Aquele é Ragnar, filho de Hildursleif,
e da Serpente-do-Mar é o valoroso chefe;
Machado-Sangrento é como a tropa o chama,
e ali, junto à popa, vedes uma Dama?
Uma bruxa da Lapônia, versada em magia,
a mãe de Ragnar, guerreira e bravia,
sem dúvida ela invoca, porque o filho sustenta,
o poder dos Aesir sobre a maré sangrenta.

Das bruxas e seus filhos muito pouco eu sei,
mas dai-me, Gudrod, dez como o que avistei,
com dez machados iguais, a guerrear comigo,
e eu logo cobriria esse mar de inimigos!

– Então, como pode ver, Henri, este Ragnar Machado-Sangrento era apenas um guerreiro ambicioso, ignorado por Eystein até essa batalha em Scarborough. E contudo, se acreditarmos no livro, e naturalmente a pedra é prova de que podemos, ele esteve em muitas batalhas antes disso, sempre com sua mãe, Hildursleif, a bruxa, ao seu lado. O poema segue e descreve a morte de Ragnar, a ira de Eystein e o luto de Hildursleif. Vejamo... sim, aqui está:

E então, no flanco ensanguentado do navio,
Ragnar tirou o elmo, em gesto de desafio,
e num grito de fúria ergueu com as duas mãos
sua espada conhecida como Bico-do-Dragão;
mas quando os cabelos louros agitavam seus anéis
uma flecha cruzou a extensão do convés
e em todo o navio um grito único soou
quando a ponta de ferro seu crânio atravessou.

– Naturalmente – Crow fez uma nova pausa –, pode observar que os poemas não são da qualidade dos de Skalaglam ou de Thjodolf, mas não sei dizer se o problema está na obra original, o que considero improvável, ou na tradução. O *kenning* é raso demais para merecer comentário. De qualquer modo, Eystein vence a batalha, e a saga continua assim:

Com serpentes à retaguarda e os dragões à frente
o rei Eystein desembarcou com sua gente
e varreu Skardaborg até as últimas casas
deixando ali não mais do que cinzas e brasas.
A grisalha Hildursleif, clamando às potestades,
fez ouvir sua voz além das tempestades
que conjurou, com o machado-luz de Thor
guiando seus passos pelo bosque aterrador.

Numa fenda rochosa ela o foi sepultar
e ali fincou a Bauta-stein tumular
sobre a qual escreveu, com as Runas do Norte,
seu feitiço protetor, sua maldição de morte.
E junto à pedra erguida à beira da floresta
ela tombou também (assim relata a Gesta)
e com o peito em luto os guerreiros do mar
ao lado do seu filho a fizeram enterrar...

– Então aqui está, e Marigny... Naturalmente procurei referências adicionais na prova, e eventualmente localizei o túmulo na Floresta de Allerston.

– O túmulo? A tumba de Machado-Sangrento? – indaguei estupidamente, ainda sentindo o peso da festa da noite anterior.

– Sim, o túmulo de Ragnar – Crow suspirou diante da minha lerdeza. – E sua *Bauta-stein*, com as runas ainda entalhadas nela por baixo do musgo secular. Agora Sorlson também a encontrou... e temo que seja minha culpa!

Nesse ponto meu interesse aumentou bastante.

– E você está dizendo que a maldição ainda está ativa? Então acha que Sorlson está em perigo?

– Exato, Henri. Ele corre sério risco se tentar mover aquela pedra, ou até mesmo mexer nela. Aquela parte da floresta é abominada pelos habitantes locais, e é assim há séculos. Eles dizem que a área é assombrada, e é claro que é, e não chegam perto dela. O espectro do Viking ainda perambula pelo lugar, e as runas na pedra deixam claro que há uma maldição à espera de qualquer um que seja tolo o bastante para perturbá-la!

– E você pôde ler essas "antigas runas nórdicas"? – indaguei.

– Não, não de imediato, mas fiz uma cópia e depois usei as *Notas Sobre a Decifração de Códigos, Criptogramas e Inscrições Antigas* de Walmsley para traduzir o texto. Direi mais sobre isso depois.

– Mas o, hã, espectro de Ragnar; o fantasma dele não se mostrou a você?

– Eu copiei as runas, e só. Não tentei de modo algum perturbar a pedra. Mas, de fato, tive um sonho muito peculiar!

– Um sonho, Titus? Que tipo de sonho?

– Deixe para lá, De Marigny. – Franziu o cenho. – Foi o suficiente, no entanto, para que eu evitasse para sempre o túmulo de Ragnar, e é por isso que eu me culpo por ter deixado o assunto escapar para Sorlson em primeiro lugar. Ora, às vezes eu juro que o homem é tão cobiçoso quanto o velho Bannister Brown-Farley costumava ser! Não por dinheiro, veja bem, ou mesmo poder ou renome. Ele simplesmente deseja *possuir* coisas. – Ele me devolveu o livro com um sorriso sutil. – Pronto, faça um favor a si mesmo e leia o livro. Nunca pude entender pessoas que possuem objetos maravilhosos só pela própria posse!

Então, era isso: eu estava sendo comparado a Bannister Brown-Farley, um tipo bastante inescrupuloso metido a explorador aventureiro, notório por contrabandear antiguidades roubadas para a Inglaterra! Assim, envergonhado, permaneci imerso em sangue e entranhas, com o livro de Loftsson no colo, pelo resto da viagem...

Depois de trocar de trem em York, chegamos a Scarborough por volta das sete da noite e de lá pegamos um táxi até o Queen's Hotel, onde Crow sabia que Sorlson estaria hospedado. Nós o encontramos no bar, já no seu quinto ou sexto copo; estava claro que Benjamin Sorlson não era um homem particularmente feliz. Ele não nos viu chegando e sobressaltou-se além da conta quando Crow o pegou pelo braço.

– Titus Crow! – exclamou depois de um momento de hesitação. – E Henri de Marigny também. É bom ver vocês dois!

Sorlson era um homem pequeno, mas troncudo, ao contrário da popular imagem dos seus ancestrais noruegueses, com olhos cinzentos e braços desengonçados. Enquanto ele nos dava boas-vindas ao bar e pedia bebidas, pude perceber que as mãos nas extremidades de seus longos braços tremiam visivelmente. Crow também notou o óbvio nervosismo do homem. Meu amigo ficou imediatamente preocupado, como pude ver, mas disfarçou sua preocupação por um momento com uma pergunta:

– A pedra, Benjamin, você realmente a encontrou?

– Encontrei sim – retorquiu Sorlson. – Encontrei mesmo! As indicações no livro de Henri foram, como você mesmo me disse, bastante explícitas. – Ele se virou para mim e sorriu, de modo um tanto forçado, depois perguntou a Crow: – Bem, qual é seu próximo passo, Titus? Vai me denunciar à Sociedade Arqueológica Real ou algo assim? Não vai fazer diferença alguma, como sabe; "achado não é roubado" e coisa e tal.

– Você simplesmente não quer entender, não é, Benjamin? Rapaz, você *já* foi denunciado, e a um poder muito maior do que qualquer Sociedade Arqueológica, acredite! – Os olhos de Crow se estreitaram enquanto estudavam o rosto do outro. – Mas talvez eu esteja errado; talvez já esteja começando a compreender, afinal de contas!

– Hã? Do que está falando, Crow?

– Estou falando, Benjamin, que o bar mal abriu e você já parece estar ficando bêbado. Pelo que me lembro, você não é disso. Em segundo lugar, você já deveria estar bem alegrinho, mas o fato é que parece um tanto preocupado. Será que por acaso teve algum sonho durante sua estadia?

– Sonho? – Sorlson visivelmente se perturbou. – Ora, tive alguns, nessas duas ou três noites; desde que encontrei a pedra, na verdade. Mas isso não é de se surpreender, não é mesmo? Todas aquelas bobagens que você contou sobre maldições e não sei mais o quê...

– Mas isso foi três meses atrás, Benjamin – observou Titus suavemente. – E de qualquer modo, você viu as inscrições por conta própria agora. O que conseguiu entender delas?

– Haverá bastante tempo para traduções mais tarde, Titus; de qualquer forma, e daí se a pedra traz uma... maldição? – Ele tentou fazer pouco do assunto e ergueu a mão para bater no ombro de Crow. – Eu nunca deixo de ficar espantado com a maneira como um homem tão inteligente como você acredita em tais...

– Eu já ouvi isso antes, meu amigo – cortou Crow com aspereza. – Mas isso não altera o fato de que essa maldição é real e operante! Rapaz, eu posso sentir essas coisas, assim como De Marigny aqui. Pelo amor de Deus, por que não aceita nossa palavra em relação a isso? Deixe a pedra onde está, Benjamin; deixe-a completamente de lado!

Sorlson desviou o olhar.

– É um pouco tarde para isso, Titus.

– Como assim? – interrompi. – O que é que está dizendo, Benjamin?

– Você quer dizer que... já...? – Crow deixou a pergunta no ar, e sua voz baixou até um sussurro na última palavra.

– Sim, eu já... já movi a pedra!

– Como você fez isso? – Crow parecia cansado, como se sua energia o houvesse abandonado por um momento. – Quero dizer, lembro-me de que a pedra tinha quase dois metros e meio de altura, e boa parte dela estava enterrada no chão. Ela deve pesar quase... quatro toneladas?

– Apenas pouco mais que três toneladas e meia, na verdade. Contratei três homens e um antigo caminhão do exército com cordas e alavancas. Nós cavamos ao redor da base da pedra e depois a erguemos até o caminhão. Isso foi cerca de cinco e meia dessa tarde. Eles já devem estar à caminho de Londres a essa hora.

Os olhos de Titus Crow subitamente tornaram-se sombrios, o rosto tenso e pálido enquanto perguntava:

– E o túmulo? Foi por isso que você permaneceu aqui em Scarborough? – Ele esperou pela resposta de Sorlson.

– Não, não. Eu encontrei a fenda na falésia, naturalmente – Sorlson finalmente respondeu. – Mas...

– Mas algo o *deteve*; foi isso, Benjamin?

– A verdade é que... sim, Crow. E você tem razão quanto aos sonhos que estou tendo. Eles... eles me preocupam. Não é do meu feitio sonhar, não esse tipo de sonho, de qualquer modo...

Sorlson fez uma pausa, engoliu sua bebida e deu as costas para o bar.

– Eu simplesmente não estou disposto a assumir mais riscos, isso é tudo. O material na fenda pode esperar: os ossos, a armadura e as armas de Machado-Sangrento. – Mas mesmo enquanto falava um brilho cobiçoso surgia nos olhos do arqueólogo.

– Benjamin – disse Crow pausadamente –, acabei de perceber uma coisa. Por longo tempo o chamei de amigo, mas não era o homem que eu admirava, só a mente. Agora nem mesmo estou certo quanto a isso. Ora, você não é nada além de um ladrão, um abutre, um saqueador de túmulos. Eu simplesmente...

– Não, Titus, você está errado quanto a mim – interrompeu Sorlson. – E, se isso significa tanto para você, então vou colocar a pedra de volta no lugar. Eles sempre podem construir um museu ao redor dela, afinal de contas!

– Está falando sério, Benjamin? – perguntei.

– Sim... Sim, estou, Henri. Mas não devido à "bondade-do-meu-coração", por assim dizer. Não me entenda mal; eu gostaria de ter a pedra e tudo mais, se eu ousasse. Mas há algo de errado, fora de harmonia, desde que encontrei a pedra na floresta. – Ele se virou para Crow: – Qual trem vocês vão pegar esta noite?

– Trem? – Crow foi pego de surpresa. – Esta noite?

– Sim, com certeza. Quanto mais cedo eu voltar para Londres, mais cedo Machado-Sangrento terá sua pedra de volta. Os homens com o caminhão vão passar a noite em Londres. Vou pagá-los amanhã quando forem fazer a entrega na minha casa. Sabe, imaginei colocá-la no meu conservatório, junto com... – Ele fez uma pausa e estremeceu. – Mas agora não.

Enquanto Sorlson recolhia seus cadernos, a mala e o sobretudo, esperei no bar com Titus Crow.

– De Marigny – disse meu amigo depois de algum tempo, – espero que tenhamos chegado a tempo. Quero dizer, a inscrição naquela pedra não faz menção a um adiamento da execução por boas intenções!

Não falamos mais e logo Sorlson retornou...

Estávamos seguindo até quase Peterborough quando fui rudemente despertado da minha soneca. Crow, também balançando a cabeça em silêncio em sua cadeira, acordou bruscamente no momento em que o grito aterrorizado de Sorlson ressoou pelo compartimento mal-iluminado.

– O quê... O que, em nome de...? – comecei.

Sorlson estava sentado hirto, encarando Crow, os olhos arregalados e cheios de horror.

– O que foi, Benjamin? – Crow sacudiu-se para despertar e inclinou-se para agarrar o ombro do arqueólogo.

– Outro sonho, Titus, um pesadelo dos infernos! – Sorlson soluçou. – Pior do que os outros. Muito pior! Era Ragnar de novo, mas desta vez ele não estava apenas ameaçando, ele estava *atrás de mim!* Com seu grande machado sujo de sangue. Um... um viking, com cabeça de caveira, as órbitas cheias de fogo infernal!

– Consegue senti-lo, De Marigny? – sussurrou Crow, virando-se abruptamente na minha direção, o rosto tenso e da cor de giz. Até então eu não "sentira" nada, mas, enquanto Crow falava, comecei a notar um estranho arrepio nos meus ossos, o toque gelado de maresia do vento norte.

– Eu avisei, Sorlson... – A voz de Crow agora estava estranhamente remota, quase desfalecendo. – E, por Deus, *eu estava certo em fazê-lo!*

O balanço do trem e o barulho das suas rodas haviam diminuído agora, pareciam abafados, e uma grande muralha de neblina havia se acumulado no lado de fora, pressionando os vagões em movimento – particularmente à esquerda, o lado do trem voltado para os brejos; a costa e o Mar do Norte mais além.

Sorlson estava murmurando – mais para si mesmo do que para qualquer outra pessoa –, os olhos arregalados movendo-se loucamente pelo compartimento e para a massa cinzenta além das janelas:

– É um truque! Algum tipo de piada! Você está tentando me assustar, Crow. É isso, não é? – Havia desespero na sua voz estranhamente sufocada.

– Não é um truque, Benjamin – respondeu Titus. – Por Deus! Mas eu queria que fosse!

Sorlson estava de pé novamente, fitando a névoa com uma terrível premonição. Inclinei-me e agarrei o cotovelo de Crow:

– Titus! O que diabos está acontecendo? – Minha voz parecia vir de algum lugar distante.

– Eu... eu não sei, De Marigny. Nunca vi nada parecido. – Enquanto Crow respondia, vi Sorlson enrijecer-se junto à janela e olhei o perfil do seu rosto. Ele estava abrindo e fechando a boca sem emitir som, como um peixe, gesticulando debilmente na direção de algo além da janela fechada.

– Titus! – gritei, movendo-me para o lado de Sorlson a fim de pressionar meu rosto contra o vidro. – Olhe! – Francamente, eu precisava da corroboração de Crow. Eu não podia acreditar nos meus próprios olhos.

Do lado de fora, navegando no nevoeiro com uma majestade fantasmagórica, um barco viking de proa de dragão seguia paralelamente ao nosso compartimento, seu flanco adornado com escudos úmidos. Por trás desses escudos, com as lanças erguidas em uma horrenda saudação, fileiras de esqueletos encouraçados ofereciam ao seu chefe a presa!

Seu chefe?

Na proa, no pescoço da grande cabeça de dragão, uma figura amortalhada pela neblina erguia-se, alta e orgulhosa... Mas desprovida de carne tanto quanto seus companheiros demoníacos! A *Coisa* voltou sua cabeça com um desdém deliberado e horrível; esparsas madeixas loiras tremulavam em um vento fantasma ao redor da caveira descarnada. Acima das mandíbulas sorridentes, luzes vermelhas queimavam em negras órbitas oculares, como brasas sopradas pelo fole; essas órbitas estavam voltadas com sinistra intenção diretamente para as feições de Benjamin Sorlson, deformadas pelo medo! Então, a *Coisa* recuou seu braço ebúrneo, e um machado úmido brilhou na garra ossuda.

Todo o movimento normal do trem parecia ter parado nesse momento, substituído pela lenta ondulação de um mar etéreo; mesmo com as janelas firmemente fechadas, eu podia ouvir claramente a batida das ondas e os estalos dos mastros da nave viking.

Indistintamente, como se vinda de oitocentos anos atrás nos abismos do tempo, escutei a voz de Crow gritando instruções:

– Abaixe-se, De Marigny; pela sua alma, *abaixe-se!* – Ele já estava no chão, as mãos agarrando as pernas de Sorlson, que continuava de pé contra a porta do compartimento e sua janela. – Deixe a janela, Sorlson... – gritou de um milhão de milhas de distância. – *Deixe a janela!*

Ao mesmo tempo em que me joguei no chão, vi o braço esquelético de Ragnar avançar em um poderoso arco – vi-o soltar o grande machado da sua mão tumular – e, enquanto atingia o chão ao lado de Crow, ouvi a janela se abrir bruscamente, bem como o grito de morte de Sorlson no momento em que ele era jogado para trás sobre nossas formas encolhidas! O corpo troncudo do arqueólogo bateu na porta oposta do compartimento e desabou como um monte entre os assentos. Uma olhada na sua direção me mostrou tudo o que eu precisava saber; o cabo de um machado viking irrompia do lado direito do seu peito. No entanto, enquanto eu fitava hipnotizado aquela arma terrível, lentamente o aço derreteu na névoa e desapareceu... E o *peito do terno de Sorlson estava limpo e sem marcas!*

No segundo seguinte, percebi que os sons e movimentos normais do trem haviam retornado, que a batida das ondas e o gemido do vento haviam sumido no negro abismo de sua origem. A úmida neblina estava entrando no compartimento pela janela aberta, mas Crow já estava de pé, cuidando disso. A barca viking também se fora de volta para o inferno que a gerara, ou talvez para o Valhalla, quem pode dizer?

– Nós tivemos sorte – disse Crow, ofegante, a força e a sanidade retornando à sua voz e aos seus modos. – Eu, em particular. Mas, então, eu não causei dano à pedra de Ragnar: nem à pedra nem à tumba.

– E Sorlson? – indaguei, mesmo já sabendo a resposta.

– Ah, sim – respondeu Crow com um aceno, curvando-se sobre o corpo. – Ele está morto. Ataque cardíaco, ou pelo menos é isso que vão dizer!

E naturalmente Crow estava certo.

Dois dias depois, a convite de Crow, fui até Blowne House, seu amplo bangalô nos limites da cidade. Quando cheguei, ele havia acabado de colar um recorte de jornal em um dos seus muitos e volumosos arquivos de eventos estranhos e antinaturais. Contudo, eu já tomara nota do incidente em questão, ele recebera destaque nos jornais do dia anterior:

Três morrem em batida misteriosa na M1

Às nove e quinze da noite passada, viajantes rumo ao norte na M1, em Hemel Hempstead, tiveram suas viagens interrompidas quando um antigo caminhão do exército sofreu um acidente, bloqueando todas as três vias como destroços flamejantes. Aparentemente o veículo estava viajando para o sul naquele momento e sofreu um acidente ainda sem explicação, mas de algum modo terminou nas vias da direção norte! Depois que o fogo foi apagado, a polícia local mostrou-se perplexa com a extensão dos danos sofridos pelo caminhão. Nenhum outro veículo parecia estar envolvido, mas a carcaça queimada do caminhão mostrava uma superestrutura e chassi severamente despedaçados. Um dos policiais na cena observou que "parecia que alguma coisa havia tentado cortar o caminhão ao meio!" Três corpos – identificação ainda incompleta – foram encontrados nos destroços. As investigações continuam...

A pedra de Ragnar não era mencionada, mas, sobre esse assunto, havia algo que eu ainda queria perguntar a Crow. Foi assim que ele me respondeu:

– A inscrição, Henri? Sim, claro, eu copiei as runas originais e as traduzi posteriormente. Até consegui pô-las em verso, como acredito que estavam inscritas, mas naturalmente o meu *kenning* não é lá essas coisas:

Aqui jaz o Machado, o filho da feiticeira,
o da espada afiada e da lança certeira;
que se banhava em sangue quando a fúria guerreira
lançava seus barcos ao mar;

Aquele que violar a sua sepultura
verá a Serpente-do-Mar e sua sombra escura
e o espírito de Ragnar fará morrer sob tortura
quem esta maldição desafiar!

Crow também mencionou sua intenção de um dia retornar à Floresta de Allerston – para conferir se estava correto na sua crença de que Ragnar havia navegado com seu menir de volta para casa. Quanto a mim, não pretendo acompanhá-lo...

A história de Baelbrow

E. e H. Heron

1898

"The Story of Baelbrow"
Primeira publicação: *Pearson's Monthly Magazine*, abril de 1898.
Primeira publicação em livro: *Ghosts, being the experiences of Flaxman Low* (Londres: C. A. Pearson, 1899).

Entre os primeiros detetives do sobrenatural, Flaxman Low é um dos menos lembrados hoje em dia, e no entanto suas aventuras, apesar de presas a uma fórmula típica da época, sempre trazem uma mistura interessante entre a análise de indícios materiais e a presença de elementos fantásticos. O seu autor, a dupla "E. e H. Heron", é na verdade um pseudônimo que oculta uma curiosa parceria na vida real, entre mãe e filho.

Hesketh Vernon Hesketh-Prichard (1876-1922), conhecido como "Hex", nasceu na Índia, de uma família de militares pelos lados paterno e materno. Jornalista, aventureiro, explorador de terras remotas, teve uma vida movimentada, viajando por vários continentes e escrevendo vívidos relatos que faziam grande sucesso na imprensa e em forma de livro (suas obras sobre o Haiti, o Labrador e a Patagônia são reeditadas até hoje). Deu seu nome a espécies animais e vegetais, teve um livro filmado por Douglas Fairbanks, foi grande jogador de críquete. Na Primeira Guerra Mundial, serviu como oficial encarregado de supervisionar os jornalistas correspondentes de guerra. Ali, tornou-se um estudioso da técnica dos *snipers* (atiradores de elite), criando escolas e formando atiradores que acabaram revertendo a enorme superioridade dos alemães sobre os britânicos nessa técnica; seu livro *Sniping in France* (1920) é um clássico da literatura militar.

Órfão de pai, "Hex" foi criado pela mãe, Kate, e os dois escreveram juntos histórias de vários gêneros. Atendendo uma encomenda da revista *Pearson's Magazine*, criaram o detetive Flaxman Low, cujas histórias de grande sucesso foram reunidas em *The experiences of Flaxman Low* (1899). Como ocorre com frequência no gênero, as investigações de Flaxman Low admitem a existência de um plano sobrenatural da realidade, mas seus métodos de detecção são em grande parte sherlockianos ("Hex" foi amigo de Conan Doyle), baseando-se numa observação cuidadosa e interpretação inesperada. Diz ele, em "The Story of the Spaniards, Hammersmith":

> O que temos são fatos isolados, e precisamos procurar suas ligações ocultas. Suponhamos que uma sela e uma ferradura fossem mostradas a um homem que nunca viu um cavalo; duvido que ele, por mais inteligente que fosse, pudesse descobrir sozinho a relação entre elas. As ações dos espíritos nos parecem estranhas porque precisamos de mais dados para poder interpretá-las corretamente.

A história de Baelbrow

E. e H. Heron
(tradução de Pedro Ribeiro)

É uma pena que tantas das reminiscências do Sr. Flaxman Low tratem dos episódios mais sombrios de suas experiências. Contudo, isso é praticamente inevitável, já que os casos puramente científicos e de traços menos marcantes talvez não despertassem o mesmo interesse no público em geral, por mais valiosos e instrutivos que pudessem ser para o estudante especializado. Também consideramos mais útil escolher os casos mais completos, aqueles que terminaram com o que pode ser considerado uma prova satisfatória, em vez das muitas ocasiões em que o fio se rompeu abruptamente entre conjecturas, que nunca puderam ser submetidas a testes convincentes.

Ao norte de uma faixa de terreno baixo na costa da Ânglia Oriental, o promontório de Bael Ness eleva-se como um nariz brutal de encontro ao mar. No Ness, diante de uma floresta de coníferas, há uma sólida e confortável mansão de pedra, conhecida na região como Baelbrow. Ela tem enfrentado o vento leste há quase trezentos anos, e durante todo esse período foi o lar da família Swaffam, que nunca teve vergonha do fato de sua casa ancestral ser assombrada. Na verdade, os Swaffams sentiam orgulho do notório Fantasma de Baelbrow, e ninguém sonhava em reclamar do seu comportamento até que o Professor Van der Voort, de Lovaina, apresentou queixa contra ele e enviou um urgente pedido de ajuda ao Sr. Flaxman Low.

O Professor, que conhecia bem o Sr. Low, detalhou as circunstâncias da sua estadia em Baelbrow e dos eventos desagradáveis que se seguiram.

Ao que parece, o Sr. Swaffam, sênior, que passava uma grande parte de seu tempo viajando, oferecera a casa ao Professor para uma estadia de veraneio. Quando os Van der Voorts chegaram em Baelbrow, ficaram encantados com o lugar. A paisagem, embora não fosse muito variada, pelo menos era ampla, e o ar, revigorante. A filha do Professor também teve o prazer de receber frequentes visitas do seu noivo – Harold Swaffam –, e o professor dedicou-se à deliciosa tarefa de examinar a biblioteca de Swaffam.

Os Van der Voorts foram devidamente informados sobre o fantasma, que trazia distinção à velha casa, mas que de modo algum interferia no conforto dos residentes. Por algum tempo, consideraram essa descrição plenamente verdadeira, mas no início de outubro algo mudou. Até aquele momento, e durante todo o tempo registrado nos anais de Swaffam, o fantasma fora uma sombra, um sussurro, um suspiro passageiro – nada definido ou perturbador. Mas no início de outubro coisas estranhas começaram a ocorrer, e o terror culminou quando uma criada foi encontrada morta em um corredor três semanas depois. Foi então que o Professor decidiu chamar Flaxman Low.

O Sr. Low chegou numa tarde gelada, quando a casa já estava começando a se confundir com a púrpura crepuscular, e o odor resinoso dos pinheiros recendia docemente na brisa. Van der Voort deu-lhe as boas-vindas no salão espaçoso e com uma agradável lareira. Era um homem corpulento e encanecido, olhos redondos por trás dos óculos e um rosto gentil e sonhador. Seu campo de estudo era a filologia; e seus *hobbies*, o jogo de xadrez e fumar um grande cachimbo curvo de *meerschaum.**

– Agora, professor – disse o Sr. Low quando se instalaram no salão de fumar. – Como foi que tudo começou?

– Vou lhe contar – replicou Van der Voort, movendo o queixo para a frente, batendo no largo tórax e falando como se houvesse sofrido uma agressão injustificada. – Em primeiro lugar, ele se mostrou para mim!

O Sr. Flaxman Low sorriu e assegurou-lhe que nada poderia ser mais satisfatório.

---

* Sepiolita, um silicato hidratado de magnésio; material semelhante à argila utilizado para fazer cachimbos desde o século 18.

– Mas não foi satisfatório de modo algum! – exclamou o Professor. – E eu estava sentado ali sozinho, talvez à meia-noite, quando ouvi algo se arrastando como um cachorrinho com suas unhas batendo no piso de carvalho da sala. Assoviei, pensando que era o pequeno 'Rags' da minha filha, e depois abri a porta, e vi – ele hesitou e fitou intensamente Low – algo que estava se afastando na passagem que conecta as duas alas da casa. Era uma figura similar a uma figura humana, mas estreita e ereta. Imaginei ter visto cabelos negros, e o movimento oscilante de alguma peça solta, talvez um lenço.

"Fui tomado por um sentimento de repulsa. Ouvi mais alguns passos com o som de estalos, que depois pararam, como pensei, na porta do Museu. Venha, vou mostrar o ponto exato."

O Professor conduziu o Sr. Low até a sala. A escadaria principal, escura e monumental, erguia-se sobre eles, e por trás dela estava a passagem mencionada pelo Professor. Tinha mais de seis metros de comprimento, e à altura da metade via-se na parede um arco profundo contendo uma porta que era alcançada por dois degraus.

Van der Voort explicou que essa porta formava a entrada para uma sala maior cujo nome era o Museu, onde o Sr. Swaffam, sênior, que era um diletante, armazenava as várias curiosidades que adquiria durante suas excursões no exterior. O Professor continuou, contando que imediatamente seguiu a figura, a qual acreditava ter entrado no Museu, mas não encontrou nada lá, a não ser os baús contendo os tesouros de Swaffam.

– Não mencionei minha experiência a ninguém. Concluí que vira o fantasma. No entanto, dois dias depois, uma das criadas declarou que, ao atravessar a passagem no escuro, um homem saltou sobre ela vindo da porta do Museu, mas ela se soltou e correu gritando até os aposentos dos criados. Imediatamente fizemos uma busca, mas não encontramos nada para confirmar sua história.

"Não fiz caso do acontecimento, embora coincidisse perfeitamente com minha própria experiência. Na semana seguinte, minha filha Lena foi pegar um livro tarde da noite. Enquanto cruzava a sala, algo saltou sobre ela por trás. As mulheres são de pouca serventia em investigações sérias – ela desmaiou! Desde então tem estado adoentada e, segundo o médico, 'esgotada'. – Nesse momento o Professor abriu as mãos espalmadas. – Então... ela está indo embora amanhã para uma mudança de ares. Desde então outros moradores da casa foram atacados de modo bastante parecido, sempre com o mesmo resultado; sentem-se enfraquecidos e incapacitados quando voltam a si.

"Mas, na última quarta-feira, o caso tornou-se uma tragédia. A essa altura, os criados se recusavam a atravessar a passagem, exceto em grupos de três ou quatro, e a maioria preferia dar a volta pelo terraço para chegar a essa parte da casa. Mas uma criada, chamada Eliza Freeman, disse que não tinha medo do Fantasma de Baelbrow e resolveu apagar as luzes no corredor certa noite.

"Depois de fazê-lo, e quando estava retornando pela passagem em frente à porta do Museu, parece que ela foi atacada, ou pelo menos assustada. De manhã cedo foi encontrada morta diante dos degraus. Havia um pouco de sangue na sua manga, mas nenhuma marca no seu corpo, exceto uma pequena pústula atrás da orelha. O médico informou que a jovem era extraordinariamente anêmica, e que provavelmente morrera de medo devido à fraqueza do seu coração. Fiquei surpreso ao saber disso, pois ela sempre parecera uma jovem particularmente vigorosa e ativa."

– Posso ver a Senhorita Van der Voort amanhã antes de sua partida? – pediu Low, assim que o Professor indicou que não tinha mais nada a contar.

O Professor relutou bastante em permitir que sua filha fosse interrogada, mas finalmente cedeu, e na manhã seguinte Low teve uma breve conversa com a moça antes que ela deixasse a casa. Era uma garota bastante bonita, embora apática e surpreendentemente pálida, com um brilho assustado nos seus olhos castanho-claros. O Sr. Low perguntou se ela podia descrever seu atacante.

– Não – respondeu. – Não pude vê-lo, pois estava atrás de mim. Só vi uma mão escura e ossuda, com unhas brilhantes, e um braço enfaixado passando sob meus olhos antes de desmaiar.

– Braço enfaixado? Não ouvi nada sobre isso.

– Tsc, tsc, mero devaneio! – fez o Professor, impaciente.

– Eu vi os curativos no braço – repetiu a garota, virando o rosto com um ar cansado. – E senti o cheiro de antisséptico.

– A senhorita feriu o pescoço – observou o Sr. Low, que notara uma pequena mancha rosada circular sob sua orelha.

Ela enrubesceu e depois ficou pálida, levantando a mão até o pescoço em um movimento nervoso, enquanto dizia numa voz baixa:

– Ele quase me matou. Antes que me tocasse, eu sabia que estava lá! Pude senti-lo!

Quando a deixaram, o Professor pediu desculpas pelo testemunho não confiável da filha e observou a discrepância entre sua história e a dele.

– Ela disse que não viu nada além de um braço, mas afirmo que a coisa não tinha braços! Absurdo! Imagine só, um homem ferido entrando nessa casa para assustar as jovens! Eu não sei o que pensar! Será um homem, ou é o Fantasma de Baelbrow?

Durante a tarde, quando o Sr. Low e o Professor voltaram de uma caminhada pela costa, encontraram um jovem de testa bronzeada, pescoço de touro e traços fortes de pé diante da lareira. O Professor apresentou-o ao Sr. Low como Harold Swaffam.

Swaffam parecia ter cerca de trinta anos, mas já era conhecido como um membro prudente e bem-sucedido da Bolsa de Valores.

– É um prazer conhecê-lo, Sr. Low – começou com um olhar agudo. – Embora pareça tranquilo demais para alguém da sua profissão.

O Sr. Low apenas se curvou.

– Vamos lá, não vai defender seu ofício contra minhas insinuações? – continuou Swaffam. – Então o senhor veio afugentar nosso pobre e velho fantasma de Baelbrow? Não esqueça que ele é uma herança, uma propriedade da família! Que história é essa de que ele tornou-se perigoso, hein, Professor? – concluiu, voltando-se para Van der Voort de sua maneira brusca.

O Professor contou sua história novamente. Estava claro que tinha um certo medo do futuro genro.

– Ouvi a mesma história de Lena, que encontrei na estação – comentou Swaffam. – A minha opinião é que as mulheres desta casa estão sofrendo de uma epidemia de histeria. Concorda comigo, Sr. Low?

– Possivelmente. Embora a histeria não possa explicar a morte de Freeman.

– Não posso dizer nada quanto a isso até saber de mais detalhes. Não estive ocioso desde a minha chegada. Examinei o Museu. Ninguém o invadiu pelo lado de fora, e não há outra maneira de entrar, exceto pela passagem. O piso foi colocado, pelo que sei, sobre uma grossa camada de concreto. Eis os fatos sobre o fantasma, até agora.

Depois de alguns momentos de reflexão intensa, virou-se para o Sr. Low, no que parecia ser sua maneira peculiar de abordar qualquer pessoa:

– O que me diz desse plano, Sr. Low? Proponho levar o Professor de carruagem até Ferryvale, para uma estadia de um ou dois dias no hotel, e também dispensar os criados que ainda permaneceram na casa por, digamos, 48 horas. Enquanto isso, o senhor e eu podemos tentar descobrir o segredo das novas travessuras do fantasma?

Flaxman Low replicou que esse esquema correspondia perfeitamente à sua opinião, mas o Professor protestou contra ser mandado embora. Contudo, Harold Swaffam era um homem que gostava de organizar as coisas a seu próprio modo, e em 45 minutos ele e Van der Voort partiram na carruagem. Caía a tarde, e Baelbrow, como todas as casas construídas em ambientes rigorosos, era extremamente suscetível a mudanças climáticas. Assim, antes que se passassem muitas horas, o local foi tomado por ruídos, já que o vento uivante batia nas janelas fechadas, e os galhos das árvores riscavam e estalavam contra as paredes.

Harold Swaffam estava voltando quando foi pego pela tempestade e ensopado até a alma. Portanto, foi combinado que, depois que ele trocasse de roupa, teria algumas horas de descanso no sofá da sala de fumo, enquanto o Sr. Low vigiaria o salão.

A parte inicial da noite se passou sem ocorrências de qualquer tipo. Um lampião ardia com luz tênue na grande sala revestida com lambris, mas a passagem estava no escuro. Nada se ouvia, exceto o lamento selvagem do vento marinho e as pancadas de chuva atingindo as janelas.

Devido ao adiantado da hora, o Sr. Low acendeu um lampião e, levando-o consigo pela passagem, tentou abrir a porta do Museu. Ela cedeu, e o murmúrio do vento veio saudá-lo. Ele deu uma olhada nas gelosias e por trás dos grandes baús que encerravam os tesouros do Sr. Swaffam, para garantir que não havia outro ser vivo além dele na sala.

Subitamente, teve a impressão de ouvir um ruído de arranhadura por trás dele, e virou-se, mas não viu nada que pudesse ter ocasionado o som. Finalmente, pousou o lampião em um sofá para que sua luz caísse pela porta até a passagem, e voltou ao salão, onde novamente assumiu seu posto junto à porta fechada da sala de fumo.

Uma longa hora se passou, durante a qual o vento continuou a rugir pela ampla chaminé do salão, e as tábuas velhas estalaram como se pegadas furtivas estivessem vindo de todos os cantos da casa. Mas Flaxman Low não fez caso de nada disso; aguardava um certo som.

Depois de algum tempo, ele escutou – a cuidadosa fricção de madeira sobre madeira. Ele se inclinou para a frente para observar a porta do Museu. "Clique, clique", fizeram as passadas curiosamente caninas sobre o piso do Museu, até que a coisa, seja lá o que fosse, fez uma pausa e escutou por trás da porta aberta. O vento amainou por um instante, e Low também prestou atenção, mas não houve nenhum outro ruído; apenas cresceu lentamente, no amplo feixe de luz que escapava pela porta, uma sombra furtiva. O vento recrudesceu e bafejou pesadamente pela casa, até que a chama do lampião bruxuleasse; mas, quando voltou a firmar-se, Flaxman Low viu que a forma silenciosa passara pela porta e agora estava nos degraus externos. Mal podia vislumbrar uma sombra tênue no ângulo escuro do umbral.

Por fim, da sombra informe veio um som que o Sr. Low não estava preparado para escutar. A coisa farejou o ar com a inspiração forte e audível de um urso, ou de algum animal de grande porte. Ao mesmo tempo, levado pelas correntes no salão, um odor tênue e pouco familiar chegou às suas narinas.

As palavras de Lena Van der Voort soaram na sua memória – então, esta era a criatura com o braço enfaixado!

Novamente, enquanto a tempestade rugia e sacudia as janelas, uma escuridão passou pela luz. A coisa havia saído do ângulo da porta, e Flaxman Low sabia que ela estava vindo em sua direção por meio das trevas confusas do salão. Ele hesitou por um segundo; então abriu a porta da sala de fumo.

Harold Swaffam sentou-se no sofá, tonto de sono.

– O que aconteceu? A coisa apareceu?

Low contou-lhe o que havia acabado de ver. Swaffam escutou com um meio-sorriso.

– O que pensa disso agora? – indagou.

– Devo pedir que guarde essa pergunta por algum tempo – replicou Low.

– Então devo supor que você tem uma teoria para explicar todos esses indícios incongruentes?

– Tenho uma teoria, que pode ser modificada por informações adicionais – afirmou Low. – Enquanto isso, estou certo em concluir, devido ao nome desta casa, que ela foi construída sobre um túmulo ou cemitério antigo?

– Tem razão, embora isso nada tenha a ver com as mais recentes aberrações do nosso fantasma – disse Swaffam taxativamente.

– Também posso deduzir que o Sr. Swaffam enviou recentemente um dos muitos baús agora armazenados no Museu? – continuou o Sr. Low.

– Ele certamente enviou um no fim de setembro.

– E você o abriu – afirmou Low.

– Sim, embora possa me orgulhar de não ter deixado traço algum do meu trabalho.

– Eu não examinei os baús – disse Low. – Deduzi que o senhor o fez devido a outros fatos.

– Agora, mais uma coisa – continuou Swaffam, ainda sorrindo. – O senhor não imagina que há perigo... Quero dizer, para homens como nós? Mulheres histéricas não podem ser levadas a sério.

– Certamente, perigo gravíssimo para qualquer pessoa que se mova nesta parte da casa depois de anoitecer – replicou Low.

Harold Swaffam inclinou-se para trás e cruzou as pernas.

– Para voltar ao início da nossa conversa, Sr. Low, posso lembrá-lo dos vários detalhes conflitantes que terá que reconciliar antes que possa apresentar qualquer teoria decente ao mundo?

– Estou ciente disso.

– Em primeiro lugar, nosso fantasma original era apenas uma presença nebulosa, deduzida a partir de sons vagos e sombras; agora temos algo que é tangível e que pode, como constatamos, matar de medo. Em seguida, Van der Voort declarou que a coisa era um objeto estreito, longo e distintamente sem braços, enquanto a Srta. Van der Voort não só viu o braço e a mão de um ser humano, como viu-os de modo claro o bastante para nos dizer que as unhas estavam brilhando e que o braço estava enfaixado. Ela também sentiu a sua força. Van der Voort, por outro lado, insistiu que as passadas da coisa eram parecidas com as de um cachorro; o senhor confirma essa descrição, com a informação adicional de que ela fareja como um animal selvagem. Agora, o que pode ser essa criatura? Ela é capaz de ser vista, tem odor e pode ser tocada, mas se esconde com sucesso em uma sala onde não há cavidade ou espaço suficiente para esconder um gato! O senhor ainda acredita que pode me explicar isso?

– Com certeza – replicou Flaxman Low com convicção.

– Eu não tenho a menor intenção ou desejo de ser grosseiro, mas, como uma mera questão de senso comum, devo expressar minha opinião francamente. Acredito que toda a questão seja resultado de imaginações excitadas, e pretendo prová-lo. Acha que ainda há perigo esta noite?

– Perigo gravíssimo esta noite – replicou Low.

– Muito bem; como eu disse, vou provar o que penso. Pedirei que me permita trancá-lo em um dos aposentos mais distantes, onde não poderei obter sua ajuda, e passarei o resto da noite caminhando pela passagem e pelo salão no escuro. Isso deve fornecer uma prova, de um modo ou de outro.

– O senhor pode fazê-lo se assim desejar, mas devo pedir sua permissão para pelo menos olhar. Vou deixar a casa e assistir aos acontecimentos na passagem pela janela que vi do lado oposto à porta do Museu. Não pode recusar que eu seja uma testemunha.

– De fato, não posso – volveu Swaffam. – Ainda assim, a noite está tão ruim que não deixaria um cachorro do lado de fora, e previno-o de que vou trancar as portas.

– Isso não importa. Empreste-me uma capa de chuva e deixe o lampião aceso no Museu, onde o coloquei.

Swaffam concordou com isso. O Sr. Low forneceu uma narrativa detalhada do que aconteceu a seguir. Ele deixou a casa, foi devidamente trancado do lado de fora e, depois de tatear para encontrar o caminho ao redor da mansão, se encontrou finalmente do outro lado da janela da passagem, que ficava quase de frente para a porta do Museu. A porta ainda estava entreaberta, e um fino feixe de luz cortava a escuridão. Mais abaixo, havia o vazio negro do salão. Low, protegendo-se como podia da chuva, esperou pela aparição de Swaffam. Estaria o terrível vigia amarelo se equilibrando nas suas pernas finas no canto oposto, pronto para pular com sua força letal sobre o passante? A certa altura, Low ouviu a porta bater do lado de fora da casa, e no momento seguinte Swaffam apareceu com uma vela na mão, numa difusão isolada de raios tênues contra a vasta escuridão detrás. Ele avançou com firmeza pela passagem, o rosto sério e determinado, e enquanto passava o Sr. Low experimentou aquela sensação de formigamento que tantas vezes é precursora de alguma experiência estranha.

Swaffam seguiu rumo ao outro lado da passagem. Houve uma vibração rápida da porta do Museu quando uma forma magra com uma cabeça encolhida saltou da passagem atrás dele. Então ocorreram juntos um grito rouco, o ruído de uma queda e a escuridão total.

Em um átimo, o Sr. Low quebrou o vidro, abriu a janela e se jogou pela passagem. Ali ele acendeu um fósforo e, enquanto este queimava, pôde ver, sob a luz fraca, uma imagem pintada por um segundo na obscuridade além.

O corpanzil de Swaffam estava no chão com braços abertos, rosto voltado pra baixo, e enquanto Low olhava, uma imagem agachada desprendeu-se do homem caído, erguendo uma cabeça estreita e cruel do seu ombro.

O fósforo estalou debilmente e apagou, e Low ouviu uma passada rápida arranhar o piso antes que ele pudesse encontrar a vela que Swaffam deixara cair. Acendendo-a, ele inclinou-se sobre Swaffam e virou-o de costas. A cor viva do homem se fora e seu rosto branco como cera parecia ainda mais branco contra os cabelos e sobrancelhas negros; na sua nuca, sob a orelha, havia uma pequena pústula, de onde um fio de sangue escorrera até o ângulo do malar.

Um instinto fez Low olhar para cima nesse momento. Meio estendidos no umbral da porta do Museu havia uma face e um pescoço ossudo – um rosto de narinas cavadas, olhos mortiços, expressão maligna, órbitas oculares vazias e dentes escurecidos. Low mergulhou a mão no bolso, e um tiro soou no corredor e no salão. O vento suspirava pelas janelas quebradas, uma fita de tecido flutuava pelo teto polido, e isso foi tudo, enquanto Flaxman Low meio que arrastava e meio que carregava Swaffam até a sala de fumo.

Levou algum tempo antes que Swaffam recuperasse a consciência. Ele escutou Low contar como o havia encontrado com brilho furioso nos olhos sombrios.

– O fantasma me pegou – comentou com uma risada estranha e severa. – Mas agora imagino que será minha vez! No entanto, antes de irmos até o Museu para examinar o local, vou pedir que me deixe ouvir sua interpretação do que está acontecendo. O senhor estava certo ao dizer que há perigo real. Eu mesmo só posso dizer que senti algo pular em cima de mim e não vi mais nada. Se isso não houvesse acontecido, temo que nunca teria perguntado uma segunda vez sobre a sua opinião acerca desse assunto – acrescentou com uma franqueza mal-humorada.

– Há duas indicações principais – replicou Low. – Essa faixa de atadura amarela, que acabei de pegar no chão da passagem, e a marca no seu pescoço.

– O que está dizendo? – Swaffam ergueu-se rapidamente e examinou o pescoço em um pequeno espelho ao lado da cornija da lareira.

– Junte as duas coisas, e acho que posso deixar que descubra sozinho o que houve – afirmou Low.

– Por favor, desenvolva completamente sua teoria – solicitou bruscamente Swaffam.

– Muito bem – respondeu Low, bem-humorado (ele considerava a irritação de Swaffam normal naquelas circunstâncias). – A figura longa e estreita que pareceu ao Professor não ter braços foi mais bem descrita na ocasião seguinte. Pois a Srta. Van der Voort viu um braço enfaixado e uma mão escura com unhas brilhantes: o que significa, naturalmente, folheadas a ouro. Os sons de pegadas com sons de arranhaduras coincidem com esses detalhes, pois sabemos que não é incomum que sandálias feitas de tiras de couro sejam acompanhadas por unhas douradas e bandagens. Couro velho e seco naturalmente estalaria no seu piso polido.

– Bravo, Sr. Low! Com que então está dizendo que esta casa está sendo assombrada por uma múmia!

– Essa é a minha ideia, e tudo que vi confirma minha opinião.

– Para ser justo, o senhor já sustentava essa teoria antes desta noite; antes, de fato, de ver qualquer coisa por si mesmo. Compreendeu que meu pai havia enviado uma múmia para casa e daí concluiu que eu havia aberto o baú?

– Sim. Imagino que tenha removido a maioria, ou todas as bandagens externas, deixando assim os membros livres, envoltos apenas pelas faixas internas que estavam enroladas ao redor de cada membro individual. Suspeito que esta múmia tenha sido preservada segundo o método tebano, com ervas aromáticas, que deixaram a pele de cor oliva, seca e flexível, como couro curtido, mantendo as feições distintas e o cabelo, dentes e sobrancelhas perfeitos.

– Até aí tudo bem – comentou Swaffam. – Mas, agora, e a sua vitalidade intermitente? A pústula no pescoço daqueles que foram atacados? E onde entra o velho fantasma de Baelbrow nessa história?

Swaffam tentou falar em um tom imperativo, mas sua empolgação e esfriamento de ânimo eram visíveis, apesar de sua tentativa de suprimi-los.

– Começando do início – disse Flaxman Low –, todos que investigarem o fenômeno do espiritismo de uma maneira racional e honesta mais cedo ou mais tarde encontrarão algum elemento causador de perplexidade, que não pode ser explicado por qualquer uma das teorias comuns. Por motivos em que não preciso entrar agora, este caso parece ser um desses. Sou levado a crer que o espírito que por tantos anos forneceu manifestações vagas e obscuras de sua existência nesta casa é um vampiro.

Swaffam jogou a cabeça para trás com um gesto de incredulidade.

– Não vivemos mais na Idade Média, Sr. Low! E além disso, como um vampiro poderia ter chegado aqui? – zombou.

– Algumas autoridades nesses assuntos sustentam que, sob certas condições, um vampiro pode criar a si mesmo. O senhor me contou que esta casa foi construída sobre um antigo túmulo, um ponto onde poderíamos naturalmente esperar encontrar tal germe psíquico elemental. Nesses sistemas humanos desencarnados estão contidas todas as sementes do bem e do mal. O poder que faz com que essas sementes ou germes psíquicos se desenvolvam é o pensamento, e, depois de um período de prolongada indulgência e insistência, um pensamento pode finalmente ganhar uma vitalidade misteriosa, que poderia cada vez mais atrair para si elementos adequados e apropriados do seu ambiente. Por um longo período, esse germe permaneceu como uma inteligência indefesa, esperando a oportunidade de assumir alguma forma material, para realizar seus desejos. O invisível é o real; o material só é subserviente à sua manifestação.

– A realidade impalpável já existia, e você forneceu a ela um meio físico para a ação ao desembalar a forma da múmia. Agora, só podemos julgar a natureza do germe pela sua manifestação por meio da matéria. Aqui temos toda a indicação de uma inteligência vampiresca animando com vida e energia o corpo humano morto. Daí a marca no pescoço das suas vítimas e sua condição exangue e anêmica. Pois um vampiro, como sabe, suga o sangue.

Swaffam ergueu-se e tomou o lampião.

– Agora, como prova – colocou rudemente. – Espere um segundo, Sr. Low. O senhor disse que disparou contra essa aparição? – E ele pegou a pistola que Low deixara sobre a mesa.

– Sim, mirei numa pequena parte do seu pé que pude ver sobre o degrau.

Sem mais palavras, e com a pistola ainda na mão, Swaffam seguiu até o Museu. O vento uivava pela casa, e a escuridão que precede a aurora caía sobre o mundo, quando os dois viram uma das mais arrepiantes cenas já vistas pelos homens.

Metade dentro e metade fora de uma caixa de madeira oblonga em um canto do grande quarto, jazia uma forma esguia coberta de bandagens apodrecidas e amareladas, o pescoço ossudo coberto por uma cabeleira crespa. A alça do polegar de uma sandália e parte do pé direito haviam sido baleadas.

Swaffam, com um rosto agitado, fitou a coisa e, agarrando-a pelas faixas rotas, jogou-a na caixa, onde caiu com uma postura de aparência viva, sua boca larga e de lábios úmidos aberta na direção deles.

Por um momento, Swaffam ficou diante da criatura; então ergueu o revólver com uma praga e atirou no rosto sorridente repetidas vezes, com um ânimo deliberadamente vingativo. Finalmente empurrou o trasgo para dentro da caixa e, usando a pistola como um martelo, esmagou a cabeça em fragmentos com uma energia cruel, que coloriu a cena toda com uma sugestão de assassinato.

Em seguida, voltando-se para Low, pediu:

– Ajude-me a prender a tampa da caixa.

– Pretende enterrá-la?

– Não, devemos livrar a Terra da sua presença – respondeu com selvageria. – Vou colocá-la na velha canoa e queimá-la.

A chuva havia cessado e a aurora irrompera quando carregaram a velha canoa até a costa. Nela colocaram a caixa da múmia com seu ocupante abominável e empilharam lenha sobre ela. A vela foi alçada e a pilha foi acesa, e Low e Swaffam viram-na ser levada lentamente pela maré, primeiro como uma fagulha cintilante, depois com um clarão e um fogo alto, até que, no mar distante, a história daquela coisa morta terminou, três mil anos depois do seu sepultamento pelos sacerdotes de Amon na sua pirâmide.

O mastim da morte

Dion Fortune

1926

"The Death Hound"
Primeira publicação: *The Secrets of Doctor Taverner*, Dion Fortune, Noel Douglas, 1926.

O Dr. Taverner é um investigador do oculto cujo comportamento tem muito de Sherlock Holmes, a começar por um Watson narrador, o Dr. Rhodes, seu assistente. Em todo caso, por mais que surjam do modelo sherlockiano, as aventuras do Dr. Taverner exploram o sobrenatural de modo mais consistente do que os livros de Doyle. A autora timha o nome verdadeiro de Violet Mary Firth (1890-1946), mas adotou o pseudônimo iniciático e literário de Dion Fortune. Entrou para ordens iniciáticas como a *Golden Dawn* (1919) e a Sociedade Teosófica (1923), mas em 1927 saiu para fundar sua própria ordem, *The Fraternity of the Inner Light*.

Foi com a literatura fantástica que ela amadureceu sua carreira antes do seu primeiro grande sucesso, em 1949: *A doutrina cósmica*, bastante conhecido no Brasil, ao lado de *Autodefesa psíquica* (1931), *As ordens esotéricas e seu trabalho* (1928) e outros.

As curas psíquicas produzidas pelo Dr. Taverner, que administra um asilo, geralmente envolvem o confronto com diferentes tipos de forças sobrenaturais. Exprimem, como as outras obras da autora, a Europa pós-Primeira Guerra Mundial, um mundo ferido, destruído, precisando de renovação não só material como espiritual. Seus romances usam o sexo e o erotismo de forma espiritualizada e mística: *The Demon Lover* (1927), *The Winged Bull* (1935), *The Goat-Foot God* (1936). No Brasil saíram *A sacerdotisa do mar* (1938) e *A sacerdotisa da Lua* (1956), romances em torno do mito da Fada Morgana.

Diz-se que o personagem do doutor teria sido inspirado por um dos mentores ocultistas da escritora, Theodore Moriarty. Talvez a alusão contida neste nome fizesse a homenagem deliberada de Violet ao seu mestre transformá-lo em um Holmes, um Moriarty do Bem. O doutor tem algo de Holmes, tem algo de mestre zen, tem algo de inglês bonachão, de um sujeito rústico e "no-nonsense" capaz de encontrar soluções práticas para problemas práticos.

O mastim da morte

Dion Fortune
(tradução de Pedro Ribeiro)

– E então? – disse meu paciente quando acabei de auscultá-lo com o estetoscópio. – Vou ter que tomar cuidado pelo resto da minha vida?

– Seu coração não está tão bem quanto poderia estar – repliquei. – Mas, com cuidado, ele deve durar tanto tempo quanto você quiser. Contudo, precisa evitar qualquer esforço exagerado.

O homem fez uma careta curiosa.

– E se o esforço estiver vindo atrás de mim? – indagou.

– Você deve regular sua vida para reduzir essa possibilidade ao mínimo.

A voz de Taverner veio do outro lado da sala.

– Se você já terminou com o corpo dele, Rhodes, vou examinar sua mente.

– Tenho a impressão – comentou nosso paciente –, de que as duas coisas estão intimamente conectadas. O senhor disse que devo manter meu corpo tranquilo. – Olhou para mim. – Mas o que devo fazer se ele está sendo deliberadamente assustado pela minha mente? – E virou-se para meu colega.

– É aí que eu entro – respondeu Taverner. – Meu amigo indicou-lhe o que fazer, agora vou mostrar como fazê-lo. Vamos, conte-me todos os seus sintomas.

– Ilusões – disse o estranho enquanto abotoava a camisa. – Um cão negro de aspecto feroz que surge de algum canto escuro e me ataca, ou tenta me atacar. Ainda não lhe dei a honra de fugir dele, não ouso fazê-lo, meu coração é fraco demais, mas receio que um dia desses acabe correndo, e provavelmente vou cair morto.

Taverner voltou os olhos para mim numa indagação silenciosa. Assenti; era bem provável que isso acontecesse se o homem corresse uma distância longa, ou muito rápido.

– Que tipo de criatura é o seu cão? – inquiriu meu colega.

– Não parece ter uma raça específica. Apenas um cão comum, com quatro pernas e um rabo, do tamanho de um mastim, mas sem o seu porte.

– Como é que ele aparece?

– É difícil dizer. Ele não parece seguir qualquer regra fixa, mas geralmente vem depois do crepúsculo. Se estou ao ar livre depois do pôr do sol, posso olhar sobre o ombro e vê-lo andando atrás de mim, ou se estou sentado no meu quarto entre a hora em que o sol vai embora e aquela em que as luzes são acesas, posso vê-lo agachado por trás da mobília, esperando uma oportunidade.

– Uma oportunidade para fazer o quê?

– Saltar sobre minha garganta.

– Por que ele não o pega de surpresa?

– É isso que eu não consigo entender. Ele parece perder tantas oportunidades, pois sempre espera para atacar quando estou ciente da sua presença.

– O que ele faz então?

– Assim que me viro e o encaro, ele começa a se aproximar de mim! Se estou caminhando no lado de fora, ele aperta o passo para me alcançar, e se estou dentro de casa começa a me espreitar por trás da mobília. Estou dizendo, ele pode ser apenas um produto da minha imaginação, mas é uma visão perturbadora.

O paciente fez uma pausa e limpou com a mão o suor que se acumulara em sua testa durante seu relato.

Tal assombração não é uma forma agradável de obsessão para homem algum, mas era peculiarmente perigosa para alguém com um coração como o do nosso paciente.

– Como você se defende dessa criatura? – perguntou Taverner.

– Fico dizendo a ela: "Você não é real, sabe? Você é apenas um pesadelo horrível, e não vou ser enganado por você."

– Uma defesa tão boa quanto qualquer outra – comentou Taverner. – Mas percebo que você fala com ela como se fosse real.

– Por Júpiter, de fato! – respondeu nosso visitante, pensativo. – Isso é algo novo. Eu não costumava fazer isso. Para mim era certo que a besta não era real, mas apenas um fantasma do meu próprio cérebro, só que faz um tempo que já não tenho tanta certeza. E se a coisa for real, afinal de contas? E se ela puder realmente me atacar? Suspeito que o meu mastim possa não ser realmente inofensivo.

– É provável que ele seja excessivamente perigoso se você perder a calma e tentar correr dele. Enquanto não perder a cabeça, não acredito que ele consiga causar-lhe mal.

– Precisamente. Mas há um ponto com o qual é impossível não perder a cabeça. Suponhamos que, noite após noite, quando você está prestes a dormir, acorda sabendo que a criatura está no quarto, vê seu focinho surgindo do canto da cortina e tenta se recompor e se livrar dela para dormir de novo. Então, bem quando está ficando sonolento, dá uma última olhada para se certificar de que está tudo bem e vê algo escuro se movendo entre você e o brilho da lareira. Não ousa voltar a dormir, e não consegue ficar acordado. Você sabe perfeitamente bem que é tudo fruto da sua imaginação, mas esse tipo de coisa acaba deixando qualquer um esgotado se continua acontecendo noite após noite.

– Isso está ocorrendo regularmente todas as noites?

– Praticamente. Contudo, agora que o senhor perguntou, os hábitos da criatura não são absolutamente regulares, exceto pelo fato de que ela sempre me dá a sexta-feira de folga; se não fosse por isso, eu já teria sucumbido há muito tempo. Quando chega a sexta-feira eu digo à criatura: "Agora, seu bruto, este é seu descanso de fera", vou para a cama às oito e durmo a noite toda.

– Caso concorde em vir para a minha clínica em Hindhead, provavelmente conseguiremos manter a criatura longe do seu quarto, garantindo uma noite de sono decente – declarou Taverner. – Mas o que realmente queremos saber – pausou de modo quase imperceptível – é por que a sua imaginação o assombraria com cachorros e não, digamos, com serpentes vermelhas, como costuma ocorrer.

– Gostaria que fosse assim – volveu nosso paciente. – Se fossem cobras, eu poderia "jogar mais água nelas" e afogá-las, mas essa traiçoeira fera negra... – Ele deu de ombros e seguiu o mordomo para fora da sala.

– Bem, Rhodes, o que acha disso? – perguntou meu colega quando a porta se fechou.

– Aparentemente – respondi –, parece um extraordinário exemplo de delírio, mas já vi um número suficiente dos seus casos estranhos para não me limitar apenas ao mecanismo interno da mente. Acha possível que seja outro caso de transferência de pensamento?

– Você está aprendendo – concordou Taverner, balançando a cabeça com aprovação. – Quando veio trabalhar comigo, não teria hesitado em receitar brometo para todos os males que afligem a mente, agora reconhece que há mais coisas entre o céu e a terra do que aquilo que ensinam nas escolas de medicina.

– Então, acredita que temos um caso de transferência de pensamento? Estou inclinado a achar o mesmo. Quando um paciente conta seus delírios, ele os defende e frequentemente explica que são fenômenos psíquicos, mas, quando um paciente relata fenômenos psíquicos, geralmente pede desculpa por eles e explica que são delírios. Mas por que a criatura não ataca e resolve a questão, e por que tira um meio-feriado regularmente, como se estivesse seguindo regulamentos comerciais?

Ele bateu a mão na mesa subitamente.

– Sexta-feira é o dia de reunião das Lojas Negras. Devemos sair no seu encalço novamente; eles vão saber quem eu sou antes que tenhamos terminado. Alguém que foi treinado em uma Loja Negra é responsável por aquele cão fantasma. O motivo de Martin conseguir dormir em paz na sexta-feira é que seu aspirante a assassino frequenta a Loja naquela noite e não pode cuidar dos seus assuntos particulares.

– Seu aspirante a assassino? – questionei.

– Precisamente. Qualquer um que envie uma assombração como essa a um homem com um coração como o de Martin sabe que isso significará sua morte mais cedo ou mais tarde. Suponha que Martin entre em pânico e saia correndo ao ver o cachorro atrás dele em um local ermo?

– Ele poderia durar meia milha – respondi. – Mas duvido que fosse mais longe.

– Este é um caso claro de assassinato mental. Algum ocultista treinado criou uma forma-pensamento de um mastim negro, e está suficientemente em contato com Martin para ser capaz de transmiti-la à sua mente por meio da transferência de pensamento; Martin vê, ou pensa que vê, a imagem que o outro homem está visualizando.

– A forma-pensamento em si é inofensiva, exceto pelo medo que inspira, mas, caso Martin perca a cabeça e recorra a um meio de defesa fisicamente vigoroso, o esforço pode precipitar um ataque cardíaco, e ele cairia morto sem a mínima evidência da causa de sua morte. Um dia desses vamos desbaratar essas Lojas Negras, Rhodes, elas sabem demais. Ligue para Martin no Hotel Cecil e peça-lhe que volte de carro conosco esta noite.

– Como pretende lidar com o caso? – perguntei.

– A casa está coberta por uma redoma psíquica, de modo que a coisa não pode atacá-lo enquanto ele estiver sob sua proteção. Então vamos descobrir quem a enviou, assim veremos se podemos lidar com ele e detê-lo de uma vez por todas. Não adiantaria desintegrar a criatura, seu mestre simplesmente fabricaria outra; é o homem por trás do cão que nós devemos alcançar.

"Contudo, devemos ter cuidado para não deixar que Martin pense que suspeitamos que ele está em perigo, ou perderá sua única defesa contra a criatura, a crença na sua irrealidade. Isso aumentará nossas dificuldades, já que não poderemos questioná-lo demais nem causar suspeitas de sua parte. Teremos que chegar aos fatos do caso de modo indireto."

Na viagem de carro até Hindhead, Taverner fez algo que nunca fizera antes na minha frente: conversar com um paciente sobre suas teorias ocultas. Ocasionalmente, na conclusão de um caso, ele explicava as leis subjacentes aos fenômenos para livrar o desconhecido dos seus terrores e permitir que o paciente lidasse com eles, mas nunca no início.

Eu ouvia espantado, e então percebi o que Taverner tentava pescar. Ele queria saber se o próprio Martin tinha algum conhecimento de ocultismo, e usou seu próprio interesse para despertar o do outro – caso ele tivesse algum.

A diplomacia de meu colega imediatamente deu frutos. Martin também estava interessado nesses assuntos, muito embora seu conhecimento real fosse nulo – até eu podia ver isso.

– Gostaria que o senhor e Mortimer se conhecessem – disse ele. – Ele é um sujeito muito interessante. Costumávamos conversar sobre essas coisas até a madrugada.

– Seria um prazer conhecer seu amigo – respondeu Taverner. – Você acha que poderia convencê-lo a nos visitar um domingo desses? Estou sempre interessado em pessoas com quem possa aprender algo.

– Eu... eu receio que não poderia entrar em contato com ele agora – contestou nosso companheiro, caindo em um silêncio preocupado, e todos os esforços de Taverner de entabular novamente o diálogo foram inúteis. Evidentemente havíamos tocado em algum assunto doloroso, e vi que meu colega registrou mentalmente o fato.

Assim que entramos, Taverner foi direto ao seu estúdio, abriu o cofre e tirou um arquivo de fichas.

– Maffeo, Montague, Mortimer – murmurou, enquanto virava as fichas. – Anthony William Mortimer. Iniciado na Ordem dos Irmãos Encapuzados, outubro de 1912; tomou posse como Guarda Armado, maio de 1915. Preso sob suspeita de espionagem, março de 1916. Processado por exercer influência indevida na elaboração do testamento de sua mãe. (Todos parecem ir atrás dele e ninguém parece ser capaz de pegá-lo.) Tornou-se Grão-Mestre da Loja de Set, o Destruidor. Número de batidas, duas, três, duas, senha, "Chacal".

– Esse é o Sr. Mortimer. Um homem a ser evitado, imagino. Agora, me pergunto o que Martin fez para irritá-lo.

Como não ousávamos interrogar Martin, nós o observamos, e logo percebi que ele aguardava a chegada do correio com a maior ansiedade. Ele estava sempre perto da entrada quando o carteiro chegava e agarrava ávido sua parca correspondência, apenas para imediatamente cair em melancolia. Seja qual fosse a carta que tanto aguardava, ela nunca chegou. Contudo, ele não expressava nenhuma surpresa quanto a isso, e concluí que esperava que algo pudesse acontecer contra toda esperança.

Finalmente chegou o dia em que ele não suportou mais; quando pela vigésima vez eu abri a caixa do correio e informei-lhe que não havia nada para ele, deixou escapar:

– O senhor acredita que "a distância torna o coração mais terno", Dr. Rhodes?

– Depende da natureza – respondi. – Mas pude observar que, quando brigamos com alguma pessoa, ficamos mais dispostos a ignorar seus defeitos se nos afastamos dela por algum tempo.

– Mas e se você gosta de outra pessoa? – continuou, entre ansioso e envergonhado.

– Acredito que o amor esfria quando não é alimentado – afirmei. – A mente humana tem grandes poderes de adaptação, e nos acostumamos, mais cedo ou mais tarde, a viver sem nossos entes mais queridos.

– Também penso assim – volveu Martin, e foi buscar consolo fumando seu cachimbo num canto solitário.

– Então há uma mulher envolvida – disse Taverner quando relatei o incidente. – Gostaria de conhecê-la. Pretendo ser um rival para Mortimer; se ele envia formas-pensamento negras, vejamos o que posso fazer com uma forma-pensamento branca.

Deduzi que Taverner pretendia utilizar o método da sugestão silenciosa, no qual era um mestre consumado.

Aparentemente a magia de Taverner não demorou a funcionar, pois alguns dias depois entreguei a Martin uma carta que fez seu rosto iluminar-se de alegria e mandei-o ao quarto para que pudesse lê-la em particular. Meia hora depois veio ter comigo no escritório, pedindo:

– Dr. Rhodes, seria conveniente se eu recebesse duas convidadas para o almoço amanhã?

Garanti-lhe que sim e notei a mudança causada em sua aparência pela chegada da carta tão desejada. Ele teria encarado uma matilha de cães negros naquele momento.

No dia seguinte, vi Martin mostrando o terreno para duas damas; quando ele chegou à sala de jantar, apresentou-as como a Sra. e a Srta. Hallam. Parecia haver algo errado com a moça, pensei; ela era curiosamente distraída e desatenta. Martin, contudo, estava no sétimo céu; o seu prazer claro era quase divertido de ver. Eu assistia a essa pequena comédia com um sorriso discreto, quando subitamente ela tornou-se uma tragédia.

Enquanto a moça tirava as luvas, revelou um anel no dedo anular da mão esquerda. Era obviamente uma aliança de noivado. Voltei os olhos para o rosto de Martin e vi que seus próprios olhos fitavam o anel. Em poucos segundos, o homem desmoronou; a alegre reunião havia acabado. Ele se esforçou para exercer o papel de anfitrião, mas era algo doloroso de se ver, e fiquei aliviado quando o fim da refeição permitiu-me ir embora.

Mas não tive permissão de escapar. Taverner pegou-me o braço enquanto eu deixava a sala e levou-me até o terraço.

– Venha comigo – disse ele. – Quero fazer amizade com a família Hallam, talvez elas possam lançar alguma luz sobre nosso problema.

Descobrimos que Martin estava conversando com a mãe, então não tivemos dificuldade em caminhar pelo jardim com a moça entre nós dois. Ela parecia estar satisfeita com isso, e não demorou para que o motivo se tornasse aparente.

– Dr. Taverner – perguntou –, posso falar sobre mim mesma com o senhor?

– Seria um prazer, Srta. Hallam – replicou. – O que gostaria de perguntar?

– Estou perplexa com um assunto. É possível apaixonar-se por uma pessoa de quem não se gosta?

– Bastante possível – replicou Taverner. – Mas provavelmente pouco satisfatório.

– Estou comprometida com um homem – continuou ela, tirando e recolocando o anel no dedo. – Por quem estou loucamente, desesperadamente apaixonada quando ele não está presente, e assim que ele chega causa-me horror e repulsa. Quando estou longe, anseio pela sua companhia, e, quando estou com ele, sinto como se tudo estivesse errado e fosse horrível. Não consigo dizer claramente o que quero, mas consegue me entender?

– Como foi que se tornou noiva dele? – quis saber Taverner.

– Da maneira usual. Eu o conheço há quase tanto tempo quanto conheço Billy – indicou Martin, que estava à nossa frente, caminhando com a mãe.

– Não foi usada nenhuma influência indevida? – perguntou Taverner.

– Não, acho que não. Ele simplesmente perguntou se eu queria casar com ele, e respondi que sim.

– Há quanto tempo a senhorita sabia que aceitaria um pedido dele?

– Eu não sabia. Nunca havia pensado nisso; de fato, o noivado foi uma surpresa para mim tanto quanto para todos os outros. Nunca havia pensado nele desse modo até três semanas atrás, então percebi que ele era o homem com quem queria me casar. Foi um impulso súbito, mas tão forte e nítido que soube que era a coisa a fazer.

– E não se arrepende disso?

– Não até hoje, mas, enquanto estava sentada na sala de jantar, subitamente percebi como me sentiria agradecida se não precisasse voltar para Tony.

Taverner olhou para mim.

– O isolamento psíquico da casa tem seus usos – observou. Então se voltou novamente para a garota. – A senhorita não supõe que foi a personalidade enérgica do Sr. Mortimer que influenciou sua decisão?

Secretamente divertiu-me o tiro no escuro de Taverner e o modo como a moça distraidamente caiu em sua armadilha.

– Oh, não – contestou. – Tenho tais impulsos com frequência, foi um deles que me fez vir aqui.

– Bem – disse Taverner –, pode ter sido um desses que fez com que aceitasse o noivado com Mortimer, de modo que devo dizer-lhe que eu fui o responsável por esse impulso.

A moça fitou-o com perplexidade.

– Assim que soube de sua existência quis conhecê-la. Aquela alma ali está atualmente sob meus cuidados, e acredito que a senhorita tenha um papel no seu bem-estar.

– Eu sei que sim – respondeu a jovem, mirando os ombros largos de Martin, que nada percebeu, mas com tanta tristeza e anseio que claramente traiu seus verdadeiros sentimentos.

– Algumas pessoas enviam telegramas quando desejam se comunicar, mas eu não; eu envio pensamentos, porque tenho certeza de que serão obedecidos. Uma pessoa pode ignorar um telegrama, mas agirá a partir de um pensamento, porque acredita que é seu, embora, naturalmente, seja necessário que ela não suspeite de que está recebendo uma sugestão, ou provavelmente fará exatamente o contrário.

A Srta. Hallam estava perplexa.

– Será possível tal coisa? – exclamou. – Mal posso acreditar.

– Está vendo aquele vaso de gerânios vermelhos no lado esquerdo do caminho? Vou fazer com que sua mãe se volte para ele e pegue uma flor. Preste atenção.

Nós dois olhamos para a senhora inconsciente, enquanto Taverner concentrava sua atenção sobre ela; de fato, enquanto se aproximavam do vaso, ela se voltou para ele e colheu um botão escarlate.

– O que a senhora está fazendo com nossos gerânios? – Taverner perguntou a ela.

– Sinto muito – ela respondeu de longe. – Temo ter cedido a um impulso súbito.

– Nem todos os pensamentos são gerados dentro da mente que os pensa – explicou Taverner. – Estamos constantemente dando sugestões inconscientes uns aos outros e influenciando mentes sem saber; se um homem que compreende o poder do pensamento deliberadamente treina a mente para esse fim, há pouco que ele não possa fazer.

Havíamos retornado ao terraço durante a caminhada, e Taverner se despediu e retirou-se para o escritório. Fui atrás dele e encontrei-o com o cofre aberto e o fichário sobre a mesa.

– Muito bem, Rhodes, o que pensa disso tudo? – ele quis saber.

– Martin e Mortimer querem a mesma moça – respondi. – E Mortimer usa os mesmos métodos que você usa com seus pacientes para seus fins particulares.

– Precisamente – concordou Taverner. – Uma excelente demonstração sobre a diferença entre o ocultismo negro e o branco. Nós dois estudamos a mente humana; nós dois usamos as forças ocultas da natureza; uso meu conhecimento para a cura e Mortimer usa o seu para a destruição.

– Taverner – indaguei, encarando-o –, o que o impede de também usar seu grande conhecimento para fins pessoais?

– Várias coisas, meu amigo – replicou. – Em primeiro lugar, aqueles que recebem os mesmos ensinamentos que recebi são (embora eu não devesse dizê-lo) homens escolhidos a dedo, cuidadosamente testados. Em segundo lugar, sou membro de uma organização que certamente me puniria pelo abuso do seu treinamento; e em terceiro lugar, sabendo o que sei, não ouso abusar dos poderes que me foram confiados. Não há tal coisa como uma linha reta no universo; portanto, é só uma questão de tempo antes que volte para nós o que enviamos da nossa mente. Mais cedo ou mais tarde o cão de Martin retornará para seu mestre.

Martin estava ausente na refeição noturna, e Taverner imediatamente indagou sobre seu paradeiro.

– Ele caminhou com as amigas até a encruzilhada para deixá-las no ônibus para Hazlemere – alguém informou, e Taverner, que não parecia muito satisfeito, consultou o relógio.

– Ainda estará claro por algumas horas – observou. – Avise-me se ele não voltar até o crepúsculo, Rhodes.

Era uma tarde cinzenta, com ameaça de tempestades, e a escuridão caiu mais cedo. Logo depois das oito, procurei Taverner no seu estúdio e disse:

– Martin ainda não voltou, doutor.

– Então é melhor sairmos atrás dele – decidiu meu colega.

Saímos pela janela para não sermos observados pelos outros pacientes e, passando pelos arbustos, logo chegamos no matagal.

– Gostaria de saber por onde ele veio – comentou Taverner. – Há uma profusão de caminhos a escolher. É melhor irmos para um terreno mais alto e procurá-lo com os binóculos.

Subimos uma colina coberta por pinheiros escoceses e Taverner varreu os caminhos de urze com seu binóculo. A uma milha de distância, ele vislumbrou uma figura se movendo na nossa direção, mas estava longe demais para identificação.

– Provavelmente Martin – disse meu companheiro. – Mas ainda não podemos ter certeza. É melhor pararmos aqui e esperarmos; se descermos, podemos perdê-lo de vista. Fique com o binóculo; seus olhos são melhores que os meus. Como está escurecendo cedo esta noite! Devíamos ter outra meia hora de luz diurna.

Um vento frio surgira, fazendo-nos tremer nas nossas roupas leves, pois estávamos vestidos para a tarde e sem chapéus. Nuvens pesadas e cinzentas se acumulavam a oeste, e as árvores gemiam intranquilas. O homem no matagal avançava a passos largos, sem olhar para a direita ou para a esquerda. A não ser pela figura solitária, o grande terreno estava vazio.

Subitamente, sua caminhada foi interrompida; ele olhou sobre o ombro, fez uma pausa e depois apertou o passo. Então olhou sobre o ombro novamente e acelerou mais um pouco. Depois de algumas jardas, voltou a caminhar e continuou firmemente no caminho, recusando-se a virar a cabeça.

Devolvi o binóculo a Taverner.

– É mesmo Martin – confirmou. – E ele viu o cão.

Podíamos identificar, então, o caminho que ele estava seguindo e, descendo o morro, nos apressamos para encontrá-lo. Havíamos avançado cerca de um quarto de milha quando ouvimos um som nas trevas à nossa frente; o grito agudo e inarticulado de uma criatura sendo caçada até a morte.

Taverner soltou tamanho berro que não achei que os pulmões humanos pudessem emiti-lo. Corremos pelo caminho até o alto de uma elevação e, enquanto descíamos pelo lado oposto, identificamos uma figura lutando para avançar pela urze. Nossas camisas brancas eram bastante visíveis no anoitecer, e ele veio em nossa direção. Era Martin correndo por sua vida com o Mastim da Morte em seu encalço.

Rapidamente ultrapassei Taverner e peguei o homem caçado em meus braços quando literalmente colidimos no caminho estreito. Podia sentir o coração exausto batendo como um mecanismo defeituoso. Deitei-o no chão e, quando Taverner chegou com sua valise de remédios, fizemos o que pudemos.

Chegamos na hora exata. Mais algumas jardas e o pobre homem teria sucumbido. Enquanto endireitava as costas e olhava ao redor no escuro, agradeci a Deus por não ter aquele horrível poder de visão que teria me permitido ver o que havia se afastado pela urze quando nos aproximamos.

De que alguma coisa passara por ali, eu não tinha dúvidas, pois meia dúzia de ovelhas que pastavam no local logo se espalharam para lhe abrir caminho.

Levamos Martin de volta para casa e nos sentamos com ele. Ele escapara por um fio com aquele coração maltratado, e tivemos que sedar seus nervos arrasados.

Pouco depois da meia-noite, Taverner foi até a janela e olhou para fora.

– Venha aqui, Rhodes – chamou. – Está vendo alguma coisa?

Respondi negativamente.

– Seria muito bom para você se pudesse ver – declarou Taverner. – Você tem o hábito de tratar as formas-pensamento geradas por uma mente doente como se fossem inócuas, já que elas não têm existência objetiva. Agora venha aqui e veja as coisas do ponto de vista do paciente.

Ele começou a bater vigorosamente com os dedos na minha testa, usando um peculiar ritmo sincopado. Em alguns momentos tornei-me consciente de uma sensação similar a um espirro suprimido que estivesse percorrendo o caminho do meu nariz até o interior do meu crânio. Então notei uma tênue luminosidade no escuro lá fora e vi uma película branco-acinzentada estendida na parte externa da janela. Mais além eu vi o Mastim da Morte!

Uma forma sombria surgiu das trevas, correu até a janela e saltou, apenas para bater a cabeça contra a película cinzenta e recuar. Novamente ela se preparou e novamente saltou, apenas para cair perplexa. Um latido sem som parecia sair das suas mandíbulas abertas, e os olhos brilhavam com uma luz que não era deste mundo. Não era a luminosidade verde de um animal, mas um cinza-arroxeado refletido de algum planeta frio além do alcance dos nossos sentidos.

– É isso que Martin vê toda noite – disse Taverner. – Só que, no caso dele, a coisa está realmente no seu quarto. Devo abrir uma porta na redoma psíquica onde ela está batendo o focinho para deixá-la entrar?

Sacudi a cabeça e desviei os olhos daquela visão de pesadelo.

Taverner passou sua mão rapidamente pela minha testa com um movimento peculiar, como se estivesse agarrando alguma coisa.

– Você é poupado de muita coisa – continuou. – Mas nunca esqueça que os delírios de um lunático são tão reais para ele quanto o cachorro foi para você.

Estávamos trabalhando no escritório na tarde seguinte quando fui chamado para entrevistar uma dama que aguardava no saguão. Era a Srta. Hallam, e me perguntei o que a fizera retornar tão rapidamente.

– O mordomo me contou que o Sr. Martin está adoentado e que não posso vê-lo, mas será que o Dr. Taverner poderia me atender por alguns minutos?

Conduzi-a até o escritório, onde meu colega não expressou surpresa alguma com sua chegada.

– Então, a senhorita devolveu o anel de noivado? – observou.

– Sim – respondeu ela. – Como sabe? Que mágica o senhor está lançando agora?

– Não é mágica, minha cara Srta. Hallam, apenas senso comum. Algo a assustou. As pessoas não costumam se assustar muito na sociedade civilizada comum, de modo que concluí que algo extraordinário havia ocorrido. Eu sei que está ligada a um homem perigoso, então olhei nessa direção. O que a senhorita poderia ter feito para despertar a sua inimizade? A senhorita acabou de vir até aqui, para longe de sua influência, e junto da companhia do homem por quem outrora sentia afeto; possivelmente foi tomada por um sentimento de repulsa. Quero saber a verdade, assim expresso minha hipótese na forma de uma afirmação; a senhorita, achando que eu sei de tudo, não tenta negar nada e portanto me fornece a informação desejada.

– Mas, Dr. Taverner – quis saber a jovem perplexa –, por que ter tanto trabalho quando eu teria respondido a sua pergunta, se a fizesse?

– Porque quero que veja por conta própria como é possível lidar com uma pessoa que não suspeita de nada – explicou. – Agora diga-me o que a trouxe até aqui.

– Quando voltei na noite anterior, soube que não poderia me casar com Tony Mortimer – contou ela. – E de manhã escrevi uma carta para lhe dizer isso. Ele veio direto até minha casa e pediu para me ver. Recusei-me, pois sabia que se o visse estaria novamente sob seu poder. Então ele mandou um recado dizendo que não iria embora até falar comigo, e entrei em pânico. Tive medo de que ele forçasse seu caminho até o andar de cima, assim escapuli pela porta dos fundos e peguei o trem até aqui, pois de algum modo senti que o senhor compreendia o que ele me fizera e seria capaz de me ajudar. Naturalmente, eu sabia que ele não poderia colocar uma pistola na minha cabeça e me obrigar a casar, mas tem tanta influência sobre mim que tenho medo de que acabe me casando contra minha vontade.

– Acho – disse Taverner – que teremos que lidar drasticamente com o Mestre Anthony Mortimer.

Taverner levou-a ao andar de cima, permitiu que ela e Martin se fitassem por exatamente um minuto sem falar, então deixou-a aos cuidados da enfermeira-chefe.

Perto do fim do jantar daquela noite, avisaram-me que um cavalheiro desejava ver o secretário, e fui até o saguão para descobrir quem seria nosso visitante. Um homem alto e moreno com olhos muito peculiares me cumprimentou.

– Gostaria de ver a Srta. Hallam – afirmou.

– Srta. Hallam? – repeti, como se estivesse confuso.

– Sim, deveras – disse ele, um pouco surpreso. – Ela não está aqui?

– Vou perguntar à enfermeira-chefe – respondi.

Voltei à sala de jantar e sussurrei para Taverner:

– Mortimer está aqui.

Ele ergueu as sobrancelhas.

– Vou recebê-lo no escritório – disse ele.

E lá fomos nós, mas, antes de permitir a entrada do nosso visitante, Taverner moveu a lâmpada de leitura da sua mesa de tal modo que suas feições estivessem ocultas por sombras profundas e praticamente invisíveis.

Então Mortimer foi levado até o escritório. Assumiu uma postura autoritária.

– Venho levar a Srta. Hallam para casa em nome de sua mãe – declarou. – Agradeceria se pudesse informá-la de que estou aqui.

– A Srta. Hallam não vai retornar esta noite e já mandou um telegrama para a mãe para avisá-la.

– Não perguntei ao senhor quais eram os planos da Srta. Hallam, pedi que a informasse que estou aqui e que desejo vê-la. Presumo que não faça nenhuma objeção?

– Mas faço – volveu Taverner. – Eu faço graves objeções.

– A Srta. Hallam recusou-se a me ver?

– Eu não perguntei.

– Então com que direito o senhor assume essa posição ultrajante?

– Com este direito – respondeu Taverner, e fez um sinal peculiar com a mão. No seu indicador estava um anel de feitura incomum, que eu nunca vira antes.

Mortimer saltou como se Taverner houvesse apontado uma arma para sua cabeça; ele se inclinou sobre a mesa e tentou distinguir o rosto em meio às sombras, mas seu olhar caiu sobre o anel.

– O Primeiro dos Sete – arquejou, e deu um passo para trás.

Em seguida se virou e esgueirou-se rumo à porta, lançando sobre o ombro tamanho olhar de ódio e medo como nunca vira antes. Juro que mostrou os dentes e rosnou.

– Irmão Mortimer – disse Taverner –, o cão voltará ao canil esta noite. – Vamos até uma das janelas de cima para conferir se ele realmente está indo embora – continuou.

Do nosso ponto de vista pudemos observar nosso visitante tardio seguindo pela estrada arenosa que levava até Thursley. Contudo, para minha surpresa, em vez de seguir direto adiante, ele se virou e olhou para trás.

– Ele vai voltar? – indaguei, surpreso.

– Eu acho que não – respondeu Taverner. – Agora observe, algo vai acontecer.

Novamente Mortimer parou e olhou ao seu redor, como se estivesse surpreso. Então começou a lutar. O que quer que o estivesse atacando evidentemente saltou, pois ele socou algo para longe do seu peito; então começou a circular à sua volta, pois ele virou-se lentamente para encará-lo. Jarda por jarda ele foi seguindo pela estrada e foi engolido pela noite que caía.

– O mastim está seguindo seu mestre até sua casa – sentenciou Taverner.

Na manhã seguinte ficamos sabendo que o corpo de um homem estranho fora encontrado perto de Bramshott. Acreditava-se que ele houvesse morrido devido a um ataque cardíaco, pois não havia marcas de violência no corpo.

– Seis milhas! – exclamou Taverner. – Ele correu bastante!

A coisa no telhado

Robert E. Howard

1932

"The Thing on the Roof"
Primeira publicação: *Weird Tales*, fevereiro de 1932.
Primeira publicação em livro: *The Dark Man and Others*, (Robert E. Howard, Arkham House, 1963).

Uma vida curta e trágica e uma carreira literária fenomenal fizeram de Robert E. Howard (1906-1936) um dos autores mais cultuados da ficção popular norte-americana. Howard não publicou nenhum livro em vida, mas todo o material que escreveu acabou sendo publicado, e é disputado por colecionadores. Em novembro de 2013, mais de setenta anos após sua morte, o original datilografado e assinado de uma história de Conan, o Bárbaro, estava à venda por 125 mil dólares no website Abebooks.

Para o grande público, Howard é o criador de Conan, o gigantesco herói cimério, recriado no cinema por Arnold Schwarzenegger. Com as histórias de Conan, publicadas na revista *Weird Tales*, ele tornou-se um dos criadores do gênero chamado "espada e feitiçaria" ("sword and sorcery"), que viria a ser desenvolvido depois por Fritz Leiber, Lin Carter, Michael Moorcock e outros. Escrevendo furiosamente desde os 15 anos, produziu contos de aventuras, de faroeste, de terror, de fantasia histórica.

Em junho de 1936, ao receber a notícia de que sua mãe, que durante anos lutara contra a tuberculose, se encontrava em estado terminal e não recuperaria a consciência, Howard se matou com um tiro de revólver, que comprara havia pouco tempo, provavelmente já com esta intenção. Sua morte aos 30 anos leva qualquer leitor a imaginar, diante da imensa quantidade de histórias que escreveu, o que não poderia ter produzido se tivesse uma vida mais longa.

Tal como aconteceu com seu amigo à distância (os dois se corresponderam durante anos) H. P. Lovecraft, a obra de Howard sobreviveu e alcançou sucesso mundial graças ao esforço e à dedicação de amigos e admiradores. Eles se encarregaram, principalmente, de localizar e preservar as centenas de contos que ele publicou em vida, em todos os tipos de *pulp magazines* que constituíam o mercado da época: horror, aventura, *far-west*, fantasia, policial, ficção científica etc. Para muitos, sua vida e sua obra são o retrato da primeira fase da *pulp fiction* norte-americana, anterior à Segunda Guerra Mundial.

A coisa no telhado

Robert E. Howard
(tradução de Fábio Fernandes)

Eles irrompem pela noite adiante
Com seu passo de elefante;
Meu estômago dá nós
E me encolho em meus lençóis.
Erguem asas colossais
Sobre telhados e beirais
Que tremem sob os impactos
De seus tremendos cascos.

Justin Geoffrey, *Out of the Old Land.*

Deixe-me começar dizendo que fiquei surpreso quando Tussmann me chamou. Nunca fomos grandes amigos; os instintos mercenários daquele homem me causavam espécie; e desde nossa amarga discussão três anos antes, quando ele tentou desacreditar minhas *Evidências da Cultura Nahua no Iucatán*, que foi o resultado de anos de cuidadosa pesquisa, nossas relações haviam sido tudo menos cordiais. Entretanto, eu o recebi e percebi que seus modos eram apressados e bruscos, mas um tanto distraídos, como se seu desprazer em me ver tivesse sido posto de lado por alguma paixão forte que tivesse tomado conta dele.

Explicou rapidamente sua missão. Desejava meu auxílio na obtenção de um volume da primeira edição de *Cultos Sem Nome*, de Von Junzt – a edição conhecida como o Livro Negro, não devido à sua cor, mas por causa de seus conteúdos obscuros. Era quase como se ele tivesse me pedido a tradução original grega do *Necronomicon*. Embora desde meu retorno do Iucatán eu tivesse dedicado praticamente todo o meu tempo ao *hobby* de colecionar livros, não tinha tropeçado em nenhuma pista de que esse livro, na edição de Dusseldorf, ainda existisse.

Uma observação sobre essa obra rara. Sua extrema ambiguidade em alguns pontos, com sua incrível temática, fez com que ela por muito tempo fosse considerada um delírio insensato de um maníaco, e o autor ficasse marcado pela pecha da insanidade. Mas não se pode negar o fato de que muitas de suas declarações permanecem incontestadas, e que ele passou todos os quarenta e cinco anos de sua vida investigando lugares estranhos e descobrindo coisas secretas e abissais. Apenas uma pequena quantidade de volumes foi impressa na primeira edição e a maioria deles foi queimada por seus donos apavorados quando Von Junzt foi encontrado estrangulado de forma misteriosa, em seu quarto trancado e aferrolhado numa noite de 1840, seis meses depois de voltar de uma jornada misteriosa à Mongólia.

Cinco anos mais tarde, um impressor de Londres, um certo Bridewall, pirateou a obra e publicou uma tradução barata com intenções sensacionalistas, repleta de xilogravuras grotescas e cheia de erros de ortografia, traduções equivocadas e os erros costumeiros de uma impressão barata e não acadêmica. Isso ajudou a desacreditar ainda mais a obra original, e editores e público esqueceram o livro até 1909, quando a Golden Goblin Press, de Nova York, fez publicar uma edição.

A produção deles foi expurgada com tanto cuidado que um quarto do material original foi excluído; o livro foi belamente encadernado e decorado com as ilustrações exóticas e estranhamente imaginativas de Diego Vasquez. A edição tinha como alvo o consumo popular, mas o senso artístico dos editores derrubou esse propósito, e o custo para publicar o livro foi tão grande que eles foram forçados a vendê-lo a um preço proibitivo.

Eu estava explicando isso tudo a Tussmann quando ele me interrompeu bruscamente para dizer que não era inteiramente ignorante a respeito de tais questões. Um dos livros da Golden Goblin ornamentava sua biblioteca, ele disse, e foi nele que ele encontrou certa linha que despertou seu interesse. Se eu pudesse encontrar para ele um exemplar da edição original de 1839, ele garantiria a compensação pelo meu esforço; sabendo, acrescentou, que seria inútil me oferecer dinheiro, iria, em vez disso, em troca do meu trabalho para ajudá-lo, fazer uma retratação completa de suas acusações com relação às minhas pesquisas no Iucatán e oferecer um completo pedido de desculpas na *The Scientific News*.

Admito que fiquei surpreso com isso e percebi que, se o assunto significava tanto assim para Tussmann a ponto de ele estar disposto a fazer tais concessões, a coisa devia ser de fato da maior importância. Respondi que considerava haver refutado suficientemente as acusações dele aos olhos do mundo e não desejava colocá-lo em nenhuma posição humilhante, mas que envidaria os mais denodados esforços para lhe dar o que ele queria.

Ele me agradeceu bruscamente e partiu, dizendo de modo um tanto distraído que esperava encontrar uma exposição completa de alguma coisa no Livro Negro que tivesse evidentemente sido cortada na última edição.

Pus-me a trabalhar, escrevendo cartas a amigos, colegas e livreiros de todo o mundo, e em pouco tempo descobri que havia assumido uma tarefa cuja magnitude não era pequena. Três meses se passaram antes que meus esforços fossem coroados de sucesso, mas, finalmente, com o auxílio do professor James Clement de Richmond, Virginia, fui capaz de obter o que desejava.

Notifiquei Tussmann e ele veio a Londres no trem seguinte. Seus olhos queimavam avidamente enquanto ele olhava o volume espesso e empoeirado com suas capas de couro pesado e presilhas enferrujadas, e seus dedos tremiam de ansiedade enquanto ele folheava as páginas amareladas pelo tempo.

E quando ele gritou ferozmente e esmagou seu punho cerrado sobre a mesa, eu soube que ele havia encontrado aquilo que procurava.

– Escute! – ele ordenou, e me leu uma passagem que falava de um templo antiquíssimo em uma selva de Honduras onde um estranho deus era adorado por uma tribo ancestral que havia se extinguido antes da chegada dos espanhóis. E Tussmann leu em voz alta sobre a múmia que havia sido, em vida, o último sumo sacerdote daquele povo desaparecido, e que jazia agora numa câmara escavada na rocha sólida da encosta contra a qual o templo fora construído. Pendurada no pescoço murcho daquela múmia havia uma corrente de cobre, e naquela corrente uma grande joia vermelha esculpida na forma de um sapo. Esta joia era uma chave, Von Junzt continuava explicando, para o tesouro do templo que estava escondido numa cripta subterrânea bem abaixo do altar.

Os olhos de Tussmann faiscaram.

– Eu vi esse templo! Eu estive diante do altar. Eu vi a entrada selada da câmara na qual, dizem os nativos, jaz a múmia do sacerdote. É um templo muito curioso, que tem tanto em comum com as ruínas dos índios pré-históricos quanto com as construções dos latino-americanos modernos. Os índios da vizinhança negam qualquer ligação anterior com esse local; dizem eles que o povo que construiu aquele templo era uma raça diferente da deles, e estavam ali quando seus próprios ancestrais chegaram ao país. Acredito que seja remanescente de uma civilização há muito desaparecida, que começou a entrar em declínio milhares de anos antes da chegada dos espanhóis.

"Ter-me-ia agradado irromper na câmara selada, mas eu não tinha nem o tempo nem as ferramentas para a tarefa. Estava fugindo para a costa, depois de ter sido ferido por um disparo acidental no pé, e dei de cara com aquele lugar puramente por acaso.

"Tenho planejado dar outra olhada nele, mas as circunstâncias me impediram – agora pretendo não deixar que nada fique no meu caminho! Por acaso eu me deparei com uma passagem deste livro na edição Golden Goblin que descrevia o templo. Mas isso era tudo; a múmia era mencionada apenas de passagem. Interessado, eu obtive uma das traduções de Bridewall, mas dei de cara com um paredão de erros impressionantemente imbecis. Por um irritante acaso, o tradutor havia até mesmo errado a localização do Templo do Sapo, como Von Junzt o chama, e o colocou na Guatemala em vez de em Honduras. A descrição geral é cheia de falhas, a joia é mencionada, assim como o fato de que ela é uma 'chave'. Mas uma chave para quê, o livro de Bridewall não diz. Sinto-me agora como se estivesse no rastro de uma verdadeira descoberta, a não ser que Von Junzt fosse, como muitos sustentam, um louco. Mas o fato de que o homem esteve de fato em Honduras em uma determinada época está bem documentado, e ninguém poderia ter descrito o templo de forma tão vívida – como ele faz no Livro Negro –, a menos que ele tivesse visto tudo com os próprios olhos. Como ele ficou sabendo da joia, isso eu não posso dizer. Os índios que me contaram da múmia nada disseram a respeito de joia alguma. Só posso crer que Von Junzt achou um meio de entrar na cripta selada de algum modo – o homem tinha um jeito especial de descobrir coisas ocultas.

"Até onde sei, somente outro homem branco já viu o Templo do Sapo além de Von Junzt e de mim mesmo: o viajante espanhol Juan Gonzales, que fez uma exploração parcial daquele país em 1793. Ele mencionou, brevemente, um templo curioso que diferia da maioria das ruínas indígenas, e falou com ceticismo de uma lenda corrente entre os nativos de que havia 'algo de incomum' oculto sob o templo. Tenho certeza de que ele estava se referindo ao Templo do Sapo.

"Amanhã parto para a América Central. Guarde o livro, não preciso mais dele. Desta vez estou indo totalmente preparado e pretendo descobrir o que está oculto naquele templo, nem que eu tenha de demoli-lo. Não pode ser nada menos que um grande depósito de ouro! Os espanhóis de algum modo não conseguiram encontrá-lo ao chegarem à América Central, pois o Templo do Sapo estava abandonado; eles estavam procurando índios vivos que pudessem torturar para saber onde achar ouro, não múmias de povos perdidos. Mas eu quero aquele tesouro."

Após dizer essas palavras, Tussmann partiu. Sentei-me e abri o livro no ponto em que ele havia parado de ler, e sentado fiquei até a meia-noite, envolto nas exposições curiosas, loucas e às vezes profundamente abstratas de Von Junzt. E encontrei certas coisas referentes ao Templo do Sapo que me perturbaram de tal modo que na manhã seguinte tentei entrar em contato com Tussmann, tão somente para descobrir que ele já havia partido.

Vários meses se passaram e então recebi uma carta de Tussmann, me pedindo que fosse passar alguns dias com ele em sua propriedade em Sussex; também solicitava que levasse o Livro Negro comigo.

Cheguei à propriedade isolada de Tussmann logo após o cair da noite. Ele vivia numa propriedade quase feudal; sua grande casa coberta de hera e gramados extensos cercados por altas muralhas de rocha. Ao percorrer a alameda ladeada por cercas vivas que levava do portão até a casa, reparei que o lugar não havia sido bem conservado na ausência de seu dono. Ervas daninhas cresciam selvagens por entre as árvores, quase sufocando a grama. Entre alguns arbustos maltratados encostados no lado de fora da muralha, ouvi o que parecia ser um cavalo ou um boi tentando se locomover sem muito sucesso. Ouvi distintamente o tinir de seu casco numa pedra.

Um serviçal que me olhou com desconfiança me deixou entrar, e encontrei Tussmann andando de um lado para o outro em seu estúdio, como um leão enjaulado. Sua constituição gigantesca estava mais magra, mais endurecida do que a última vez em que eu o vira; seu rosto estava bronzeado pelo sol dos trópicos. Havia mais rugas, rugas mais vincadas em seu rosto forte e seus olhos queimavam com mais intensidade do que nunca. Seus modos pareciam esconder uma raiva que o consumia por dentro.

– Bem, Tussmann – eu o saudei. – Teve sucesso? Encontrou o ouro?

– Não achei um só grama de ouro – ele grunhiu. – Toda aquela história era um engodo... Bem, nem tudo. Eu invadi a câmara selada e encontrei a múmia...

– E a joia? – perguntei.

Ele retirou alguma coisa do bolso e a entregou a mim.

Olhei curioso para a coisa que segurava. Era uma grande joia, clara e transparente como cristal, mas de um rubro sinistro, esculpida, como Von Junzt havia declarado, na forma de um sapo. Estremeci involuntariamente; a imagem era peculiarmente repulsiva. Voltei minha atenção para a corrente de cobre, pesada e cheia de curiosos entalhes, que a segurava.

– O que são esses caracteres escavados na corrente? – perguntei curioso.

– Não sei dizer – respondeu Tussmann. – Pensei que talvez você soubesse. Encontrei uma leve semelhança entre eles e certos hieróglifos parcialmente desfigurados em um monólito conhecido como a Pedra Negra, nas montanhas da Hungria. Não consigo decifrá-los.

– Fale-me de sua viagem – pedi, e entre nossos uísques-e-sodas ele começou, como se estivesse com uma estranha relutância.

– Voltei a encontrar o templo sem grande dificuldade, embora ele fique em uma região deserta e pouco frequentada. O templo foi construído contra uma encosta íngreme de pedra num vale deserto desconhecido de mapas e exploradores. Eu não me atreveria a calcular sua idade, mas foi construído com uma espécie de basalto anormalmente duro, de um tipo que nunca vi em parte alguma, e seu extremo desgaste sugere uma antiguidade incrível.

"A maioria das colunas que formam sua fachada está em ruínas, com tocos estilhaçados despontando de bases corroídas, assemelhando-se aos dentes esparsos e quebrados de uma bruxa velha sorridente. As paredes externas estão desmoronando, mas as internas e as colunas que sustentam a parte do teto que permanece intacta parecem boas para durar mais mil anos, bem como as paredes da câmara interna.

"A câmara principal é um grande aposento circular com um piso composto de grandes quadrados de pedra. No centro fica o altar, meramente um imenso bloco redondo e curiosamente esculpido do mesmo material. Logo atrás do altar, na encosta de pedra sólida que forma a parede de trás da câmara, fica a câmara selada e escavada onde jazia a múmia do último sacerdote do templo.

"Invadi a cripta sem muita dificuldade e encontrei a múmia exatamente como está escrito no Livro Negro. Embora ela estivesse num notável estado de preservação, não fui capaz de classificá-la. As feições emurchecidas e o contorno geral do crânio sugeriam certos povos degradados e mestiços do Baixo Egito, e tenho certeza de que o sacerdote era membro de uma raça mais afim com os caucasianos que com os indianos. Além disso, não posso fazer nenhuma afirmação positiva.

"Mas a joia estava ali, com a corrente enrolada no pescoço ressequido."

A partir desse ponto, a narrativa de Tussmann se tornou tão vaga que tive certa dificuldade em acompanhá-lo e me perguntei se o sol dos trópicos não haveria afetado sua mente. Ele havia aberto uma porta oculta no altar de algum modo com a joia – como, exatamente, ele não disse de modo direto, e ocorreu-me que ele próprio não compreendia a ação da joia-chave. Mas a abertura da porta secreta havia provocado uma má impressão nos homens mais empedernidos que estavam a seu serviço. Eles se recusaram peremptoriamente a segui-lo por aquela abertura negra que havia aparecido tão misteriosamente quando a gema encostou no altar.

Tussmann entrou sozinho com sua pistola e a lanterna elétrica, encontrando uma escada de pedra estreita que descia em espiral até as entranhas da terra, aparentemente. Ele a seguiu e acabou chegando a um corredor amplo, em cuja escuridão seu minúsculo feixe de luz quase foi engolfado.

Quando ele disse isso, falou com estranha irritação de um sapo que pulava à sua frente, logo além do círculo de luz, o tempo todo em que ele esteve no subterrâneo.

Avançando ao longo de túneis úmidos e escadas que eram poços de treva sólida, ele finalmente chegou a uma porta pesada fantasticamente esculpida, que ele sentia que devia ser a cripta onde estava escondido o ouro dos antigos adoradores. Ele pressionou a joia-sapo contra ela e finalmente a porta se escancarou.

– E o tesouro? – interrompi ansioso.

Ele gargalhou violentamente, fazendo pouco de si mesmo.

– Não havia ouro lá, nenhuma pedra preciosa... nada – ele hesitou. – Nada que eu pudesse trazer comigo.

Uma vez mais sua história começava a derivar em abstrações. Concluí que ele havia abandonado o templo um tanto apressadamente, sem procurar mais pelo suposto tesouro. Sua intenção, ele dissera, havia sido a de trazer a múmia consigo, para apresentá-la a algum museu, mas, quando saiu dos poços, ela não pôde ser encontrada, e ele acreditou que seus homens, numa aversão supersticiosa a ter tal companheira de viagem na estrada para a costa, a haviam jogado em algum poço ou caverna.

– E assim – concluiu – , cá me encontro na Inglaterra novamente, não mais rico do que quando parti.

– Você tem a joia – lembrei-lhe. – Certamente ela é valiosa.

Ele a olhou sem benevolência, mas com uma espécie de avidez feroz que era quase uma obsessão.

– Você diria que é um rubi? – ele perguntou.

Balancei a cabeça.

– Não sou capaz de classificá-la.

– Tampouco eu. Mas deixe-me ver o livro.

Ele virou lentamente as páginas pesadas, movendo os lábios enquanto lia.

Às vezes balançava a cabeça como se intrigado, e reparei que ele se deteve por longo tempo numa determinada linha.

– Este homem mergulhou tão fundo em coisas proibidas – disse ele. – Não me surpreende que seu destino tenha sido tão estranho e misterioso. Ele deve ter tido alguma antevisão de seu fim... aqui ele alerta os homens para não perturbarem coisas adormecidas.

Tussmann pareceu perdido em pensamentos por alguns momentos.

– Sim, coisas adormecidas – ele resmungou –, que parecem mortas, mas apenas jazem esperando que algum tolo cego as desperte. Eu devia ter lido mais além o Livro Negro, e devia ter fechado a porta quando deixei a cripta, mas tenho a chave e vou protegê-la até do Inferno.

Ele despertou de seus devaneios e estava para falar quando parou. De algum lugar no andar de cima havia chegado um som peculiar.

– O que foi isso? – ele olhou para mim fuzilando. Balancei a cabeça; ele correu para a porta e gritou, mandando chamar um serviçal. O homem entrou alguns instantes depois e estava um tanto pálido.

– Você estava lá em cima? – grunhiu Tussmann.

– Sim, senhor.

– Ouviu alguma coisa? – Tussmann perguntou com rispidez e de maneira quase ameaçadora e acusatória.

– Ouvi, senhor – respondeu o homem com um olhar intrigado.

– O que você ouviu? – a pergunta foi feita praticamente num resfolegar.

– Bem, senhor – o homem riu se desculpando –, receio que o senhor dirá que estou um pouco fora de mim, mas para lhe dizer a verdade, senhor, parecia com um cavalo andando no telhado!

Um lampejo de loucura absoluta brilhou nos olhos de Tussmann.

– Seu idiota! – ele gritou. – Saia daqui! – O homem se encolheu surpreso e Tussmann pegou a joia reluzente esculpida em forma de sapo.

– Eu fui um idiota! – ele disse. – Não li o suficiente e devia ter trancado a porta, mas, pelos céus, a chave é minha e vou protegê-la de homens ou demônios.

E, dizendo essas estranhas palavras, ele se virou e subiu correndo as escadas. Um instante depois sua porta se fechou com força, e um serviçal, batendo timidamente, levou Tussmann a emitir não mais que uma ordem blasfema para que se retirasse e uma ameaça, proferida com palavras chocantes, de atirar em qualquer um que tentasse adentrar o quarto.

Se não fosse tão tarde, eu teria deixado a casa, pois estava certo de que Tussmann tinha ficado louco. Então me recolhi ao quarto que um serviçal apavorado me mostrou, mas não fui para a cama. Abri as páginas do Livro Negro no ponto em que Tussmann estivera lendo.

Isto era evidente, a menos que o homem fosse completamente insano: ele havia se deparado com algo imprevisto no Templo do Sapo.

Algo nada natural relacionado com a abertura da porta do altar havia apavorado seus homens, e na cripta subterrânea Tussmann havia encontrado *alguma coisa* que não esperava encontrar. E eu acreditava que ele tinha sido seguido desde a América Central, e que a razão para sua perseguição era a joia que ele chamava de chave.

Buscando alguma pista no volume de Von Junzt, voltei a ler sobre o Templo do Sapo, sobre o estranho povo pré-indígena que ali praticava seus cultos e uma monstruosidade imensa, um ser dotado de tentáculos e cascos, a quem esse povo venerava.

Tussmann dissera que não tinha lido o suficiente quando vira o livro pela primeira vez. Intrigado com essa afirmação críptica, cheguei à linha que ele havia marcado com a unha do polegar. Parecia-me ser outra das muitas ambiguidades de Von Junzt, pois ela meramente afirmava que o deus de um templo era o tesouro do templo. Então a implicação negra dessa pista me atingiu e um suor frio começou a porejar em minha testa.

A Chave do Tesouro! E o tesouro do templo era o deus do templo! E Coisas adormecidas poderiam despertar quando a porta de sua prisão se abrisse! Levantei-me de um pulo, nervoso com a sugestão intolerável; naquele momento alguma coisa fez um grande barulho no silêncio e o grito de morte de um ser humano invadiu meus ouvidos.

Num instante eu estava fora do quarto e, ao subir correndo as escadas, ouvi sons que desde então me têm feito duvidar de minha sanidade. Na frente da porta de Tussmann eu parei, ensaiando com mão trêmula o gesto de girar a maçaneta.

A porta estava trancada, e enquanto eu hesitava ouvi do lado de dentro um ruído horroroso e agudíssimo e depois o enojante som de algo sendo esmagado, como se uma enorme massa gelatinosa estivesse sendo espremida pela janela. O som cessou e pude jurar que ouvi um leve roçar de asas gigantescas.

Então o silêncio.

Recuperando meus nervos estraçalhados, arrombei a porta. Um fedor terrível e avassalador escapou para fora como uma neblina amarela. Arfando, nauseado, entrei. O quarto estava em ruínas, mas nada faltava, a não ser aquela joia rubra em forma de sapo que Tussmann chamava de chave, e que jamais foi encontrada. Uma gosma malcheirosa e indizível manchava o beiral da janela, e no centro do quarto jazia Tussmann, a cabeça esmagada e achatada; e sobre o destroço vermelho do crânio e do rosto, a marca visível de um casco enorme.

HOLY BIBLE

A ceia silenciosa

Manly Wade Wellman

1954

"Dumb Supper"
Primeira publicação: *The Magazine of Fantasy and Science Fiction*, março de 1954.
Primeira publicação em livro: *Who Fears the Devil?*, (Manly Wade Wellman, Arkham House, 1963).

Poucos detetives do sobrenatural terão um perfil tão inesperado quanto John The Balladeer, ou "Silver John", protagonista de numerosas histórias de Manly Wade Wellman. Ele é um cantador repentista que, sempre levando consigo seu violão de cordas de prata, percorre a região dos Montes Apalaches e a cada passo se depara com lugares mal-assombrados, criaturas fantásticas, velhas maldições, mistérios não resolvidos. Para enfrentar tudo isso, John lança mão de seu profundo conhecimento do folclore da região e de suas leituras totalmente plausíveis na época e no contexto social a que pertence sobre alquimia, magia ritual e outras práticas mágicas.

Manly Wade Wellman (1903-1986) nasceu em Angola, onde seu pai trabalhava como médico, e só veio a morar nos EUA aos 6 anos de idade. Casou em 1930 e tornou-se autor profissional de *pulp fiction* durante a Depressão. Sua ficção científica apareceu principalmente nas revistas *Thrilling Wonder Stories* e *Startling Stories*, enquanto seus contos de terror e fantasia eram publicados na principal revista do gênero, *Weird Tales*, e, após os anos 1950, em *The Magazine of Fantasy and Science Fiction*. Também foi roteirista de quadrinhos (um mercado nascente) nos anos 1940.

Wellman lia extensamente sobre cultura americana nativa, sobre magia e folclore; um dos seus projetos não realizados foi escrever uma história da feitiçaria na América. Criou pelo menos mais dois "detetives do sobrenatural" além de John the Balladeer: John Thunstone (que pelo nome é às vezes confundido com o primeiro) e o juiz Pursuivant; uma coletânea que reúne histórias sobre ambos é *Lonely Vigils* (1981).

Wellman é um autor subestimado pela crítica, mesmo em seu país. Seu interesse pelo folclore e pela cultura oral da Costa Leste (principalmente) resultou num grande número de histórias que são uma bem-vinda mudança em relação às tradições da fantasia norte-americana, onde predominam as influências arturianas ou célticas. John the Balladeer é um personagem ético, sóbrio, que com suas canções e sua sabedoria simples ajuda os montanheses a solucionar mistérios e apaziguar rancores de além-túmulo. "A ceia silenciosa" evoca um velho costume ou "simpatia" das festas de São João brasileiras, onde a ceia é posta por uma moça com a intenção de atrair a imagem do seu futuro noivo.

A ceia silenciosa

Manly Wade Wellman
(tradução de Braulio Tavares)

A chuva caía pesada sobre os morros e grotões, dando a impressão de que o céu estava fraco demais para segurá-la lá em cima. Era tão espessa e tão forte que um peixe poderia nadar por meio dela, e caía por todos os lados em volta da larga varanda do armazém onde estávamos sentados encolhidos nós cinco: um xerife de casaco de couro, que dirigia uma caminhonete; um fazendeiro, que guardara sua carroça de burro num estábulo vizinho; o velho dono do armazém; e dois forasteiros – um homem idoso e tranquilo e eu, com meu violão de cordas de prata.

Quando começou a escurecer, o dono do armazém pendurou uma lanterna acesa num dos caibros da varanda. O fazendeiro comprou uma garrafa de refrigerante para todos, e o dono abriu um pacote de biscoitos.

– Vocês vão passar um tempinho aqui, melhor se acomodarem – disse ele. – Amigo – falou para mim –, como é mesmo seu nome?

– John – respondi.

– Bem, John, e esse violão aí, é pra tocar?

Peguei o instrumento e toquei e cantei para eles aquela canção antiga sobre o caçador e sua amada:

Me chame de amor, do que você quiser,
me chame de querida...
Me chame do vale lá embaixo,
me chame da colina...

Então ficamos conversando sobre coisas e ideias de antigamente, e me lembro de algumas de que falamos – coisas como: você não pode ganhar roubando só uma vez num jogo de paciência, vai ter que continuar roubando até o fim; alguns animais são mais espertos do que muitas pessoas; quem eram os antigos que cavaram túneis de mineração no condado de Toe River, o que estavam procurando e se encontraram ou não; quem pode dizer o que são aquelas luzes que vêm e vão como vagalumes gigantes todas as noites em Brown Mountain; e que ninguém jamais vai encontrar um homem com exatamente um metro e oitenta de altura, porque esta era a altura de Jesus.

O fazendeiro, que junto comigo era um dos mais jovens do grupo, recordou histórias sobre amor e namoro, e lembrou que, quando você ama alguém sinceramente e mais precisa ter os olhos limpos e as ideias claras, eles acabam se turvando e lhe causam problema. Isto nos fez relembrar que se você pisar num talo de verbasco no caminho da casa de sua namorada e ele crescer de novo é porque ela o ama; e de como as garotas costumavam montar ceias silenciosas, pondo a mesa com pratos e talheres à noite – a menina ficava por trás da cadeira e à meia-noite as velas se apagavam, quando a garota pensava ver um vulto fantasmagórico sentado na cadeira diante dela, com a aparência do homem que viria a ser seu marido.

– Eu ouvia falar de ceias silenciosas quando era menino – concordou o dono do armazém. – Mas naquele tempo os adultos não acreditavam nisso. Diziam que era assunto do capeta, e que mexer com isso atraía coisas que era melhor deixar do lado de fora.

– Isso não existe mais hoje em dia – assentiu o fazendeiro. – Eu mesmo não acredito em certas doidices.

Lá onde eu nasci e fui criado, na região de Drowning Creek, eu tinha ouvido falar de ceias silenciosas, só que nunca tinha visto uma, de modo que fiquei calado. Mas o xerife deu um sorriso para o fazendeiro, mostrando os dentes.

– Você planta de acordo com a Lua, é ou não é? – disse ele. – Coisas que nascem para cima, como o milho, na Lua cheia; e coisas que nascem para baixo, como batatas, na Lua nova?

– Mas isso não é doidice, é a maneira correta – disse o fazendeiro. – Pergunte a qualquer fazendeiro que tenha bom senso.

Nesse instante brilhou um relâmpago no céu, uma forquilha de luz com três pontas, que não parecia estar a mais de um metro de distância, e o estalo do trovão veio como se aqueles morros desabassem todos juntos.

– Valha-me – disse o cavalheiro idoso, cujo nome parecia ser Mr. Jay. – Esse foi pesado.

– Deus sabe que foi – concordou o fazendeiro. – O velho Forney Meechum não deixa a gente esquecer que quem faz chover aqui é ele.

Minhas orelhas ficaram em pé como as de um coelho.

– Ouvi dizer que esta aqui era a região daquela briga antiga entre Meechum e Donovant – disse eu. – Toda a vida quis entender direito essa história. E que conversa é essa de Forney Meechum fazer chover? Ele já não está morto?

– Morto e enterrado, John – disse o dono do armazém. – Só que muita gente achava que ele não ia morrer nunca, ia somente desaparecer de pouquinho. Mas foi assassinado; não só ele, todos os homens dos Meechum e dos Donovant. Duas famílias que se acabaram, sumiram, por este vale onde você vê a chuva caindo. Ouvi falar muito nisso quando era pequeno.

– Eu também – concordou o xerife. – Pelo que me disseram, Forney Meechum foi embora para algum lugar do Oeste quando era jovem. Andava com os homens de James ou com os Daltons, ou outro bando pouco respeitado.

– E quando voltou para cá – continuou o dono do armazém –, ele podia fazer chover sempre que lhe convinha.

– Como? – perguntei, e o velho Mr. Jay também estava prestando muita atenção.

– Não sei muito bem como – disse o fazendeiro. – Diziam que ele misturava a lama dentro de um buraco e cantava uma canção. Já ouviu alguma canção assim, John?

Fiz que não com a cabeça, e ele continuou:

– Forney Meechum fazia outras coisas que davam medo. Tinha um feitiço para secar um poço. Invocava almas do outro mundo pra que lhe mostrassem onde tinha um tesouro enterrado. Mesmo os parentes tinham medo dele, e faziam tudo que ele mandava. Por isso, quando ele brigou com o Capitão Sam Donovant por causa de um limite de terras, ele fez todos os Meechums romperem com os Donovants.

– Verdade – disse o dono do armazém, que estava querendo contar ele próprio a história toda. – Os Meechums todos obedeciam a ele, menos a menina mais nova do primo dele, Miss Lute Meechum. E ela tinha jurado amor eterno ao segundo filho do Capitão Donovant, Jeremiah.

Outro raio brilhou, ribombou outro trovão. O velho Mr. Jay encolheu os ombros magros por dentro do seu casaco de sarja, e anunciou que pagaria alguns biscoitos e queijo se o dono do armazém servisse a todos.

– Não gosto de falar sobre Forney Meechum, nem mesmo agora – disse o fazendeiro. – O que dizem é que ele próprio estava de olho nessa menina, Lute, e tinha discutido com seu filho Derwood sobre qual dos dois teria direito a ela. Mas, na próxima reunião na sede do condado, houve uma briga entre Jeremiah Donovant e Derwood Meechum; Jeremiah meteu a faca em Derwood e o matou.

Mr. Jay inclinou-se para a frente. A luz da lanterna mostrou os fios grisalhos da barba por fazer em seu rosto idoso e delicado.

– Quem puxou a faca primeiro? – perguntou ele.

– Dizem que Derwood puxou a faca, e Jeremiah a tomou e a enfiou nele – falou o fazendeiro. – Em todo caso, Jeremiah virou um fugitivo da Justiça, e por todo o vale os Donovants e os Meechums começaram a se matar uns aos outros.

– Verdade – disse o dono do armazém, pegando a deixa, enquanto oferecia bolachas e queijo. – Foi há cinquenta anos, a última escaramuça de todas. Todos os homens das duas famílias foram mortos, inclusive meninos de doze anos. O velho Forney chamou a chuva, mas alguém o abateu assim que ela começou.

– E é por isso que chove tanto até hoje – disse o fazendeiro, olhando o aguaceiro por entre as folhas das árvores. – Aquele vale ali embaixo é tão úmido que mais parece um pântano. E as viúvas e os órfãos que sobreviveram foram enxotados daqui pela chuva, foram morar em outros lugares.

– E o que aconteceu com Miss Lute Meechum? – perguntei.

– Pensei nela também.

– Morreu – falou o dono do armazém. – Tem quem diga que morreu de tristeza; disso, e de saudade de Jeremiah Donovant. Mas também ouvi contar que o velho Forney a matou a tiros quando ela se recusou a se entregar a ele.

O xerife bebericou seu refrigerante.

– Tudo isso já passou e acabou-se – disse. – Parece que vamos olhar para a chuva a noite inteira, senhores.

Mas não foi assim. Ela foi diminuindo enquanto comíamos nosso queijo, e daí a pouco as árvores estavam apenas gotejando. As nuvens se esgarçaram, e a Lua espiou por um instante, uma Lua tímida como uma garota em seu primeiro baile. O xerife se ergueu do banco comprido onde estivera sentado.

– Espero que minha caminhonete não atole na subida para a cidade – disse ele. – Alguém vai comigo?

– Tenho a minha mula – falou o fazendeiro. – Vou acompanhando você e posso puxá-lo se atolar num daqueles buracos. John, você e Mr. Jay podem vir comigo.

Balancei a cabeça.

– Não, obrigado, não estou indo para a cidade. Vou descer aquela trilha até o vale. Lá do outro lado posso pegar o ônibus para Sky Notch. Tenho um compromisso com um amigo de lá.

Mr. Jay disse que iria descer a trilha também. O dono do armazém nos ofereceu pernoite no depósito, mas eu disse que já era tempo de me pôr a caminho.

– Vem comigo, senhor? – perguntei a Mr. Jay.

– Só vou mais tarde – disse ele, e então eu parti sozinho. Depois de três minutos de caminhada por entre aquelas árvores escuras e gotejantes, a luz da lanterna pendurada na varanda desapareceu, e era como se nunca tivesse estado acesa.

Senhores, era um caminho escuro, solitário e úmido. Fui avançando pela lama o tempo todo, com meus sapatos encharcados. Ainda assim, a solidão não era tão grande quanto alguém pode imaginar. Havia ruídos baixinhos, como sussurros ou rastejos; e a certa altura soou um uivo não muito distante, como o de um cachorro, ou de um homem tentando imitar um cachorro, ou quem sabe nem uma coisa nem outra. E depois começou a chover de novo.

Puxei meu velho casaco de modo a proteger o violão. Não dava para ver quase nada à minha frente, e me limitei a ir descendo a ladeira, descendo, descendo; não havia como saber a que altura o chão começaria a se elevar de novo rumo aos morros do outro lado, onde eu poderia esperar o ônibus. Pensei comigo mesmo que eu era um palerma por não ter aceitado o convite para dormir no armazém, um convite tão sincero. Tive a esperança de que Mr. Jay fosse sensato o bastante para se manter abrigado por lá, mas eu já tinha avançado demais para querer retroceder. Seria melhor encontrar um lugar a salvo da chuva, não tanto por mim, mas pelo violão.

A trilha devia fazer uma curva, porque foi de repente que surgiu à minha frente a luz na vidraça daquela cabana, quando nada indicava que existisse qualquer habitação por ali. A luz era amarela e cálida em meio à chuva, e eu apressei o passo, chapinhando nas poças. Ao chegar mais perto, vi que era uma cabana de troncos no estilo antigo, com os troncos das esquinas escavados e encaixados uns aos outros, os espaços entre eles preenchidos com barro; os beirais tinham fendas bem largas, mas não dava para ver muita coisa por eles.

– Ô de casa! – gritei.

Nenhuma resposta. Talvez a chuva não os deixasse ouvir minha voz. Fui me aproximando até pisar na pedra grande e achatada diante da porta, e bati. Nenhum ruído lá dentro.

Tateei à procura de uma maçaneta, mas não achei nenhuma, somente uma tira de couro naquele estilo antigo, muito antigo. E, conforme o estilo antigo, estava pendurada do lado de fora. No tempo dos meus antepassados, uma tira de couro pendendo para fora queria dizer "pode entrar". Puxei a tira, ela ergueu lá dentro uma lingueta de madeira, e a porta girou para dentro diante de mim.

A sala estava iluminada por uma lareira cheia de carvões ardentes e por uma vela grudada a um pratinho sobre uma mesa, bem no centro do cômodo, cujo chão era forrado de barrotes. A mesa foi que chamou minha atenção quando dei dois passos para dentro. Estava coberta por uma toalha, com um prato antigo de porcelana branca, um garfo e uma faca postos ao lado, uma xícara e um pires, isso mesmo, e um guardanapo dobrado. Mas não havia comida sobre a mesa, nem café na xícara. Uma cadeira estava posta diante do prato e, por trás da cadeira, com as mãos cruzadas às costas, estava de pé uma mulher jovem, alta e com um porte garboso de se ver.

Ela não se mexeu. Nada se mexia, exceto a chama da vela agitada pela corrente de ar que entrava pela porta aberta. Ela bem que poderia ter sido esculpida em madeira e colocada ali para iludir as pessoas. Fechei a porta, cortando o barulho pesado da chuva, e fui deixando marcas molhadas nos barrotes enquanto caminhava até a mesa. Tirei meu velho chapéu, e a água se derramou dele.

– Boa noite, senhora – disse eu.

Então seus olhos escuros se moveram no seu rosto pálido, de queixo firme e delicado. Sua boca, que era miúda e triste, abriu-se devagar, tremendo um pouco.

– Você não é… – ela começou a gaguejar, meio consigo mesma. – Eu não queria que...

Uma luz acobreada reluziu nos seus cabelos quando ela abaixou a cabeça para olhar o prato vazio à sua frente. E só então eu lembrei o que tínhamos conversado horas atrás, na varanda.

– Ceia silenciosa – disse eu. – Sinto muito. Foi a chuva que me obrigou a vir para cá. Acho que é a única casa nas redondezas e, quando ninguém respondeu, entrei. Não tive intenção de incomodar.

Mas eu não conseguia parar de olhar para o modo como ela tinha arrumado aquela ceia silenciosa. Sabendo que ninguém fazia mais aquele tipo de coisa, e tendo ouvido falar nela naquela mesma noite, eu estava maravilhado em encontrá-la. Minha mente ficou repassando o que tantos professores diziam sobre esses costumes, que eram coisas provenientes da Velha Europa, em que ceias silenciosas já eram preparadas no início dos tempos. Fiquei pensando que coisas tão antigas não morrem facilmente.

– Ele ainda vai vir e vai sentar aqui – disse ela para mim, com uma voz suave, que parecia uma flauta ouvida bem ao longe. – Eu o chamei, e ele virá.

Pendurei meu casaco gotejante junto da lareira, e foi então que ela viu meu violão.

– Cante – disse ela. – Para atraí-lo.

Eu faria qualquer coisa que ela me pedisse. Empunhei o violão e comecei a tocar aquela canção que tinha cantado lá no armazém:

Me chame de amor, do que você quiser,
me chame de querida...
Me chame do vale lá embaixo,
me chame da colina...

Eu te ouço como a rolinha
que voa de rama em rama...
E como ela chama a companheira
você agora me chama...

A mão de dedos longos me fez sinal para que parasse, e eu parei, com as cordas de prata ainda fazendo vibrar o ar entre nós. Senti uma pressão nos meus tímpanos, daquele tipo que se sente quando se sobe muito, muito alto, no topo de uma montanha.

– Alguma coisa poderosa está acontecendo aqui – falei.

– Sim – disse ela numa voz que mal se ouvia.

O fogo, que um instante atrás era apenas um monte de brasas, encontrou algo com que produzir chamas. A fumaça escura se ergueu por cima das labaredas. A chuva lá fora aumentou, e veio uma rajada de vento que sacudiu a cabana, fazendo os troncos de madeira rangerem sob a pressão.

– Parece que o velho Forney Meechum está fazendo serão – falei, meio que tentando fazer piada. Mas ela não achou graça. Seus olhos escuros e brilhantes se abriram muito, e suas mãos seguraram com força o encosto da cadeira.

– Forney não quer que eu faça isto – disse ela, como se estivéssemos tratando de um assunto normal entre nós dois.

– Ele já morreu – lembrei, do jeito que lembraria a uma criança.

– Não – disse ela, balançando o cabelo acobreado. – Ele não morreu, não morreu todo. Eu também não.

Fiquei pensando no que ela queria dizer com aquilo e dei alguns passos para me afastar do fogo, que agora ardia com muita força.

– Você é dos Meechums ou dos Donovants? – perguntei.

– Sou Meechum. Mas o amor da minha vida é dos Donovants.

– Como Lute Meechum e Jeremiah Donovant?

– Você já ouviu a respeito. – As mãos dela tremiam um pouco, mesmo segurando a cadeira com tanta força. – Quem é você?

– Meu nome é John. – Toquei de leve as cordas de prata, fazendo-as soar como um murmúrio. – Sim, eu conheço a história dessa briga. Forney Meechum, que era capaz de fazer chover, decidiu que Jeremiah não podia ficar com Lute...

– Ele está aqui! – gritou ela, e pela primeira vez elevou a voz.

O vento sacudiu a cabana como se ela fosse um copo de lançar dados. Os caibros rachados do teto devem ter se eriçado como as penas de uma galinha. As labaredas aumentaram, e a chama da vela se apagou.

Meio assustado, recuei até apoiar as costas na parede de troncos, segurando com a mão livre uma prateleira pregada ali. A chuva tinha umedecido o barro que servia de argamassa entre os troncos, e um torrão lamacento caiu sobre os meus dedos. Olhei para o fogo, onde a fumaça de um cinza sujo se agitava em novelos cada vez maiores, e um borrifo de fumo escuro brotou de lá, como que assoprado por uma criatura viva.

Aquela fumaça se juntou num único turbilhão, flutuando, uma forma vagamente oval, suspensa sobre as pedras da lareira. Acho que a moça deve ter cambaleado e depois recuperado o equilíbrio, porque ouvi os pés da cadeira raspando nos barrotes do piso. A fumaça começou a tomar forma, pelo que eu podia ver àquela luz, e a parecer algo sólido e com formato definido, tão alto quanto eu, mas mais largo, com dois prolongamentos que se separaram dela e se ergueram no ar, como dois braços.

– Não! – implorou a moça. – Não deixe que ele...

Naquela prateleira que minha mão tinha agarrado havia um prato e uma velha garrafa vazia, aquele tipo de garrafa que os velhos fabricantes de vidro sopraram há mais de cem anos. Agarrei o prato. Vi aquele vulto feito de sombra se mover, devagar, com um jeito ameaçador, afastando-se da lareira, e entre aqueles dois braços ondulantes, impalpáveis, ergueu-se uma protuberância que lembrava uma cabeça. O fogo produzia luz bastante para deixar ver que aquela fumaça era algo mais espesso do que mera fumaça. Era algo saturado de fuligem, de cinza, algo sólido o suficiente para sufocar uma pessoa. E naquele inchaço que parecia uma cabeça brilhavam duas centelhas de um vermelho escuro, como dois olhos.

Senhores, não vão querer que eu lhes diga mais do que isto.

Atirei o prato, que zuniu através da sala e foi direto aonde o arremessei, mas não parou ali. Passou direto por meio da sombra, e ouvi quando se despedaçou contra as pedras da lareira. No ponto em que ele atravessou o vulto de fumaça, aparecia uma fenda muito nítida, onde estaria o rosto de uma pessoa. E fosse o que fosse que eu atirasse contra ela, aquela coisa cinzenta, espessa e horrível continuava se movendo na direção da mesa. Na chaminé, o vento subia e descia, agitando-se como a batedeira de uma máquina de desnatar.

– Não – gemeu a moça novamente, e recuou, arrastando a cadeira consigo.

Então entendi num instante o que aquela coisa tinha em mente. Corri para a mesa, e aqueles olhos de centelha brilharam mais forte na direção de nós dois. Tive uma sensação de calafrio, mas quente, e com cheiro de fuligem queimada. Aquilo me deixou enfraquecido e com as pernas bambas, mas eu me forcei a encarar aquelas duas brasas acesas.

– Você é Forney Meechum? – perguntei. – Quer sentar aqui, na ceia silenciosa? Pensa que ela foi posta para você?

A coisa oscilou para a frente e para trás, como um galho de árvore, e lá fora o aguaceiro continuava.

Dei a volta na mesa, segurando o violão. Pensei que aquela fumaça se movesse devagar, mas logo ela estava do lado oposto, rápida como uma sombra que muda de lugar quando a gente move uma lâmpada. Corri o mais depressa que pude e cheguei primeiro à porta.

– Por aqui, não!

Forcei-a a recuar erguendo o violão e tracei uma cruz na vidraça. A coisa afastou-se, com seus braços oscilantes e sua cabeça disforme, e flutuou de volta até a mesa.

– Acenda aquela vela! – gritei para a moça. – Agora!

Ela me ouviu e agarrou a vela que estava em cima da mesa. Atravessou correndo a sala, com a nuvem flutuando atrás dela. Chegando à lareira, ela se agachou e aproximou a vela dos carvões, acendendo-a.

E num instante não havia mais nenhuma nuvem de fumaça no aposento, que à luz da vela podíamos ver com toda clareza.

– Onde ele foi? – perguntou ela.

Olhei em torno. Ele não tinha saído pela porta nem pelas janelas, porque eu tinha feito uma marca de cruz em todas elas.

– Fugiu – disse eu. – Fugiu de nós como um covarde assustado.

– Mas ele era forte... – ela começou a dizer.

– Ele era mau – interrompi, de forma não muito cortês. – Quem é mau pensa que é forte. Mas ele ficou com medo. Tem medo da luz, da cruz e da prata.

Empunhei meu violão com cordas de prata e, dedilhando, caminhei em volta do aposento, várias vezes. O que restava de Forney Meechum devia estar escondido em algum lugar. E tínhamos que encontrar seu esconderijo, ou ele acabaria voltando para nos pegar de surpresa.

Aquela velha garrafa na prateleira estava com um aspecto estranho, como se estivesse cheia de água suja. Ou como uma água suja em que se esconde outra coisa, o tipo de coisa que se esconde em tais lugares: uma cobra, ou algo pior do que uma cobra, esperando a chance de atacar.

Eu não queria que a moça visse aquilo, então improvisei uma saída.

– Procure ali naquele recanto – falei. – Leve a vela.

Ela foi naquela direção e eu a acompanhei. Encostando-me à parede, arranquei um pedaço de barro úmido, do tamanho do meu polegar. A prateleira estava a certa distância, mas ao meu alcance.

– Ali no canto – disse eu, apontando.

E, o mais rápido que pude, estendi o braço e coloquei aquele pedaço mole de barro no gargalo da garrafa, enfiando-o fundo, como uma rolha.

– O que... – disse ela.

Ergui a garrafa. Ela parecia aquecida e produzia um formigamento na pele das minhas mãos. À luz da vela, era possível ver aquela nuvem escura e espessa turbilhonando lá dentro, girando, enovelando-se, tentando se expandir em todas as direções, sem achar uma brecha. Peguei a vela e pinguei cera quente sobre a tampa de barro, e sobre a cera tracei uma cruz com a unha do polegar.

– Lembra do livro das *Mil e Uma Noites*? – perguntei.

– Não – disse ela, sacudindo os cabelos acobreados. – Que livro é esse?

– É um livro que tem mil e uma histórias exatamente – falei. – Uma delas fala de um espírito mau que foi convencido a entrar numa garrafa como esta, e ficou trancado ali para sempre. Acho que agora Forney Meechum está em um lugar seguro.

Ela pôs a vela em cima da mesa. Puxou a cadeira de volta para o lugar onde estivera, e ficou de pé por trás dela, muito ereta, alta e garbosa, do jeito que eu a vira pela primeira vez.

– Agora ele pode vir – disse, com toda segurança. – Jeremiah.

– Jeremiah Donovant? – perguntei, cheio de curiosidade.

– Quem mais podia ser? Ele está voltando para mim, depois de tantos anos. Eu posso sentir.

– Então... – falei, mas não precisei terminar. Àquela altura, eu já sabia quem era ela.

– Eu lhe disse que não morri de todo – disse Lute Meechum. – Forney me deu um tiro no coração e me jogou numa sepultura, mas eu não morri de todo. Porque o amor é mais forte do que a morte, John. E eu fiquei lá até que tive certeza de que Jeremiah estava vindo ao meu encontro.

Peguei meu casaco que estava pendurado junto da lareira. Era estranho estar ali naquela cabana, com uma aparição trancada dentro de uma garrafa e outra ali de pé à minha frente.

– Obrigada por tudo, John – disse ela, educadamente. – Fico muito grata, e o abençoo. Pode ir agora, está tudo bem.

A porta rangeu e se abriu.

Da noite lá fora surgiu o homem mais ensopado de chuva que se pode imaginar. Seus ombros e suas calças estavam encharcados. A água escorria do seu cabelo branco e pelo queixo com barba por fazer.

– Mr. Jay – cumprimentei.

– Jeremiah – disse Lute Meechum.

Ele não me deu atenção. Cruzou o aposento.

– Eu acho que eu tinha que vir – disse para ela, e nisto a vela apagou-se outra vez.

Mas ele sentou na cadeira e, mesmo pouca, a luz que vinha dos carvões na lareira fez com que sua face de repente não parecesse assim tão velha.

Ele ergueu o rosto, e ela abaixou o dela. Seus rostos se uniram. Ele afrouxou o corpo, ficou totalmente relaxado na cadeira. Descansou, por fim.

E eu já estava lá fora, segurando a garrafa com uma mão, o violão com a outra. Não havia uma nuvem sequer no céu, e a Lua brilhava sobre mim como uma bola de fogo branco.

A cabana agora se encontrava às escuras, e ao luar eu vi que estava em ruínas. O teto parecia desabado, as janelas partidas, os troncos apodrecidos, a argamassa desmanchada – qualquer um seria capaz de jurar que ninguém punha os pés ali há mais de cinquenta anos. Mas, lá dentro, Jeremiah Donovant e Lute Meechum estavam juntos finalmente, e em paz. Tão em paz que muitas pessoas diriam que estavam mortos e enterrados.

Ao longo da trilha eu podia ver tudo com clareza agora, e via tão bem que logo avistei uma árvore oca. No fundo daquele buraco escuro, eu pus a garrafa e a deixei ali.

Achei que eu devia estar trêmulo, assustado, mas não estava. Sentia-me bem. Aquela ceia silenciosa – pelo que tinham me dito sobre ela, às vezes essas ceias atraem coisas que seria melhor deixar do lado de fora; mas eu tinha acabado de ver o fantasma de uma pessoa morta servindo uma ceia silenciosa para atrair um homem vivo. E não era uma coisa ruim. Não era uma coisa errada. Os dois estavam felizes, felizes um com o outro, disso eu tinha certeza.

Caminhando à luz clara do luar, comecei a tocar meu violão. E a canção que cantei era uma bem, bem antiga:

Beleza, força, juventude:
flores que murcham na gente...
Dever, fé e amor:
raízes novas, eternamente...

A pirâmide reluzente

Arthur Machen

1895

"The Shining Pyramid"
Primeira publicação: *The Unknown World*, em duas partes, maio/junho de 1895.
Primeira publicação em livro: *The Shining Pyramid* (Chicago, Covici-McGee, 1923).

Arthur Machen nasceu no País de Gales, de família religiosa, numa região fortemente marcada por influências célticas e romanas, que viriam a ter ressonâncias em sua obra. Ainda jovem, foi morar sozinho em Londres, cidade cujas vielas e subúrbios soube explorar como poucos. Catalogou livros ocultistas para um livreiro, traduziu obras como as *Memórias de Casanova* e, tendo perdido a primeira esposa em 1899, juntou-se a uma trupe de atores ambulantes com os quais viajou pela Inglaterra. Casou novamente e voltou a se estabelecer em Londres, passando a escrever para jornais e revistas populares da época.

Produziu intensamente; uma obra imensa e variada, conhecida por poucos, mas muito admirada. Sua obras de terror mais famosas são os contos "The Great God Pan" (1890) e "The White People" (1899); o romance *The Three Impostors* (1895) contém capítulos isolados que também lhe deram fama no gênero, como "The Novel of the Black Seal" e "The Novel of the White Powder". Outra obra sua que teve grande repercussão foi "Os Arqueiros" (1914), que durante muito tempo foi considerada um relato verídico de como arqueiros sobrenaturais ajudaram o exército inglês a combater os alemães numa batalha da Primeira Guerra Mundial. (Este conto foi incluído em outra antologia desta coleção, *Contos Fantásticos no Labirinto de Borges*, 2005.)

"A pirâmide reluzente" pertence a uma série de histórias que Machen ambientou nas regiões remotas de Gales que (segundo sua imaginação) são ainda habitadas pelo chamado "Little People", os habitantes originais daquela região. Perseguido pelos celtas e pelos romanos, esse povo miúdo, malévolo e dotado de estranhos poderes foi se refugiando em lugares cada vez mais inacessíveis, inclusive em cavernas subterrâneas, de onde emerge de vez em quando para a prática de rituais que envolvem sacrifícios humanos. Dyson, o "detetive do sobrenatural" deste conto, é um personagem que também aparece em *The Three Impostors*, "The Inmost Light" (1894) e "The Red Hand" (1895).

A pirâmide reluzente

Arthur Machen
(tradução de Fábio Fernandes)

1. Os sinais de ponta de flecha

– Assombrada, você disse?

– Sim, assombrada. Não se lembra, quando vi você há três anos, de que me contou a respeito de seu lugarejo no oeste, com os bosques ancestrais ao redor, as colinas silvestres em forma de cúpulas e a terra irregular? Isso sempre ficou como uma espécie de retrato encantado em minha mente, quando me sentava à escrivaninha e ouvia o tráfego chacoalhando na rua em meio ao burburinho de Londres. Mas quando você chegou?

– Na verdade, Dyson, acabei de desembarcar do trem. Dirigi até a estação no comecinho da manhã e peguei o trem das dez e quarenta e cinco.

– Ora, estou muito contente por você ter me procurado. Como tem passado desde nosso último encontro? Não existe uma Sra. Vaughan, suponho?

– Não – disse Vaughan –, ainda sou um eremita, como você. Não tenho feito nada a não ser vagabundear por aí.

Vaughan tinha acendido seu cachimbo e se sentado na cadeira de espaldar baixo, olhando ao redor de modo um tanto confuso e inquieto. Dyson havia girado sua cadeira quando o visitante entrou e estava sentado com um dos braços descansando sobre o tampo da escrivaninha, tocando a pilha desordenada de manuscritos.

– E você ainda está engajado na velha tarefa? – perguntou Vaughan, apontando para a pilha de papéis e para os escaninhos lotados.

– Sim, a busca vã da literatura, tão sem propósito quanto a alquimia e tão sedutora quanto. Mas você veio à cidade para ficar um tempo, eu suponho. O que vamos fazer esta noite?

– Bem, eu preferia que você experimentasse passar alguns dias comigo no oeste. Isso lhe faria muito bem, tenho certeza.

– Você é muito gentil, Vaughan, mas é difícil deixar Londres em setembro. Doré não poderia ter desenhado nada mais maravilhoso e místico do que a Oxford Street conforme a vi outra noite; o pôr do sol flamejante, a neblina azulada transmutando a rua simples numa estrada "longe na cidade espiritual".

– Eu gostaria que você viesse mesmo assim. Você iria gostar de passear por nossas colinas. Essa barulheira segue pelo dia e pela noite sem cessar? Isso muito me espanta; não sei como você consegue trabalhar com isso. Tenho certeza de que adoraria a imensa paz de meu velho lar no meio do bosque.

Vaughan tornou a acender seu cachimbo e olhou ansioso para Dyson, a fim de ver se seus estímulos haviam surtido algum efeito, mas o homem de letras balançou a cabeça sorrindo e jurou em seu coração uma firme lealdade às ruas.

– Você não conseguirá me tentar – disse ele.

– Bem, talvez tenha razão. Talvez, afinal, eu estivesse errado ao falar da paz daquela terra. Lá, quando ocorre uma tragédia, é como uma pedra atirada em um lago; os círculos de perturbação ficam se ampliando e parece que a água nunca mais volta a ficar parada.

– Você já vivenciou alguma tragédia onde mora?

– Não poderia exatamente dizer isso. Mas fui bastante perturbado há cerca de um mês por uma coisa que aconteceu; pode ter sido ou não uma tragédia no sentido costumeiro da palavra.

– Qual foi a ocorrência?

– Bem, o fato é que uma garota desapareceu de um jeito que parece altamente misterioso. Seus pais, gente que atende pelo sobrenome Trevor, são fazendeiros bem estabelecidos, e sua filha mais velha, Annie, era uma espécie de beldade da aldeia; era realmente de uma beleza notável. Numa tarde, ela pensou em sair para ver a tia, uma viúva que cuida das próprias terras e, como as duas casas ficam a apenas oito ou dez quilômetros de distância, lá se foi ela, dizendo aos pais que pegaria o atalho sobre as colinas. Nunca chegou à casa da tia e nunca mais foi vista. Isto num resumo rápido.

– Mas que coisa extraordinária! Suponho que não existam minas abandonadas ali nas colinas, existem? Não acho que você possa se deparar sem querer com algo tão formidável quanto um precipício?

– Não, o caminho que a garota deve ter tomado não tinha armadilhas de qualquer espécie; é apenas uma trilha sobre uma encosta nua e desolada de colina, longe até mesmo de uma estrada vicinal. Pode-se andar por quilômetros sem encontrar vivalma, mas é tudo perfeitamente seguro.

– E o que as pessoas dizem a respeito?

– Ah, elas falam bobagens... entre si. Você não faz ideia de como são os aldeões ingleses em lugares distantes como a minha cidade. Tão maus quanto os irlandeses, em cada aspecto, e ainda mais cheios de segredos.

– Mas o que é que eles dizem?

– Ah, a pobre garota deve ter "ido com as fadas" ou sido "levada pelas fadas". Essas coisas! – ele continuou – Seria risível não fosse pela verdadeira tragédia do caso.

Dyson parecia um tanto interessado.

– Sim – disse ele –, "fadas" certamente provocam alguma curiosidade hoje em dia. Mas o que diz a polícia? Presumo que eles não aceitem a hipótese do conto de fadas?

– Não, mas parecem bem desconcertados. O que receio é que Annie Trevor deva ter cruzado com algum canalha no seu caminho. Castletown é um grande porto, você sabe, e alguns dos piores marinheiros estrangeiros às vezes desertam seus navios e saem a vadiar pelo país. Não faz muitos anos um marinheiro espanhol de nome Garcia assassinou uma família inteira só para saquear o que não valia seis centavos. Alguns desses sujeitos nem sequer podem ser chamados de humanos, e tenho muito medo de que a pobre garota possa ter tido um pavoroso fim.

– Mas nenhum marinheiro estrangeiro foi visto por ninguém na região?

– Não, há certamente isso; e, é claro, as pessoas logo reparam em qualquer um cujos aspecto e vestuário estejam um pouco fora do comum. Ainda parece que minha teoria é a única explicação possível.

– Não há nenhum dado para pesquisar – Dyson disse pensativo. – Não havia questionamento quanto a um caso amoroso ou algo do tipo, suponho?

– Ah, não, nem sequer vestígio de semelhante coisa. Tenho certeza de que se Annie estivesse viva teria lutado para fazer com que sua mãe soubesse que estava em segurança.

– Sem dúvida, sem dúvida. Mesmo assim, é pouco provável que ela esteja viva e no entanto incapaz de se comunicar com seus amigos. Mas tudo isso deve tê-lo perturbado bastante.

– Perturbou, sim; detesto mistérios, e especialmente um mistério que é provavelmente um véu que recobre o horror. Mas, francamente, Dyson, quero me abrir; não vim até aqui para lhe contar isto tudo.

– É claro que não – disse Dyson, um pouco surpreso com o incômodo de Vaughan. – Você veio para conversar sobre tópicos mais animados.

– Não, não é isso. O que estive lhe contando aconteceu há um mês, mas alguma coisa que parece me afetar mais pessoalmente ocorreu nos últimos dias, e, para ser bem direto, vim à cidade com a ideia de que você pudesse ser capaz de me ajudar. Você se lembra daquele curioso caso do qual me falou em nosso último encontro: algo a respeito de um fabricante de óculos?

– Ah, sim, eu me lembro disso. Sei que eu estava muito orgulhoso de minha precisão naquele momento; até hoje a polícia não faz ideia de por que aqueles peculiares óculos amarelos estavam sendo procurados. Mas, Vaughan, você realmente parece um tanto perturbado; nada sério, espero?

– Não, acho que posso estar exagerando, e quero que você me tranquilize. Mas o que aconteceu é bem estranho.

– E o que aconteceu?

– Tenho certeza de que você vai rir de mim, mas a história é a seguinte. Você precisa saber que existe uma trilha, uma espécie de caminho preferencial, que passa por dentro da minha propriedade e, para ser preciso, perto do muro do jardim, por trás da cozinha. Ele não é usado por muita gente; vira e mexe um lenhador o acha útil, e cinco ou seis crianças que vão para a escola na aldeia passam por ali na ida e na volta. Bem, alguns dias atrás eu estava caminhando por ali antes do desjejum, e por acaso parei para encher meu cachimbo, ao lado das portas grandes do muro do jardim. O bosque, devo lhe dizer, chega a até poucos metros do muro, e a trilha de que falei acompanha a sombra das árvores. Ficar abrigado de um vento frio que estava soprando me pareceu agradável, e fiquei ali fumando, os olhos no chão. Então uma coisa atraiu minha atenção. Logo abaixo do muro, na grama curta, uma série de pequenas pederneiras estava disposta em um padrão; alguma coisa assim... – e o Sr. Vaughan pegou um lápis e um pedaço de papel e fez alguns traços.

– Sabe – continuou –, havia, acho eu, doze pedrinhas elegantemente dispostas em linhas e espaçadas em distâncias iguais, conforme mostrei aqui no papel. Eram pedras pontiagudas, e as pontas estavam cuidadosamente direcionadas para um ponto.

– Sim – disse Dyson, sem muito interesse –, sem dúvida as crianças que você mencionou haviam brincado ali no seu caminho da escola. Crianças, você sabe, adoram criar essas figuras com conchas de ostras, pederneiras, flores ou o que tenham à mão.

– Foi o que pensei; apenas percebi que essas pederneiras estavam dispostas numa espécie de padrão e segui em frente. Mas, na manhã seguinte, eu estava fazendo a mesma ronda, que, na verdade, é habitual para mim, e mais uma vez eu vi no mesmo ponto um esquema feito com pederneiras. Desta vez era realmente um padrão curioso, uma coisa parecida com os aros de uma roda, todos se encontrando em um centro comum, e esse centro era formado por uma figura que parecia uma tigela; tudo, você entende, feito em pederneiras.

– Você tem razão – disse Dyson –, isso parece bastante estranho. Mesmo assim, é razoável supor que sua meia dúzia de estudantes seja responsável por essas fantasias feitas com pedras.

– Bem, pensei que deixaria aquela questão de lado. As crianças passam pelo portão toda noite às cinco e meia, e eu passei por ali às seis e encontrei o esquema justo como o havia deixado pela manhã. No dia seguinte, eu já estava de pé e circulando às quinze para as sete, e descobri que a coisa inteira havia sido alterada. Havia a silhueta de uma pirâmide, feita de pederneiras, sobre a grama. Vi as crianças passando por ali uma hora e meia depois; passaram correndo pelo local sem olhar para a esquerda ou para a direita. À noite eu as vi voltando para casa, e naquela manhã, quando fui até o portão às seis, havia uma coisa parecida com uma meia-lua esperando por mim.

– Então a série corre assim: primeiramente linhas ordenadas, depois o desenho dos aros e a tigela, depois a pirâmide e, finalmente, esta manhã, a meia-lua. Esta é a ordem, certo?

– Sim, isso mesmo. Mas sabe o que me deixou muito incomodado? Suponho que pareça absurdo, mas não posso deixar de pensar que está acontecendo alguma espécie de sinalização bem debaixo do meu nariz, e esse tipo de coisa é inquietante.

– Mas o que você tem a temer? Tem algum inimigo?

– Não, mas tenho uma prataria antiga muito valiosa.

– Está pensando em ladrões, então? – perguntou Dyson, com um tom de interesse considerável. – Mas você deve conhecer seus vizinhos. Há alguém suspeito por perto?

– Não que eu saiba. Mas você se lembra do que lhe falei a respeito dos marinheiros.

– Você pode confiar em seus criados?

– Ah, perfeitamente. A prataria é preservada em um quarto-forte; somente o mordomo, um velho serviçal da família, sabe onde fica a chave. Não há nada de errado lá. Mesmo assim, todo mundo sabe que tenho muita prata antiga, e toda a gente do campo é dada a falatório. Assim, a informação pode ter sido passada para regiões muito indesejáveis.

– Sim, mas confesso que parece haver algo um pouco insatisfatório na teoria do larápio. Quem está fazendo sinal para quem? Não consigo aceitar tal explicação. O que, na sua cabeça, pôs a prataria em ligação com esses sinais de pederneira, ou o que quer que seja o nome disso?

– Foi a figura da Tigela – disse Vaughan. – Por acaso possuo uma enorme e muito valiosa sopeira Carlos II. O alto-relevo é de um acabamento bastante delicado, e o objeto vale muito dinheiro. O sinal que descrevi a você era exatamente do mesmo formato que minha sopeira.

– Certamente uma estranha coincidência. Mas e as outras figuras ou esquemas: você não tem nada em forma de pirâmide?

– Ah, isto você irá achar ainda mais estranho. Acontece que esta minha sopeira, juntamente com um conjunto de conchas antigas e raras, fica guardada em um baú de mogno de forma piramidal. Os quatro lados sobem inclinados e vão se estreitando na direção do topo.

– Confesso que tudo isso me interessa muito – disse Dyson. – Vamos lá, então. E quanto às outras figuras; quanto ao Exército, como podemos chamar o primeiro sinal, e a Crescente ou Meia-Lua?

– Ah, não há referência que eu possa fazer quanto a essas duas. Mesmo assim, você vê que eu tenho alguma justificativa para minha curiosidade, de qualquer maneira. Eu ficaria muito aborrecido se perdesse qualquer peça da prataria antiga, já que quase todas elas estão na família há gerações. E não consigo tirar da cabeça que alguns canalhas pretendam me roubar e estejam se comunicando uns com os outros todas as noites.

– Francamente – disse Dyson – , não consigo entender nada; estou tão no escuro quanto você. Sua teoria parece certamente a única explicação possível e, no entanto, as dificuldades envolvidas são imensas.

Ele se recostou em sua poltrona, e os dois homens encararam um ao outro, franzindo as testas, perplexos diante de um problema tão bizarro.

– A propósito – disse Dyson, após uma longa pausa –, qual é a formação geológica do seu terreno lá embaixo?

O Sr. Vaughan olhou para cima, bastante surpreendido pela pergunta.

– Arenito vermelho antigo e calcário, creio eu – ele disse. – Estamos logo além das minas de carvão, você sabe.

– Mas certamente não existe nenhuma pederneira nem no arenito nem no calcário?

– Não, nunca vejo nenhuma pederneira nos campos. Confesso que isso me pareceu um tanto curioso.

– Também acho! É muito importante. Por sinal, de que tamanho eram as pederneiras utilizadas na fabricação dessas figuras?

– Por acaso trago uma comigo; trouxe-a esta manhã.

– Da Meia-Lua?

– Exatamente. Ei-la.

Ele entregou uma pederneira minúscula, afinada na ponta, com cerca de três polegadas de comprimento.

O rosto de Dyson brilhava de empolgação quando ele pegou o objeto da mão de Vaughan.

– Certamente – ele disse, depois da pausa de um momento –, você tem alguns vizinhos curiosos na sua região. Não acho que eles possam estar tramando qualquer plano com relação à sua sopeira. Você sabia que esta é uma pederneira muito antiga, e não só isso, mas também uma ponta de flecha de tipo único? Já vi espécimes de todas as partes do mundo, mas existem traços neste objeto aqui que são bastante peculiares.

Ele pôs de lado seu cachimbo e tirou um livro da gaveta.

– Vamos apanhar o trem das cinco e quarenta e cinco para Castletown bem na hora – ele disse.

2. Os olhos no muro

O Sr. Dyson respirou fundo o ar das colinas e sentiu todo o encanto da cena ao seu redor. Era de manhãzinha cedo, e ele estava no terraço que ficava na parte da frente da casa. O ancestral de Vaughan a havia construído na encosta mais baixa de uma grande colina, abrigada por um bosque profundo e antigo que cercava a casa por três lados; pelo quarto lado, o sudoeste, a terra descia suavemente e mergulhava no vale, onde um riacho serpenteava em "esses" místicos, e os amieiros escuros e reluzentes conduziam o olhar até o curso da corrente. No terraço, naquele lugar protegido, não soprava vento algum, e muito ao longe as árvores estavam paradas. Apenas um som interrompia o silêncio, e Dyson ouvia o som do riacho cantando bem abaixo, a canção da água clara e brilhante ondulando sobre as pedras, sussurrando e murmurando ao afundar em poças escuras e fundas. Do outro lado da corrente, logo abaixo da casa, erguia-se uma ponte de pedra cinzenta, em forma de arco e reforçada por contrafortes, um fragmento da Idade Média, e depois, além da ponte, as colinas voltavam a se erguer, vastas e arredondadas como bastiões, recobertas aqui e ali por bosques escuros e arbustos rasteiros, mas os cumes estavam praticamente sem árvores, exibindo apenas turfa cinza e fetos arbóreos, tocados aqui e ali com o dourado das frondes que se desvaneciam. Dyson olhou para norte e sul, e ainda via a muralha formada pelas colinas, e os bosques ancestrais, e o riacho que ia e vinha entre eles; tudo era cinza e indefinido com a neblina da manhã sob um céu cinzento em uma atmosfera abafadiça e assombrada.

A voz do Sr. Vaughan interrompeu o silêncio.

– Achei que você estaria cansado demais para estar de pé tão cedo – ele disse. – Vejo que está admirando a vista. Muito bonita, não é? Embora eu suponha que o velho Meyrick Vaughan não pensasse lá muita coisa a respeito da paisagem quando construiu a casa. Um lugar velho e cinzento bem estranho, não é?

– Sim, e como se ajusta às cercanias; parece formar uma coisa só com as colinas cinzentas e a ponte cinzenta abaixo.

– Receio tê-lo trazido para cá sob um falso motivo, Dyson – disse Vaughan, quando começaram a subir e descer o terraço. – Estive no lugar e não vi sinal de nada esta manhã.

– Ah, de fato. Bem, que tal darmos uma volta juntos?

Caminharam pela grama e tomaram um atalho que passava pelos arbustos de azevinho até os fundos da casa. Ali, Vaughan apontou a trilha que levava até o vale e subia aos cumes acima do bosque, e então chegaram embaixo do muro do jardim, ao lado da porta.

– Veja, estava aqui – disse Vaughan, apontando para um ponto na turfa. – Eu estava parado justo onde você está agora na manhã em que primeiro vi as pederneiras. Sim, é verdade. Naquela manhã foi o Exército, como o chamo;

depois a Tigela; depois a Pirâmide; e ontem a Meia-Lua. E que pedra estranha é aquela – ele continuou, apontando para um bloco de calcário que se erguia da turfa logo abaixo do muro.

– Parece uma espécie de pilar anão, mas suponho que seja natural.

– Ah, sim, acho que sim. Entretanto, imagino que tenha sido trazido para cá, pois estamos pisando em arenito vermelho. Sem dúvida ele foi utilizado como pedra fundamental para alguma construção mais antiga.

– Muito provável – Dyson estava espiando atento ao redor, olhando do chão até o muro, e do muro até o bosque fundo que quase se inclinava sobre o jardim e tornava o lugar escuro mesmo de manhã.

– Olhe aqui – Dyson disse depois de algum tempo. – Desta vez certamente foram crianças. Olhe só isso.

Ele estava curvado, observando a superfície vermelha fosca dos tijolos amolecidos do muro. Vaughan se aproximou e olhou com atenção para onde o dedo de Dyson apontava, e mal conseguiu distinguir uma marca leve em vermelho mais escuro.

– O que é? – ele perguntou. – Não consigo entender nada.

– Olhe com um pouco mais de atenção. Não vê que é uma tentativa de desenhar o olho humano?

– Ah, agora vejo o que você quer dizer. Minha vista não é muito aguçada. Sim, é verdade, ela foi feita para se parecer com um olho, como você diz. Pensei que as crianças aprendiam a desenhar na escola.

– Bem, é um olho bastante estranho. Você reparou no formato amendoado peculiar, quase igual ao olho de um chinês?

Dyson olhou meditabundo para a obra do artista iniciante e tornou a examinar o muro, ajoelhando-se para uma investigação mais minuciosa.

– Eu gostaria muito de saber – ele disse por fim – como uma criança neste lugar distante poderia ter alguma ideia da forma de um olho mongol. A criança média tem uma impressão muito diferente desse objeto; ela desenha um círculo, ou algo parecido com um círculo, e põe um ponto no centro. Não acho que qualquer criança imagine que o olho seja realmente assim; é apenas uma convenção da arte infantil. Mas essa coisa de forma amendoada me intriga ao extremo. Talvez tenha sido inspirada pela imagem de um chinês folheada a ouro numa lata de chá da loja do merceeiro. Ainda assim, é um tanto improvável.

– Mas por que você tem tanta certeza de que foi feito por uma criança?

– Por quê? Olhe para a altura. Estes tijolos antigos têm pouco mais de cinco centímetros de espessura; do chão ao esboço, se pudermos chamá-lo assim, são vinte camadas; isso dá uma altura de um metro. Agora, simplesmente imagine que você vai desenhar alguma coisa nesta parede. Exato; seu lápis, se você tivesse um, tocaria a parede em algum ponto no nível dos seus olhos, ou seja, mais de um metro e meio do chão. Parece, pois, uma dedução muito simples concluir que este olho no muro foi desenhado por uma criança de cerca de dez anos de idade.

– Sim, eu não havia pensado nisso. É claro que uma das crianças deve ter feito isso.

– Suponho que sim; e no entanto, como eu disse, existe algo de singularmente não infantil nessas duas linhas, e o globo ocular, você vê, é quase oval. Para mim, a coisa tem um ar estranho e antigo, e um toque que não é completamente agradável. Não consigo deixar de imaginar que, se pudéssemos ver o rosto inteiro desenhado pela mesma mão, ele não seria nem um pouco bonito. Entretanto, isso é bobagem, afinal, e não estamos avançando em nossas investigações. É estranho que a série de pederneiras tenha chegado a um fim tão brusco.

Os dois homens voltaram para a casa e, quando chegaram à varanda, o céu cinzento se abriu, e um vislumbre de luz do sol se fez ver sobre a colina cinza à frente deles.

Durante todo o dia, Dyson percorreu meditativo os campos e bosques que cercavam a casa. Estava completamente intrigado pelas circunstâncias triviais que se propunha elucidar, e de quando em quando retirava a ponta de flecha do bolso, virando-a de um lado para o outro e a examinando com muita atenção. Havia algo naquela coisa que era completamente diferente dos espécimes que ele havia visto nos museus e coleções particulares; a forma era de um tipo peculiar, e ao redor das bordas havia uma linha de pequeninos pontos perfurados, aparentemente uma sugestão de ornamento. *Quem*, pensou Dyson, *podia possuir tais coisas em um lugar tão remoto; e quem, possuindo as pederneiras, poderia ter-lhes dado o uso fantástico de desenhar figuras sem sentido sob o muro do jardim de Vaughan?* O completo absurdo de toda essa questão o incomodava profundamente; e à medida que uma teoria atrás da outra surgiam em sua mente apenas para serem rejeitadas, ele se sentiu fortemente tentado a pegar o próximo trem de volta para a cidade. Havia visto a prataria que Vaughan tanto protegia e inspecionado a sopeira, a joia da coleção, com especial atenção; o que viu e a sua entrevista com o mordomo o convenceram de que um plano para roubar a caixa-forte estava fora de cogitação. O baú no qual a tigela estava guardada, uma peça pesada de mogno, datando evidentemente do começo do século, certamente sugeria bastante a forma de uma pirâmide, e Dyson ficou inclinado no começo a imitar as manobras ineptas de um detetive, mas um pensamento mais sóbrio o convenceu da impossibilidade da hipótese de roubo, e ele começou a procurar desesperadamente por algo mais satisfatório. Perguntou a Vaughan se havia algum cigano na vizinhança, e ouviu que os Romani não eram vistos há anos. Isso o perturbou bastante, pois conhecia o hábito cigano de deixar estranhos hieróglifos no seu caminho e havia ficado muito animado quando o pensamento lhe ocorrera. Estava de frente para a antiga lareira quando fez a pergunta e se recostou na cadeira contrariado ao perceber a ruína de sua teoria.

– É estranho – disse Vaughan –, mas os ciganos nunca nos perturbam aqui. De vez em quando os fazendeiros acham vestígios de fogueiras na parte mais selvagem das colinas, mas ninguém parece saber quem as acende.

– Decerto parecem ser os ciganos?

– Não, não nesses lugares. Vendedores ambulantes, ciganos e andarilhos de todo tipo ficam próximos às estradas e não vão para muito longe das casas de fazenda.

– Bem, não consigo concluir nada. Vi as crianças passarem esta tarde e, como você diz, elas passam direto. Então não devemos ter mais olhos no muro de qualquer maneira.

– Não, preciso pará-los um dia destes e descobrir quem é o artista.

Na manhã seguinte, quando Vaughan saiu para passar no seu trajeto costumeiro do gramado até os fundos da casa, encontrou Dyson já esperando por ele ao lado da porta do jardim e evidentemente em um estado de grande empolgação, pois acenava furiosamente com a mão e gesticulava violentamente.

– O que foi? – perguntou Vaughan. – As pederneiras novamente?

– Não, mas olhe aqui, olhe para o muro. Ali, não está vendo?

– É mais um daqueles olhos!

– Exatamente. Desenhado, você vê, a pouca distância do primeiro, quase no mesmo nível, mas ligeiramente mais baixo.

– Mas que diacho se deve concluir disso? O desenho não poderia ter sido feito pelas crianças, não estava aqui ontem à noite, e elas só vão passar daqui a mais uma hora. O que isso pode significar?

– Eu acho que o próprio demônio está no centro disto tudo – disse Dyson. – Naturalmente não se pode resistir à conclusão de que esses olhos amendoados infernais devam ser colocados na mesma categoria que as figuras com as pontas de flecha; e onde essa conclusão haverá de nos levar eu não sei. Da minha parte, preciso segurar minha imaginação com rédea curta ou perderei o controle sobre ela.

– Vaughan – ele disse, quando deram as costas ao muro –, já lhe ocorreu que existe um ponto, um ponto muito curioso, em comum entre as figuras feitas com pederneiras e os olhos desenhados no muro?

– E qual é ele? – perguntou Vaughan, em cujo rosto havia caído uma certa sombra de pavor indefinido.

– É o seguinte: sabemos que os sinais do Exército, da Tigela, da Pirâmide e da Meia-Lua devem ter sido feitos à noite. Presumivelmente foram criados para serem vistos à noite. Bem, precisamente o mesmo raciocínio se aplica aos olhos no muro.

– Não estou entendendo bem aonde você quer chegar.

– Ah, claro. As noites estão escuras agora, e têm andado bem cheias de nuvens, eu sei. Além do mais, as árvores carregadas lançam sombras mais densas sobre aquele muro, mesmo em uma noite clara.

– Bem?

– O que me chamou a atenção foi o seguinte: que visão peculiarmente aguçada eles, quem quer que "eles" sejam, devem ter para serem capazes de dispor pontas de flecha numa ordem intrincada na sombra mais negra do bosque, e depois desenhar os olhos no muro sem um traço torto ou uma linha falsa.

– Já li sobre pessoas confinadas em calabouços por muitos anos que se tornaram capazes de enxergar muito bem no escuro – disse Vaughan.

– Sim – disse Dyson –, havia aquele abade em *O Conde de Monte Cristo*. Mas este é um caso singular.

– Quem era aquele velho que tocou o chapéu para cumprimentá-lo agora há pouco? – perguntou Dyson, quando fizeram a curva da alameda próxima à casa.

– Ah, era o velho Trevor. Ele parece bem depauperado, o pobre camarada.

– Quem é Trevor?

– Não lembra? Eu lhe contei a história na tarde em que fui visitá-lo, sobre uma garota chamada Annie Trevor, que desapareceu da maneira mais inexplicável há cerca de cinco semanas. Aquele era o pai dela.

– Sim, sim, lembro agora. Para dizer a verdade, eu havia esquecido tudo a respeito. E não se ouviu nada sobre a garota?

– Absolutamente nada. A polícia está bem desorientada.

– Receio que não tenha prestado muita atenção aos detalhes que você me deu. Para que lado a garota foi?

– O caminho dela a levaria direto pelas colinas desertas sobre a casa; o ponto mais próximo da trilha deve ficar a cinco quilômetros daqui.

– Fica perto daquela pequena aldeia que vi ontem?

– Você está se referindo a Croesyceiliog, de onde vieram as crianças? Não, ela vai mais para o norte.

– Ah, nunca estive ali.

Entraram na casa, e Dyson se trancou no seu quarto, profundamente mergulhado em pensamentos e dúvidas, mas ainda com a sombra de uma suspeita crescendo dentro de si, uma sombra que durante um tempo assombrou seu cérebro, vaga e fantástica, recusando-se a assumir uma forma definitiva. Estava sentado perto da janela aberta olhando para o vale e viu, como se num quadro, o riacho serpenteando intrincadamente, a ponte cinza e as vastas colinas se erguendo além; tudo parado e sem uma rajada de vento para afetar os místicos bosques, e o brilho do sol do cair da tarde reluzia caloroso sobre os fetos; mais abaixo uma tênue névoa, de um branco puro, começava a se elevar de cima do riacho. Dyson ficou sentado à beira da janela vendo o dia escurecer, as colinas imensas assomarem vastas e indefinidas e os bosques se tornarem imprecisos e mais mergulhados na sombra; e as hipóteses fantásticas que havia imaginado já não pareciam impossíveis. Passou o resto da noite num devaneio, mal ouvindo o que Vaughan dizia; e quando ele levou sua vela para o *hall*, fez um instante de pausa antes de desejar boa-noite ao seu amigo.

– Quero um bom descanso – ele disse. – Preciso trabalhar um pouco amanhã.

– Escrever, quer dizer?

– Não. Vou procurar a Tigela.

– A Tigela! Se está falando de minha sopeira, ela está segura no baú.

– Não me refiro à sopeira. Pode acreditar em mim quando eu digo que sua prataria nunca esteve ameaçada. Não; não vou lhe perturbar com nenhuma suposição. Com toda probabilidade em pouco tempo teremos algo muito mais poderoso que suposições. Boa noite, Vaughan.

Na manhã seguinte, Dyson saiu depois do desjejum. Ele pegou a trilha ao lado do muro do jardim e reparou que havia agora oito dos estranhos olhos amendoados levemente traçados nos tijolos.

– Mais seis dias – ele disse a si mesmo, mas, enquanto repensava a teoria que havia formulado, estremecia de medo de algo tão incrível e fantástico, apesar de sua forte convicção. Encaminhou-se por entre as densas sombras do bosque e, depois de algum tempo, saiu na encosta nua da colina e foi subindo cada vez mais alto pela turfa escorregadia, mantendo-se bem ao norte e seguindo as indicações que lhe tinham sido dadas por Vaughan.

Enquanto continuava, parecia subir ainda mais acima do mundo da vida humana e das coisas cotidianas; à sua direita, olhou para um pomar e viu uma leve fumaça azul subir como um pilar; havia a aldeia da qual as crianças saíam para a escola, e lá o único sinal de vida, pois os bosques cercavam e escondiam a velha casa cinzenta de Vaughan. Quando alcançou o que parecia ser o cume da colina, percebeu pela primeira vez a solidão desolada e a estranheza da terra; não havia nada a não ser céus cinzentos e colinas cinzentas, uma planície elevada e vasta que parecia se estender eternamente, e um pequeno vislumbre de uma montanha de pico azul distante e ao norte. Depois de muito tempo, ele chegou ao caminho, uma trilha em que mal se conseguia reparar. De sua posição e pelo que Vaughan havia lhe dito, ele soube que era o caminho que a garota perdida, Annie Trevor, devia ter tomado. Seguiu o caminho no topo sem vegetação da colina, reparando nas grandes rochas de calcário que despontavam da turfa, sombrias, aterradoras e de um aspecto tão ameaçador quanto um ídolo dos Mares do Sul; e subitamente parou, atônito, embora tivesse encontrado aquilo que estava procurando. Quase sem aviso o chão se inclinou de repente para todos os lados, e Dyson avistou uma depressão circular mais abaixo, que bem poderia ter sido um anfiteatro romano, e as bordas feias de calcário a cercavam como se houvesse uma muralha quebrada. Dyson deu a volta na clareira, notou a posição das pedras e depois voltou para casa.

– Isto – pensou consigo mesmo – é mais do que curioso. A Tigela foi descoberta, mas onde está a Pirâmide?

– Meu caro Vaughan – ele disse ao voltar –, posso lhe dizer que encontrei a Tigela, e isso é tudo o que lhe direi no momento presente. Temos seis dias de absoluta inação à frente; não há nada realmente a ser feito.

3. O segredo da Pirâmide

– Acabei de dar a volta no jardim – disse Vaughan certa manhã. – Estava contando aqueles olhos infernais e descobri que existem catorze deles. Céus, Dyson, diga-me qual o sentido de tudo isso.

– Eu teria que estar sentindo muita culpa para tentar fazê-lo. Posso ter imaginado uma coisa ou outra, mas tenho como princípio sempre manter minhas opiniões para mim mesmo. Além disso, realmente não vale a pena antecipar os acontecimentos; você há de se lembrar que eu lhe disse que tínhamos seis dias de inação à nossa frente? Bem, hoje é o sexto dia, e o último de inatividade. Esta noite proponho uma caminhada.

– Uma caminhada? Essa é toda a ação que você pretende efetuar?

– Bem, ela pode lhe revelar algumas coisas bem curiosas. Para resumir, quero que você vá comigo às nove da noite até as colinas. Pode ser que fiquemos fora a noite inteira, então é melhor você se agasalhar bem e trazer um pouco daquele conhaque.

– Isso é alguma brincadeira? – perguntou Vaughan, que estava aturdido com tantos acontecimentos estranhos e suposições bizarras.

– Não, não acho que haja algo de muito engraçado nisso. A menos que eu esteja muito enganado, iremos encontrar uma explicação bastante séria para esse enigma. Você vem comigo, não?

– Muito bem. Para que lado você quer ir?

– Quero seguir a trilha da qual você me falou; a trilha que Annie Trevor supostamente seguiu.

Vaughan ficou branco à menção do nome da garota.

– Não achei que você estivesse seguindo por esse caminho – ele disse. – Pensei que você estivesse envolvido no caso daqueles esquemas feitos com pederneiras e dos olhos no muro. De nada adianta dizer alguma coisa, mas irei com você.

Às quinze para as nove daquela noite, os dois homens partiram, tomando a trilha que cruzava o bosque e subindo a encosta. Era uma noite escura e densa, o céu estava cheio de nuvens e o vale cheio de névoa e, durante todo o caminho, era como se eles caminhassem em um mundo de sombra e penumbra, quase não se falando, com medo de quebrar o silêncio assombrado. Por fim, saíram na encosta íngreme da colina e, em vez da opressão da floresta, havia a longa e indefinida extensão da turfa, e, mais acima, as fantásticas rochas de calcário acenavam para o horror por entre as trevas, e o vento suspirava quando passava pela montanha no caminho para o mar, e em sua passagem causou um calafrio em seus corações. Foi como se caminhassem sem parar por horas, e o contorno impreciso da colina ainda se estendia diante deles, e as rochas ásperas ainda assomavam enormes na escuridão, quando subitamente Dyson sussurrou, segurando rapidamente o fôlego e se aproximando de seu companheiro de aventura:

– Aqui – disse ele –, vamos nos deitar. Acho que não há nada ainda.

– Eu conheço este lugar – Vaughan disse depois de um instante. – Já estive muito aqui durante o dia. A gente do campo tem medo de vir aqui, acredito; eles dizem que é um castelo de fadas ou algo do gênero. Mas por que diacho viemos para cá?

– Fale um pouco mais baixo – disse Dyson. – Pode não nos fazer bem nenhum se formos ouvidos.

– Ouvidos aqui? Não há vivalma a uns sete quilômetros de distância.

– Possivelmente não; na verdade, eu deveria dizer com certeza que não. Mas pode haver alguém um pouco mais perto.

– Não estou entendendo você nem um pouco – disse Vaughan, sussurrando para fazer um favor a Dyson –, mas por que viemos para cá?

– Bem, você está vendo que este oco diante de nós é a Tigela. Acho que seria melhor não conversarmos sequer em sussurros.

Deitaram-se sobre a turfa; a rocha ficava entre seus rostos e a Tigela, e de vez em quando Dyson, ajeitando o chapéu escuro e mole sobre a testa, dava uma olhadela de nada, e num instante se abaixava, pois não ousava olhar por muito tempo. Ele pôs novamente a orelha no chão e ficou a escutar, e as horas se passaram, e a escuridão pareceu aumentar, e o leve suspiro do vento era o único som.

Vaughan foi ficando cada vez mais impaciente com o peso desse silêncio, essa espreita por um terror indefinido, pois para ele ali não havia forma que pudesse ser apreendida, e ele começou a pensar que toda aquela vigília era uma terrível farsa.

– Quanto tempo mais isto vai durar? – ele sussurrou para Dyson, e Dyson, que vinha segurando o fôlego na agonia da atenção, colou a boca na orelha de Vaughan e disse:

– Quer parar e escutar? – com pausas entre cada sílaba e na voz com a qual o sacerdote pronuncia suas terríveis palavras.

Vaughan pôs as mãos no chão e avançou, imaginando o que deveria escutar. No começo não havia nada, então um ruído baixo e delicado veio bem suavemente da Tigela, um som leve, quase indescritível, mas como se alguém segurasse a língua no céu da boca e soltasse o ar. Ficou apurando o ouvido ansiosamente e então o ruído aumentou de volume, tornando-se um sibilar estridente, horrível, como se o poço abaixo começasse a borbulhar com calor de fervura, e Vaughan, incapaz de permanecer por mais tempo em suspense, puxou seu boné até cobrir metade do rosto, em imitação a Dyson, e olhou para a clareira abaixo.

Ela realmente se movia como o interior de um caldeirão infernal. Todas as laterais e o fundo balançavam e se contorciam com formas vagas e inquietas que passavam de um lado para o outro sem o som de pisadas e ganhavam densidade aqui e ali, e pareciam falar umas com as outras naqueles tons sibilantes que ele havia ouvido, horríveis como o sibilar de serpentes. Era como se a turfa doce e a terra limpa tivessem subitamente ganhado vida com alguma produção de aspecto sujo e feio. Vaughan não conseguia afastar o olhar, embora sentisse o dedo de Dyson tocá-lo, mas olhava para a massa tremelicante e via difusamente coisas como rostos e membros humanos, e no entanto ele sentia seu íntimo gelar com a plena certeza de que nenhuma alma ou coisa humana se mexia naquela hoste semovente e sibilante. Ele parecia chocado, contendo soluços de horror, e por fim as formas odiosas se reuniram ao redor de algum objeto indeterminado no meio da clareira, e o sibilar de sua fala foi ficando cada vez mais venenoso, e ele viu na luz incerta os membros abomináveis, indefinidos, e entretanto ainda visíveis com muita clareza, ondularem e se entrelaçarem, e achou ter ouvido, muito baixo, um tênue gemido humano entrecortando o ruído de uma fala que não era oriunda do homem. Em seu coração, algo parecia sussurrar sem parar "o verme da corrupção, o verme que não morre", e grotescamente apareceu em sua imaginação a imagem de entranhas pútridas de um animal, repletas de coisas horrorosas, inchadas e rastejantes. O festival de membros coleantes na penumbra continuava; eles pareciam agrupados ao redor da forma escura no meio da clareira, e o suor porejava e escorria da testa de Vaughan, e caía frio na sua mão embaixo de seu rosto.

Então foi como se tudo tivesse acabado em um instante; a massa odiosa se derreteu e caiu para os lados da Tigela, e por um momento Vaughan viu no meio da clareira braços humanos se debatendo. Mas uma fagulha reluziu por baixo, um fogo brilhou e, quando a voz de uma mulher soltou um grito agudo de profunda angústia e terror, uma grande pirâmide de chamas subiu em espiral, como uma fonte por muito tempo contida que escapa num jato forte, e lançou uma explosão de luz por sobre toda a montanha. Naquele instante, Vaughan viu as miríades abaixo; as coisas feitas com forma de homens, mas atarracadas como crianças terrivelmente deformadas, os rostos de olhos amendoados queimando de ódio e desejos indizíveis, o amarelo fantasmagórico da massa de carne nua, e então, como se por magia, o lugar ficou vazio, enquanto o fogo rugia e estalava, e as chamas brilhavam no alto.

– Você acabou de ver a Pirâmide – disse Dyson no seu ouvido. – A Pirâmide de fogo.

4. O povo minúsculo

– Então você reconhece o objeto?

– Certamente. É um broche que Annie Trevor costumava usar aos domingos; eu me lembro do padrão. Mas onde você o encontrou? Não está querendo me dizer que descobriu a garota?

– Meu caro Vaughan, me admira que você não tenha adivinhado onde encontrei o broche. Já esqueceu de ontem à noite?

– Dyson – disse o outro, falando com muita seriedade –, eu andei pensando muito naquilo esta manhã enquanto você estava fora. Pensei no que vi, ou talvez eu deva dizer no que pensei ter visto, e a única conclusão a que posso chegar é a seguinte: que a coisa não suporta ser lembrada. Como os homens vivem, eu tenho vivido de modo sóbrio e honesto, temente a Deus, todos os dias de minha vida, e tudo o que posso fazer é crer que sofri de alguma ilusão monstruosa, alguma fantasmagoria dos sentidos enlouquecidos. Você sabe que viemos juntos para casa em silêncio, e nenhuma palavra foi trocada entre nós quanto ao que achei que vi; não havíamos achado melhor ficarmos quietos em relação a isso? Quando fui dar minha caminhada no tranquilo sol da manhã, achei que toda a terra parecia cheia de louvor aos céus, e ao passar pelo muro reparei que não havia mais sinais registrados, e apaguei os que permaneciam. O mistério acabou, e podemos viver em paz novamente. Acho que algum veneno esteve em atividade ao longo das últimas semanas; andei à beira da loucura, mas agora estou são.

O Sr. Vaughan havia falado com sinceridade e se inclinou para a frente em sua cadeira, olhando de relance para Dyson com um quê de confidência.

– Meu caro Vaughan – o outro disse, depois de uma pausa –, de que vale isso? É tarde demais para seguirmos por esse caminho; já fomos longe demais. Além disso, você sabe tão bem quanto eu que não há ilusão alguma nesse caso; gostaria de todo coração que houvesse. Não, com toda justiça para comigo mesmo preciso lhe contar a história inteira até onde sei.

– Muito bem – disse Vaughan com um suspiro. – Se você precisa…

– Então – disse Dyson – começaremos pelo final, se me permitir. Encontrei este broche que você acabou de identificar no lugar que chamamos de Tigela. Havia uma pilha de cinzas, como se uma fogueira tivesse sido feita ali. Com efeito, as brasas estavam quentes, e este broche estava caído no chão, além do alcance das chamas. Ele deve ter caído acidentalmente do vestido da pessoa que o estava usando. Não, não me interrompa; podemos passar agora para o começo, pois já falamos do fim. Vamos retornar ao dia em que você veio me ver em meus aposentos de Londres. Até onde consigo me lembrar, logo que você entrou, mencionou, de modo um tanto casual, que um incidente infeliz e misterioso havia ocorrido na sua região do país; uma garota de nome Annie Trevor havia partido para ver um parente e havia desaparecido. Confesso de bom grado que o que você disse não me interessou enormemente; existem muitas razões pelas quais é extremamente conveniente para um homem e mais especialmente uma mulher desaparecer do círculo de suas relações e amigos. Suponho que, se fôssemos consultar a polícia, descobriríamos que em Londres alguém desaparece misteriosamente semana sim semana não, e os policiais sem dúvida dariam de ombros e lhe diriam que pela lei das probabilidades não poderia mesmo ser diferente. Então assumo a culpa de não ter dado muita atenção à sua história e, além disso, há outra razão para minha falta de interesse: sua história era inexplicável. Você só podia sugerir um marinheiro renegado agindo de má-fé, mas descartei a explicação imediatamente, por muitos motivos, mas principalmente porque o criminoso de ocasião, o amador que comete um crime brutal, é sempre descoberto, especialmente se seleciona o campo como cenário de suas operações. Você irá se lembrar do caso daquele Garcia que mencionou; ele entrou numa estação ferroviária no dia seguinte ao assassinato, as calças cobertas de sangue e o mecanismo do relógio holandês, seu butim, bem embrulhado num pacote. Então, se eu rejeitar esta, sua única sugestão, toda a história se torna, como digo, inexplicável e, portanto, profundamente desinteressante. Sim, portanto, é uma conclusão perfeitamente válida. Você já preocupou sua cabeça com problemas que sabe serem insolúveis? Você algum dia já parou para pensar a sério no velho enigma de Aquiles e a Tartaruga? É claro que não, porque você sabia que era uma busca sem esperança e assim, quando me contou a história de uma moça do campo que havia desaparecido, eu simplesmente coloquei a coisa toda na categoria do insolúvel e não pensei mais no assunto. Conforme vimos, eu estava enganado; mas, se você se lembra, você imediatamente passou para um caso que o interessou de modo mais intenso, porque era pessoal. Não preciso repassar a narrativa muito singular dos sinais de pederneiras; no começo pensei que tudo isso era trivial, provavelmente uma brincadeira de criança, e se não isso então uma peça de alguma espécie; mas quando você me mostrou a ponta da flecha, isso me despertou um interesse agudo. Ali, eu vi, havia algo muito distante do lugar-comum e motivo para uma curiosidade verdadeira, e assim que cheguei aqui me pus a trabalhar para encontrar a solução, repetindo a mim mesmo várias vezes os sinais que você havia descrito. Primeiro veio o sinal que concordamos em chamar de Exército: uma série de linhas serrilhadas de pederneiras, todas apontando para o mesmo caminho. Então as linhas, como os aros de uma roda, todas convergindo na direção da figura de uma Tigela, depois o triângulo ou Pirâmide e, em último lugar, a Meia-Lua. Confesso que exauri as conjeturas em meus esforços para deslindar esse mistério e, conforme você entenderá, era um problema dúplice ou até mesmo tríplice. Pois eu tinha não apenas de me perguntar: o que essas figuras querem dizer?, mas também: quem poderia ser responsável por desenhá-las? E novamente: quem poderia possuir coisas tão valiosas e, sabendo de seu valor, jogá-las de lado? Essa linha de pensamento me levou a supor que a pessoa ou pessoas em questão não conheciam o valor de pontas de flecha de pederneira tão raras como aquelas, e no entanto isso não me levou longe, pois um homem de boa educação poderia facilmente desconhecer tal assunto. Então veio a complicação do olho no muro, e você se lembra de que não pudemos evitar a conclusão de que nos dois casos a mesma entidade estava em ação. A posição peculiar desses olhos na parede me fez investigar se havia algo parecido com um anão em algum lugar na vizinhança, mas descobri que não, e sabia que as crianças que passam por ali todos os dias nada tinham a ver com a questão. Entretanto me senti convencido de que quem quer que houvesse desenhado aqueles olhos devia ter entre um metro a um metro e vinte de altura, já que, conforme ressaltei na época, qualquer um que desenhe em uma superfície perpendicular escolhe por instinto um ponto no nível do rosto. Depois, havia a questão do formato peculiar dos olhos, aquele caráter mongol marcante que o campesino inglês não poderia conceber, e, como último motivo de confusão, o fato óbvio de que o desenhista ou os desenhistas deviam ser capazes praticamente de ver no escuro. Como você observou, um homem que ficou confinado por muitos anos em uma cela ou calabouço muito escuro poderia adquirir esse poder, mas, desde os dias de Edmond Dantès, onde tal prisão seria encontrada na Europa? Um marinheiro que tivesse sido encarcerado por período considerável em algum horrível calabouço chinês parecia o indivíduo pelo qual eu estava procurando, e embora parecesse improvável, não era absolutamente impossível que um marinheiro ou, digamos, um homem empregado a bordo de um navio, pudesse ser um anão. Mas como levar em conta meu marinheiro imaginário estando em posse de pontas de flecha pré-históricas? E, garantida a posse, qual seria o significado e objetivo desses misteriosos sinais de pederneira, e dos olhos amendoados? Encarei sua teoria de um ladrão contemporâneo, quase a partir do primeiro instante, como sendo um tanto indefensável, e confesso que me senti perdido na hora de procurar uma hipótese viável. Foi um mero acidente que me colocou no caminho certo; passamos pelo pobre e velho Trevor, e sua menção do nome dele e do desaparecimento de sua filha fizeram com que eu me lembrasse da história de que havia me esquecido ou que permanecia ignorada. Eis aqui então, eu disse a mim mesmo, outro problema; desinteressante, é verdade, se considerado isoladamente, mas e se por acaso provarmos que tem relação com todos esses enigmas que me torturam? Tranquei-me em meu quarto e esforcei-me por despir todo o preconceito de minha mente, e repassei tudo, supondo à guisa de teoria que o desaparecimento de Annie Trevor tivesse alguma ligação com os sinais de pederneira e os olhos no muro. Essa suposição não me levou muito longe, e eu estava a ponto de desistir do problema inteiro por desespero, quando um possível significado da Tigela me ocorreu. Como você sabe, existe uma "Sopeira do Diabo" em Surrey e vi que o símbolo poderia se referir a algum traço do terreno. Juntando os dois extremos, decidi procurar pela Tigela perto do caminho que a garota perdida havia tomado, e você sabe como eu o encontrei. Interpretei o sinal pelo que sabia e li o primeiro, o Exército, assim: "Haverá uma reunião ou assembleia na Tigela em quinze dias (isso é o que significa a Meia-Lua) para ver a Pirâmide ou construir a Pirâmide." Os olhos, desenhados um por um, dia a dia, evidentemente marcavam os dias que faltavam, e eu sabia que haveria catorze e não mais que isso. Até aí o caminho parecia bastante óbvio; eu não me preocuparia em investigar a natureza da assembleia, ou quem se reuniria no mais solitário e temido local entre estas colinas solitárias. Na Irlanda, China ou Oeste dos Estados Unidos a questão teria sido facilmente respondida; uma reunião de tropas rebeldes, o encontro de uma sociedade secreta, vigilantes convocados a se reportarem: a coisa seria de uma simplicidade exemplar; mas neste canto tranquilo da Inglaterra, habitado por gente de paz, nenhuma dessas suposições era possível por um instante que fosse. Mas eu sabia que deveria ter uma oportunidade de ver e observar a assembleia, e não me importava em me desconcertar com uma pesquisa que não levasse a lugar nenhum; e no lugar do raciocínio uma fantasia ensandecida tomou conta do meu juízo: lembrei-me do que as pessoas haviam dito sobre o desaparecimento de Annie Trevor, que ela havia sido "levada por fadas". Eu lhe digo, Vaughan, sou um homem são como você, meu cérebro não é, acredito, mero espaço desocupado para deixar qualquer improbabilidade louca entrar e fiz o que pude para deixar a fantasia de lado. E a pista veio por conta do antigo nome das fadas, "o povo minúsculo", e a crença bastante provável de que eles representam uma tradição dos habitantes turanianos pré-historicos do país, que moravam em cavernas; e então percebi com um choque que estava procurando por um ser com menos de um metro e vinte de altura, acostumado a viver nas trevas, que possuísse instrumentos de pedra e fosse familiarizado com traços de rostos mongóis! Eu digo isto, Vaughan, que deveria ter vergonha de insinuar tais coisas visionárias a você, se não fosse por aquilo que você viu com seus próprios olhos noite passada, e digo que eu poderia duvidar das evidências dos meus sentidos, se eles não fossem confirmados pelos seus. Mas você e eu não podemos olhar um ao outro nos olhos e fingir que fomos iludidos; enquanto você jazia deitado na turfa ao meu lado, eu sentia sua carne se encolher e estremecer, e vi seus olhos à luz da chama. E assim lhe digo sem nenhuma vergonha o que estava na minha mente na noite passada quando atravessamos o bosque e escalamos a colina e ficamos deitados escondidos atrás da rocha.

"Havia uma coisa que deveria ter sido mais evidente e que me intrigou até o último instante. Eu lhe disse como li o sinal da Pirâmide; a assembleia deveria ver uma pirâmide, e o verdadeiro sentido do símbolo me escapou até o último momento. A velha derivação de πυρ, fogo, embora falso, deveria ter me posto de volta nos trilhos, mas isso nunca me ocorreu.

"Acho que não preciso dizer muito mais. Você sabe que estávamos bem indefesos, ainda que tivéssemos previsto o que estava por vir. Ah, o lugar em particular onde os sinais estavam sendo exibidos? Sim, essa é uma questão curiosa. Mas esta casa está, até onde posso julgar, num ponto bem central no meio das colinas, e possivelmente, quem pode dizer sim ou não, aquele estranho e antigo pilar de calcário seria um ponto de encontro antes de os celtas porem os pés na Bretanha. Mas há uma coisa que devo acrescentar: não lamento nossa incapacidade de resgatar a desgraçada garota. Você viu a aparência dessas coisas que se reuniam e se contorciam na Tigela; deve saber com certeza que o que estava no meio delas não podia mais conviver na Terra."

– E? – perguntou Vaughan.

– E ela passou pela Pirâmide de Fogo – disse Dyson –, e eles passaram novamente para o submundo, para aquele lugar que fica por baixo das colinas.

O Da Vinci desaparecido

J. G. Ballard

1964

"The Lost Leonardo"
Primeira publicação: *The Magazine of Fantasy and Science Fiction*, março de 1964.
Primeira publicação em livro: *The Terminal Beach*, 1964.

Tanto as histórias de detetive quanto os mistérios sobrenaturais parecem algo muito distante da obra de J. G. Ballard (1930-2009), um dos críticos mais cruéis da desumanização trazida pela sociedade de alta tecnologia e de alto controle social. Nascido em Xangai, onde seu pai trabalhava para uma empresa industrial britânica, Ballard passou parte da sua infância, durante a Segunda Guerra Mundial, num campo de refugiados, o que deu origem ao romance semiautobiográfico *O Império do sol* (1984; Ed. Record, 1987), depois adaptado para o cinema por Steven Spielberg. Seus primeiros romances foram explorações sombrias e distanciadas dos efeitos sociais e psicológicos de vários cataclismos que destroem o mundo de diferentes maneiras:

The Wind from Nowhere (1961), *The Drowned World* (1962), *The Burning World* (1964) e *The Crystal World* (1966).

A partir de *The Atrocity Exhibition* (1969), ele passou a compor uma vasta obra crítica dos processos de controle mental através da mídia, da alta tecnologia e do espetáculo político. Sua obra fria, às vezes cruel, explorou exaustivamente conceitos da ficção científica urbana contemporânea, como os de espaço interior ("inner space") e mídia ambiente ("media landscape"). Sua obra recente é bastante traduzida no Brasil: *Corrida selvagem, Crash – estranhos prazeres, Sombras do império, O reino do amanhã, Terroristas do milênio* são algumas das obras em catálogo, por várias editoras.

Um dos traços distintivos de sua obra como contista é a atenção que dá ao mundo das artes. Muitos dos seus protagonistas são músicos, arquitetos, artistas plásticos. Ele explora esses ambientes artísticos com a mesma mente especulativa usada por outros autores de ficção científica para explorar os ambientes de trabalho científico. A autonomia da imagem sobre a realidade é um dos seus temas. Num ensaio sobre o Surrealismo, afirmou:

> As técnicas do Surrealismo têm uma relevância especial neste momento [1966], quando os elementos ficcionais do mundo à nossa volta estão se multiplicando a um ponto em que é quase impossível distinguir o "real" do "falso" – termos que não guardam mais nenhum sentido.

O Da Vinci desaparecido

J. G. Ballard
(tradução de Braulio Tavares)

O desaparecimento ou, para abrir mão dos eufemismos, o roubo da *Crucificação* de Leonardo Da Vinci do Museu do Louvre, em Paris, descoberto na manhã de 19 de abril de 1965, causou um escândalo de proporções inéditas. Uma década inteira de grandes roubos de obras de arte, como o do *Duque de Wellington* de Goya da National Gallery, em Londres, e das coleções de pintores impressionistas das casas de milionários no sul da França e na Califórnia, bem como os preços visivelmente inflacionados pagos nas casas de leilões de Bond Street e da Rue de Rivoli, deveriam ter acostumado o público à perda de mais uma obra-prima célebre, mas o fato é que a notícia desse desaparecimento foi recebida pelo mundo com genuína consternação e revolta. Milhares de telegramas vindos do mundo inteiro choviam no Quai d'Orsay e no Louvre. Os consulados da França em Bogotá e na Cidade da Guatemala foram apedrejados, e os adidos culturais das embaixadas de Buenos Aires a Bangkok tiveram sua desenvoltura e sua elegância exigidas até os seus limites, reconhecidamente amplos.

Quanto a mim, desembarquei em Paris pouco mais de vinte e quatro horas depois do que já era chamado de "O grande escândalo Da Vinci", e a atmosfera de estupefação e indignação era palpável. Durante todo o trajeto a partir do aeroporto de Orly, as manchetes dos jornais que avistei nas bancas não falavam de outra coisa.

O *Continental Daily Mail* resumiu de maneira sucinta o que acontecera.

ROUBADA A CRUCIFICAÇÃO DE LEONARDO

Obra-prima de cinco milhões de libras some do Louvre

Segundo todos os relatos, reinava a balbúrdia entre as autoridades de Paris. O desamparado diretor do Louvre, que estava numa conferência da Unesco em Brasília, foi chamado de volta às pressas e agora estava no Palácio do Elysée, em audiência com o presidente. O Deuxième Bureau estava de prontidão, e pelo menos três ministros sem pasta tinham sido indicados para o caso, com seu futuro político dependente da recuperação da pintura. Como o próprio presidente afirmara na tarde da véspera numa entrevista coletiva, o roubo de um Da Vinci era uma questão que não dizia respeito apenas à França, mas ao mundo inteiro, e num apelo apaixonado ele conclamava a todos para que colaborassem com a pronta restituição do quadro ao seu devido lugar (a despeito da atmosfera emocionalmente carregada, observadores mais cínicos notaram que, pela primeira vez em uma crise, em sua carreira política, o Grande Homem não encerrou sua peroração bradando "Viva a França!").

As minhas impressões, apesar do meu envolvimento profissional com as belas-artes – eu era, como ainda sou, um dos diretores da Northeby's, a famosa casa de leilões de Bond Street –, coincidia em linhas gerais com a opinião do grande público. Enquanto o táxi cruzava o Jardin des Tuileries, eu via as reproduções toscas e desbotadas da brilhante obra-prima de Da Vinci nas páginas dos jornais e recordava o imenso esplendor da pintura original, com sua composição inigualável, seu uso do claro-escuro, sua insuperável técnica, aspectos que tinham contribuído para produzir o Alto Renascimento e que se tornaram um ponto de referência para escultores, pintores e arquitetos do Barroco.

Apesar dos dois milhões de reproduções da pintura vendidos todo ano, para não falar nos incontáveis pastiches e nas imitações baratas, seu tema ainda resguardava um poder majestoso. Concluída dois anos depois da *Virgem e Santa Ana* de Da Vinci, também do acervo do Louvre, era não apenas uma das poucas pinturas de Leonardo a sobreviver intacta às mãos de milhares de restauradores ansiosos ao longo de quatro séculos, mas a única pintura do mestre, com exceção da *Última Ceia*, em vias de dissolução e desaparecimento, em que ele utilizava uma composição envolvendo uma ampla paisagem e uma galeria de numerosos figurantes.

Era este último fator, talvez, que dava à pintura aquele seu poder terrível, alucinatório. A expressão enigmática e quase ambivalente do Cristo agonizante, os olhos de serpente sob o capuz nos rostos da Madona e de Madalena, esses traços característicos de Leonardo deixam de ser meros maneirismos quando justapostos à gigantesca espiral de figurantes que parece rodopiar até o céu por sobre o Gólgota, transformando a imagem inteira da crucificação numa visão apocalíptica da ressurreição e do julgamento de toda a humanidade. Desta única tela brotaram os grandes afrescos de Michelangelo e de Rafael na Capela Sistina, além das escolas de Tintoretto e de Veronese. O fato de alguém ter tido a audácia de roubá-la passava uma mensagem trágica sobre o tipo de respeito que a humanidade tem por seus grandes monumentos de arte.

E mesmo assim, pensava eu ao desembarcar no escritório da Galleries Normande & Cie., na Madeleine, será que a pintura tinha mesmo sido roubada? O seu tamanho, de cinco metros por seis, e o seu peso – ela havia sido montada num painel de carvalho – eliminavam a hipótese de que o autor do roubo fosse um único fanático ou psicopata, e nenhuma quadrilha profissional de ladrões de obras de arte perderia seu tempo roubando um quadro para o qual não existia mercado. Talvez o governo francês estivesse querendo desviar as atenções de algum acontecimento iminente, embora houvesse de ser no mínimo a reinstauração da monarquia e a coroação de um pretendente ao trono da Casa de Bourbon para requerer uma cortina de fumaça tão elaborada.

Assim que tive uma oportunidade, expus minhas dúvidas a Georg de Stael, o diretor das Galleries Normande, em cuja casa fiquei hospedado durante aquela visita. Oficialmente, a minha vinda a Paris era para fazer parte de uma assembleia, naquela tarde, reunindo negociantes de arte e diretores de galerias que também haviam sido vítimas de roubos de obras de arte, mas qualquer observador externo atribuiria nossa excitação e nosso entusiasmo a outros motivos – no que teria toda razão. Sempre que alguém atira uma pedra mais pesada nas águas turvas da arte internacional, pessoas como Georg de Stael e eu imediatamente se posicionam nas margens, na expectativa de entrever alguma onda fora do comum ou alguma bolha malcheirosa. Não havia dúvida de que o roubo do Leonardo iria trazer à tona muito mais do que a identidade de algum ladrão com um parafuso a menos. Todos os peixes suspeitos estariam agora nadando freneticamente em busca de abrigo, e um golpe salutar havia sido desferido contra o sistema oficial dos veteranos, tanto curadores quanto diretores de museus.

Esses sentimentos de vingança estavam visivelmente por trás da animação com que Georg, lépido e ágil, contornou a escrivaninha para me cumprimentar. Seu terno de verão, em seda azul, um tanto prematuro para a estação, era tão reluzente quanto seu cabelo penteado com brilhantina, e suas feições finas e rapaces se abriram num sorriso cheio de um charme malicioso.

– Meu caro Charles, posso lhe assegurar categoricamente que a maldita pintura de fato sumiu, assim... ele estendeu os braços, exibindo punhos de um azul elegante, e bateu palmas com força – *puff!* Desta vez, todos estão falando a verdade. E, o que é mais notável, o quadro era verdadeiro.

– Não sei se estou feliz de escutar isto – admiti. – Mas certamente é mais do que você pode dizer acerca da maior parte do que há no Louvre e na National Gallery.

– De acordo. – Georg sentou na mesa, com a luz da janela refletindo em seus sapatos de couro. – Cheguei a ter a esperança de que esta catástrofe pudesse induzir as autoridades a abrirem o jogo sobre os seus supostos tesouros, numa espécie de tentativa de dissipar um pouco da mística que cerca o Leonardo. Mas eles estão completamente desorientados.

Por um instante ficamos considerando o que uma série de confissões assim poderia fazer, não somente ao mercado de arte internacional – os preços da telas, mesmo que remotamente autênticas, iriam às alturas – como também à imagem popular da pintura renascentista como algo sacrossanto e sem paralelo. Isto, contudo, não era para questionar a genialidade do Da Vinci desaparecido.

– Então me diga, Georg – falei. – Quem o roubou? – Eu tinha certeza de que ele sabia.

Pela primeira vez em muitos anos, Georg me pareceu sem palavras. Encolheu os ombros, desamparado.

– Meu caro Charles, eu simplesmente não sei. É um mistério total. Todo mundo está tão perplexo quanto você.

– Neste caso deve ser algo tramado pelo pessoal de dentro.

– Não, com absoluta certeza. Atualmente as pessoas do Louvre estão acima de suspeita. – Ele deu umas batidinhas no telefone. – Hoje de manhã andei conversando com alguns dos meus contatos mais escusos. Antweiler, em Messina, e Kolenskya, em Beirute. E eles estão igualmente desorientados. Na verdade, estão convencidos de que tudo isto ou é uma cortina de fumaça criada pelo governo atual, ou é algo em que o próprio Kremlin está envolvido.

– O Kremlin? – ecoei, incrédulo. Mal este nome foi invocado, a atmosfera tornou-se mais carregada, e durante a meia hora seguinte falamos em sussurros.

A assembleia daquela tarde, no Palais de Chaillot, não resultou em avanço nenhum. O inspetor-detetive chefe, Carnot, um homem corpulento e lúgubre num terno azul desbotado, assumiu a direção dos trabalhos, ladeado por outros agentes do Deuxième Bureau. Todos tinham aparência cansada e desanimada; àquela altura eram forçados a checar uma dúzia de alarmes falsos toda hora. Por trás deles, parecendo um corpo de jurados hostil, estavam sentados os sisudos investigadores da Lloyds de Londres e do Morgan Guaranty Trust, de Nova York. Ao contrário, os duzentos *marchands* e agentes sentados nas cadeiras douradas diante da plataforma formavam uma cena das mais animadas, tagarelando em uma dúzia de línguas e levantando hipóteses como quem empina pipas.

Depois de um breve resumo da situação, feito num tom resignado e sepulcral, o inspetor Carnot apresentou um musculoso holandês sentado ao seu lado, o superintendente Jurgens, do escritório da Interpol em Haia, e em seguida pediu ao Sr. Auguste Pecard, diretor assistente do Louvre, que fizesse uma descrição detalhada do roubo. O relato serviu apenas para confirmar que as medidas de segurança do Louvre eram de primeira categoria, e que era absolutamente impossível o roubo de uma pintura com aquelas características. Pude perceber que Pecard ainda não estava totalmente convencido de que o quadro desaparecera.

– Os painéis sensíveis ao peso que cobrem todo o piso em volta da pintura não foram acionados, e os dois feixes de raios infravermelhos diante dela não foram interrompidos. Cavalheiros, posso lhes assegurar que é impossível remover o quadro sem primeiro desmontar a moldura de bronze. Esta, sozinha, pesa cerca de quatrocentos quilos e está aparafusada na parede; porém, o circuito elétrico que passa através dos parafusos não sofreu interferências.

Eu estava olhando para as duas fotos em tamanho natural, presas à tela atrás da mesa, que mostravam a frente e o verso da pintura. Nesta última via-se o painel de carvalho com seis barras transversais de alumínio, os pontos de contato do circuito elétrico e uma profusão de rabiscos com giz, feitos ao longo dos anos pelos diversos laboratórios do museu. As fotos tinham sido tiradas na última vez em que a pintura fora removida para limpeza; e, depois de uma breve troca de perguntas e respostas, ficamos sabendo que isso ocorrera apenas dois dias antes do roubo.

Diante desta revelação o clima na assembleia mudou. As centenas de conversas paralelas cessaram, e os lenços de seda colorida voltaram aos bolsos dos paletós.

Toquei Georg de Stael com o cotovelo.

– Isso explica tudo – falei. Evidentemente a tela desaparecera durante o período em que estivera no laboratório, onde as medidas de segurança seriam mais suscetíveis à falha. – Ela não foi roubada da galeria, afinal de contas.

O vozerio à nossa volta recrudesceu. Duzentos narizes se ergueram no ar, tentando farejar uma pista. Então o quadro tinha *mesmo* sido roubado, e estava oculto em algum lugar do mundo. As possíveis recompensas a quem o encontrasse – se não a Legião de Honra ou um título de Cavaleiro, pelo menos a isenção completa de imposto de renda e de fiscalização de câmbio – flutuavam diante de nós como um espectro.

No entanto, no caminho de volta, Georg olhava pela janela do táxi com uma expressão sombria.

– O quadro *foi* roubado da galeria – disse ele, pensativo. – Eu próprio o vi, doze horas antes de desaparecer. – Pegou meu braço e o apertou com força. – Vamos encontrá-lo, Charles, para a glória da Northeby e das Galleries Normande. Mas, por Deus do céu, o sujeito que o roubou é um ladrão do outro mundo!

E assim foi desencadeada a busca pelo Da Vinci desaparecido. Voltei para Londres na manhã seguinte, mas eu e Georg ficamos nos telefonando regularmente. De início, como todos os outros envolvidos na caçada, ficamos apenas escutando, o ouvido colado ao solo à espera de uma pisada fora do normal. Ficamos à espreita nos leilões lotados de gente e nas galerias, em busca de uma palavra indiscreta, de uma pista reveladora. Os negócios, é claro, fervilhavam: cada museu e cada colecionador particular que possuísse um Rubens ou um Rafael tinha subido um grau na escala de valores. Com sorte, esse aquecimento do mercado acabaria revelando algum cúmplice distante do ladrão, ou alguma tela que antes tinha ocupado o lugar do Leonardo – talvez um pastiche da *Mona Lisa* feito por um dos discípulos de Verrocchio – seria dispensada pelo ladrão e acabaria emergindo num dos mercados mais suspeitos. Se no mundo oficial a busca pela tela roubada era conduzida com estardalhaço, nos corredores do ofício tudo era silêncio e vigilância.

Silêncio demais, na verdade. Àquela altura já era para algo ter se materializado, alguma pista tênue já devia ter sido retida num dos rigorosos filtros mantidos pelas galerias e pelas empresas de leilões. Mas ninguém ouvira nada. Assim que o vagalhão de atividade provocado pelo desaparecimento do Leonardo afastou-se e diminuiu, os negócios voltaram ao ritmo anterior, e, como era inevitável, o quadro tornou-se apenas mais um item na lista de obras-primas perdidas.

Somente Georg de Stael parecia capaz de manter o mesmo interesse pela caçada. De vez em quando me ligava em Londres, buscando alguma informação obscura sobre um comprador anônimo de Ticianos ou Rembrandts no fim do século 18, ou a história de uma cópia danificada de algum pupilo de Rubens ou de Rafael. Parecia especialmente interessado em obras que se sabia terem sido danificadas e depois restauradas, informações que muitos colecionadores particulares relutavam em fornecer.

Em vista disso, quando ele veio me encontrar em Londres, cerca de quatro meses depois do roubo do Leonardo, não foi apenas de brincadeira que perguntei:

– E então, Georg? Já sabe quem o roubou?

Abrindo uma pasta enorme, ele me deu um sorriso sombrio.

– Ficaria surpreso se eu dissesse que sim? Para ser sincero ainda não sei, mas tenho uma ideia. Digamos que eu tenha uma hipótese. Achei que você teria interesse em conhecê-la.

– Claro, Georg – disse eu e, depois, em tom de censura: – Então era isso que você estava tramando.

Ele ergueu o dedo para me silenciar. Por baixo do seu verniz de charme espontâneo notei uma nova atitude, mais séria, como quem quer eliminar os rodeios da conversa social.

– Primeiro, Charles, antes que você me expulse do seu escritório às gargalhadas, quero admitir que considero minha teoria totalmente implausível e fantástica, e no entanto – ele encolheu os ombros, com ironia – , ela me parece ser a única explicação possível. Mas, para comprová-la, preciso da sua ajuda.

– Conte com ela antes mesmo de pedir. Mas qual é a teoria? Mal posso esperar para ouvi-la.

Ele hesitou, aparentemente inseguro quanto ao modo de atacar a questão, e em vez disso começou a esvaziar a pasta, tirando de dentro dela uma porção de folhas soltas que enfileirou na mesa à sua frente. As páginas pareciam ser reproduções fotográficas de uma porção de pinturas, com algumas áreas no interior delas marcadas com tinta branca. Várias fotografias eram ampliações de detalhes, todas elas de um homem de rosto comprido e cavanhaque em roupas medievais.

Georg inverteu seis das reproduções maiores, virando-as para que eu as visse melhor.

– Reconhece estas, certamente?

Eu concordei. Com exceção de uma, a *Pietà* de Rubens no Museu Hermitage, em Leningrado, eu vira os originais de todas nos últimos cinco anos. Eram a *Crucificação* desaparecida de Leonardo, as *Crucificações* de Veronese, Goya e Holbein e a versão de Poussin, intitulada *O Lugar do Gólgota*. Todas estavam em museus públicos: o Louvre, o Museu de San Stefano, em Veneza, o Museu do Prado e o Rijksmuseum, em Amsterdã. Todas eram obras-primas conhecidas, bem autenticadas; peças essenciais, com exceção da de Poussin, de grandes coleções nacionais de arte.

– É bom revê-las – falei. – Espero que estejam em boas mãos. Ou será que são os próximos itens na lista do nosso ladrão misterioso?

Georg abanou a cabeça.

– Não, não acho que ele esteja interessado nestas daqui. Embora esteja de olho em todas. – Voltei a reparar na mudança acentuada na atitude dele, aquela espécie de humor dirigido a si próprio. – Nota mais alguma coisa?

Voltei a comparar as fotos.

– Todas são crucificações. Todas autênticas, com exceção talvez de alguns pequenos detalhes. Todas são telas de cavalete. – Encolhi os ombros.

– Todas, em algum momento, foram roubadas – disse Georg, e começou a indicá-las, da direita para a esquerda. – Poussin: roubado da coleção do Chateau Loire em 1822. Goya: roubado em 1906 do Mosteiro de Monte Cassino, por Napoleão. Veronese: roubado do Museu do Prado em 1891. O Leonardo: roubado quatro meses atrás, como sabemos. Holbein: roubado em 1943, na pilhagem feita para a coleção de Hermann Goering.

– Interessante – comentei. – Mas são poucas as obras-primas que nunca foram roubadas em um momento ou outro. Espero que isto não seja um dos pontos essenciais de sua teoria.

– Não, mas, em conjunto com outros fatores, ele adquire mais significado. Então, vejamos. – Ele empurrou na minha direção a reprodução do Leonardo. – Vê alguma coisa fora do comum aqui? – Quando abanei negativamente a cabeça, olhando para aquela imagem tão familiar, ele pegou outra foto da mesma pintura. – E aqui, o que vê?

As fotos tinham sido tiradas de ângulos ligeiramente diferentes, mas afora isso pareciam idênticas.

– Ambas são da *Crucificação* original – explicou Georg –, foram tiradas no Louvre com um mês de intervalo.

– Desisto – confessei. – Parecem a mesma coisa. Não... espere um instante! – Puxei a luminária da mesa mais para perto e me inclinei sobre as fotos, enquanto Georg fazia um gesto de concordância. – São ligeiramente diferentes. O que há aqui?...

Sem perder tempo eu comparei as duas fotos, figura por figura, e logo tinha localizado a pequena diferença entre elas. As pinturas eram idênticas em quase todos os aspectos, mas uma figura no meio das dezenas que compunham a multidão tinha sido modificada. No lado esquerdo, onde o grupo serpenteia na subida da colina rumo às três cruzes, o rosto de um dos espectadores da cena tinha sido totalmente repintado. Embora, no centro do quadro, o Cristo já esteja pregado à cruz há algumas horas, por uma espécie de jogo de perspectiva espaçotemporal – um recurso habitual em toda a pintura renascentista, para compensar a natureza estática de uma única tela –, a procissão de espectadores conduz a ação em marcha reversa através do tempo, de modo que é possível seguir a presença invisível de Cristo ao longo de sua dolorosa subida do Gólgota.

O personagem cujo rosto havia sido repintado integrava a multidão na parte de baixo da ladeira. Era um homem alto, de musculatura poderosa, envolto numa capa preta e tinha sido visivelmente o objeto de um cuidado especial por parte de Leonardo, que lhe dera o físico imponente e a graça serpentina que em geral reservava para a sua reprodução de anjos. Olhando a foto à minha esquerda, a versão original não retocada, percebi que sem dúvida Leonardo pretendera fazer daquele personagem a representação de um anjo da morte, ou melhor, de um daqueles agentes do inconsciente, alguém terrível na sua calma enigmática, em sua ambivalência meditativa, sendo um desses personagens que parecem concentrar, nas suas telas, todos os medos e as ansiedades mais profundas dos homens, como as estátuas de rosto cinzento que nos olham de cima para baixo nas cornijas noturnas da necrópole de Pompeia.

Tudo isso, tão característico de Leonardo e de sua curiosa visão das coisas, parecia estar concentrado no rosto daquela figura alta e angelical. Virada quase de perfil na direção do seu ombro esquerdo, sua face se erguia para contemplar a cruz, com um leve lampejo de compaixão pousando sobre seu rosto saturnino. Uma testa alta, levemente saliente nas têmporas, erguia-se sobre o belo nariz semita e a boca. Em seus lábios, pairava o esboço de um sorriso cheio de resignação compassiva e de compreensão, produzindo uma fonte solitária de luz que iluminava o restante da face, parcialmente obscurecida pelas sombras do céu tempestuoso.

Na foto à minha direita, contudo, isso tinha sido completamente modificado. O caráter daquela figura angelical fora substituído por outra concepção. A semelhança superficial permanecia, mas o rosto tinha perdido a expressão de piedade trágica. O segundo artista tinha revertido totalmente a postura do personagem, e a cabeça agora virava-se na direção oposta à cruz, olhando por cima do ombro direito para a cidade terrena de Jerusalém, cujas torres espectrais se erguiam como as de uma cidade do inferno de Milton, num crepúsculo azulado. Enquanto os outros espectadores acompanhavam a subida de Cristo como se impotentes para ajudá-lo, a expressão no rosto da figura de túnica negra era arrogante e crítica, e a tensão visível dos músculos do seu pescoço indicava que ele tinha virado a cabeça na direção oposta, como que enojado pelo espetáculo à sua frente.

– O que é isto? – perguntei, apontando a segunda foto. – Uma cópia perdida, feita por um aprendiz? Não entendo por quê...

Georg inclinou-se para a frente e bateu com a ponta dos dedos na foto.

– Este é o Leonardo *original*. Não entendeu, Charles? A versão à sua esquerda, que você passou esses minutos admirando, sofreu uma alteração por mão desconhecida, poucos anos depois da morte de Da Vinci. – Ele sorriu diante do meu ceticismo. – Acredite, é verdade. O personagem mostrado aí é apenas uma parte minúscula da composição, e ninguém o tinha examinado a sério antes, já que o resto do quadro é sem dúvida original. Esses retoques foram descobertos cinco meses atrás, logo depois que a pintura foi levada para limpeza. O exame com luz infravermelha revelou o rosto intacto por baixo da nova camada de tinta.

Ele me entregou outras duas fotos, ambas com reproduções ampliadas da cabeça, nas quais os contrastes de caracterização eram ainda mais óbvios.

– Como pode ver pelas pinceladas que produzem as sombras, o retoque foi feito por um artista destro, quando sabemos, claro, que Da Vinci era canhoto.

– Bem... – Encolhi os ombros. – Parece estranho. Mas, se o que você diz é verdade, por que diabos alguém iria alterar um detalhe tão pequeno? A concepção do personagem é completamente diferente.

– Uma questão interessante – disse Georg, de modo ambíguo. – Aliás, essa figura representa Ahasverus, o Judeu Errante. – Ele apontou os pés do homem.

– Há uma convenção de representá-lo com as tiras das sandálias cruzadas, o que é típico da seita dos essênios, à qual o próprio Jesus pode ter pertencido.

Peguei novamente as fotografias.

– O Judeu Errante – murmurei baixinho. – Que coisa curiosa. O homem que ficou gritando para Cristo que andasse mais depressa e foi condenado a vagar pela Terra até o Juízo Final. É quase como se a pessoa que retocou o quadro fosse uma defensora dele, sobrepondo essa expressão de piedade trágica à representação original de Leonardo. Tenho uma ideia para você, Georg. Você sabe que muitos cortesãos e comerciantes ricos que frequentavam o estúdio de pintores acabavam sendo informalmente incorporados aos quadros deles. Talvez Ahasverus andasse por aí, posando no papel de si mesmo, movido por uma espécie de compulsão impulsionada pela culpa, para depois roubar os quadros e modificá-los. Bem, isto, sim, é uma teoria.

Levantei os olhos para Georg, esperando sua resposta. Ele estava assentindo devagar, os olhos fixos nos meus numa concordância silenciosa, sem o menor traço de humor.

– Georg! – exclamei. – Está falando sério? Você certamente não acha que...

Ele me interrompeu com gentileza, mas firmemente.

– Charles, dê-me apenas alguns minutos para tentar explicar. Eu lhe disse que a minha teoria era fantástica. – Antes que eu pudesse protestar, ele me passou outra fotografia. – Esta é a *Crucificação* de Veronese. Reconhece alguém? Canto inferior esquerdo.

Ergui a foto diante da luz.

– Tem razão. O estilo da pintura é diferente. Escola veneziana posterior, muito mais pagão, mas é bem óbvio. Sabe, Georg, a semelhança é espantosa.

– Concordo. Mas não é apenas a semelhança. Preste atenção à pose e à caracterização.

Identificada novamente pela túnica negra e a sandália de tiras cruzadas, a figura de Ahasverus se destacava em meio à multidão daquele quadro repleto de pessoas. O detalhe estranho não era tanto o fato de que a pose era a mesma do Da Vinci que fora retocado, com Ahasverus agora olhando o Cristo moribundo com uma expressão de profunda piedade – uma interpretação totalmente sem sentido –, mas a notável semelhança entre os dois rostos, quase como se eles tivessem sido pintados a partir do mesmo modelo. A barba era talvez um pouco mais cheia, à maneira veneziana, mas os contornos do rosto, a saliência das têmporas, a expressão bela e dura da boca e da mandíbula, a sábia resignação dos olhos, como se fosse um médico muito viajado testemunhando um ato cheio de força e beleza bárbaras, tudo ecoava com exatidão o que eu vira no Leonardo.

Fiz um gesto de desamparo.

– É uma coincidência impressionante.

Georg assentiu.

– Outra coincidência é que esta pintura, como a de Leonardo, foi roubada pouco tempo depois de sofrer uma rigorosa limpeza. Quando foi recuperada em Florença, dois anos depois, estava levemente danificada, e não foram feitas tentativas de restauração depois disto. – Georg fez uma pausa. – Agora você entende o que estou pensando, Charles?

– Mais ou menos. Acho que você suspeita de que, se o Veronese sofresse uma limpeza agora, iriam descobrir uma versão diferente de Ahasverus. A imagem original de Veronese.

– Exatamente. Afinal de contas, o presente tratamento não faz muito sentido. Se você ainda está cético, dê uma olhada nestes outros.

Ficando de pé, fizemos uma revisão geral nas fotografias que restavam. Em cada uma das outras, o Poussin, o Holbein, o Goya e o Rubens, a mesma figura reaparecia, o mesmo rosto sombrio e saturnino olhando a cruz com uma expressão de compreensão piedosa. Em vista dos estilos muito diferentes de cada artista, o grau de semelhança era extraordinário. Da mesma forma, em cada uma, sua postura não fazia sentido, e sua caracterização divergia por completo do papel lendário atribuído a Ahasverus.

A essa altura, a intensidade da convicção de Georg já se transferia fisicamente para mim. Ele bateu repetidamente no tampo da mesa com a palma da mão.

– Em cada um desses casos, Charles, todos os seis quadros foram roubados pouco tempo depois de passarem por uma limpeza, até mesmo o Holbein, que foi subtraído da coleção de Herman Goering, por algum renegado da S.S., depois de ter sido restaurado por presos de um campo de concentração. Como você mesmo disse, é quase como se o ladrão não quisesse que o mundo visse a verdadeira imagem que expunha o caráter de Ahasverus e deliberadamente pintasse por cima essas reinterpretações.

– Mas, Georg, você está propondo uma hipótese muito ousada aqui. Pode provar que em cada um dos casos, além do Leonardo, existe uma versão original por baixo da presente imagem?

– Por enquanto não. Claro que as galerias relutam em dar a qualquer pessoa a chance de provar que suas obras não são cem por cento autênticas. Sei que no momento não passa de uma hipótese, mas que outra explicação você pode dar?

Abanando a cabeça, fui até a janela e deixei que o barulho e a agitação da Bond Street se sobrepusessem às especulações da imaginação de Georg.

– Georg, está sugerindo a sério que Ahasverus, vestindo uma túnica negra, está passeando em algum lugar das proximidades neste instante, e que através dos séculos ele vem roubando e retocando pinturas que o representam no ato de desprezar Jesus? A ideia é absurda.

– Não é mais absurda do que o roubo do quadro. Todas as pessoas concordam que ele não poderia ter sido roubado por alguém que estivesse sujeito às leis físicas deste universo.

Por um momento ficamos os dois nos fitando, de lados opostos da mesa.

– Tudo bem – concedi, sem querer ofendê-lo. A intensidade de sua *idée fixe* estava começando a me alarmar. – Mas a nossa melhor estratégia não seria simplesmente sentar e esperar que o Leonardo apareça?

– Não necessariamente. A maior parte dos quadros roubados ficou desaparecida por dez ou vinte anos. Talvez o esforço de transpor as barreiras do tempo e do espaço o deixe exausto, ou talvez a mera visão dos quadros originais o deixe tão impressionado que... – Ele interrompeu sua fala quando me inclinei na sua direção. – Olhe aqui, Charles, isto *é* fantástico, mas há uma pequena chance de que seja verdadeiro. É aí que eu preciso de sua ajuda. É evidente que esse homem deve ser um grande patrocinador das belas-artes, arrastado por uma compulsão irresistível, por sentimentos de culpa que não consegue aplacar e que o levam a esses artistas que pintam cenas da crucificação. Temos que começar a vigiar os salões de leilão e as galerias. Esse rosto, esses olhos negros e esse perfil impressionante... mais cedo ou mais tarde vamos encontrá-lo, enquanto ele procura outra *Crucificação* ou uma *Pietà*. Examine sua memória. Você reconhece esse rosto?

Abaixei os olhos para o tapete, e a imagem daquele viandante de olhos escuros flutuava à minha frente. "Anda, vai depressa", dissera ele a Cristo em tom de provocação, quando este passou se arrastando sob a cruz, rumo ao Gólgota. E Jesus replicou: "Eu vou, mas tu esperarás por mim até a minha volta." Eu estava a ponto de dizer um "não", mas algo me conteve, alguma pausa reflexa de reconhecimento agitou-se em minha mente. Aquele belo perfil do Levante, em trajes diferentes, é claro, um terno elegante de listras escuras, uma bengala com castão de ouro, polainas, oferecendo lances num leilão por meio de um agente...

– Você o viu? – insistiu Georg. – Charles, tenho a impressão de que também me lembro dele.

Fiz um gesto afastando-o.

– Não tenho certeza, Georg, mas... Estou imaginando. – Curiosamente, era o retrato retocado de Ahasverus, em vez do original de Leonardo, que parecia mais real, mais próximo do rosto que agora eu tinha certeza de já ter visto. De repente, girei nos calcanhares. – Diabos, Georg, você se dá conta de que, se essa sua ideia fantástica for verdade, esse homem deve ter conversado com Leonardo Da Vinci? Com Michelangelo, e com Ticiano, e com Rembrandt?

Georg assentiu.

– E com mais alguém – disse, pensativo.

Durante todo o mês seguinte, depois que Georg retornou a Paris, comecei a passar menos tempo no meu escritório e mais em salas de leilão, à procura daquele perfil familiar que agora eu estava convencido de já ter visto antes. Se não fosse por essa convicção indiscutível, eu teria descartado a hipótese de Georg como uma fantasia obsessiva. Fiz algumas perguntas discretas aos meus assistentes, e para meu aborrecimento dois deles também pareciam se lembrar vagamente de uma pessoa com aqueles traços. Depois disso, tornou-se impossível para mim tirar da cabeça as suposições de Georg de Stael. Não surgiram mais notícias a respeito do Leonardo desaparecido – a completa ausência de pistas deixava perplexos tanto a polícia quanto o mundo dos apreciadores de arte.

Assim, foi com uma indescritível sensação de alívio, bem como de excitação, que cinco semanas depois recebi o seguinte telegrama:

CHARLES: VENHA IMEDIATAMENTE. EU O VI. GEORG DE STAEL.

Desta vez, enquanto o táxi me levava do aeroporto de Orly até a Madeleine, não foi apenas uma distração preguiçosa que me fez examinar o Jardin des Tuileries à procura de um homem alto, com um chapéu preto de abas flexíveis, esgueirando-se por entre as árvores com uma tela enrolada embaixo do braço. Georg de Stael teria perdido o juízo de forma definitiva e irremediável, ou teria encontrado mesmo o misterioso Ahasverus?

Quando ele me cumprimentou à porta da Normande & Cie., seu aperto de mão era firme como sempre, seu rosto estava harmonioso e descontraído. No escritório, sentou-se e me contemplou de um jeito enigmático por sobre as pontas dos dedos unidos, dando a impressão de estar tão seguro de si que não tinha a menor pressa de me transmitir as novidades.

– Ele está aqui, Charles – disse, por fim. – Em Paris, hospedado no Ritz. Está frequentando os leilões de obras dos mestres dos séculos 19 e 20. Com um pouco de sorte poderemos vê-lo hoje à tarde.

Por um instante toda a minha incredulidade voltou, mas, antes que eu pudesse balbuciar alguma objeção, Georg me silenciou.

– Ele é exatamente como esperávamos, Charles. Alto, musculoso, com uma espécie de graça escultural, o tipo de homem que se movimenta à vontade no meio dos ricos e dos nobres. Leonardo e Holbein o retrataram com perfeição, captando aquela estranha intensidade ominosa em seus olhos, o vento dos desertos e das grandes ravinas.

– Quando o viu pela primeira vez?

– Ontem à tarde. Tínhamos quase terminado as vendas do século 19 quando chegou a vez de um pequeno Van Gogh: uma cópia inferior, feita por ele, de *O Bom Samaritano*. Uma daquelas realizadas no período da sua loucura final, cheia de espirais turbulentas, os personagens parecendo feras atormentadas. Por algum motivo, o rosto do Samaritano me lembrava o de Ahasverus. Nesse momento eu ergui os olhos para a sala do leilão, que estava abarrotada de gente. – Georg inclinou-se para frente. – Para meu espanto, lá estava ele, sentado na primeira fileira, a um metro de distância, olhando diretamente para mim. Eu mal podia desviar os olhos. Assim que começaram os lances, ele entrou pesado, subindo de dois em dois mil francos.

– Ele arrematou o quadro?

– Não. Por sorte, consegui manter o autocontrole. Claro que eu precisava ter certeza de que ele era o homem certo. Suas aparições anteriores tinham sido apenas como Ahasverus, mas poucos pintores de hoje têm pintado crucificações no estilo *bel canto*, e ele pode estar tentando equilibrar sua balança de culpas aparecendo em outros papéis, o do Bom Samaritano, por exemplo. Ele se isolou na disputa quando os lances chegaram a quinze mil francos; o lance mínimo, na verdade, era de apenas dez, de modo que eu tomei a iniciativa e declarei que o quadro ia ser retirado do leilão. Tinha certeza de que ele viria hoje novamente, caso fosse Ahasverus, e eu precisava de vinte e quatro horas para poder chamar você e a polícia. Dois dos homens de Carnot estarão aqui hoje à tarde. Eu lhes ofereci uma justificativa qualquer e eles virão, de maneira discreta. Naturalmente, quando anunciei que estava retirando o Van Gogh, a sala virou um pandemônio. Todos pensaram que eu tinha enlouquecido. Nosso amigo de rosto sombrio deu um salto e exigiu uma explicação, de modo que fui forçado a dizer que suspeitava da autenticidade da pintura e queria proteger a reputação da galeria, mas que, se pudesse tirar minhas dúvidas, o quadro seria oferecido ao público novamente no dia seguinte.

– Muito hábil de sua parte – comentei.

Georg inclinou a cabeça.

– Também acho. Foi uma boa jogada. Ele imediatamente começou a fazer uma defesa apaixonada do quadro, quando, normalmente, um homem com sua experiência em leilões começaria logo a desvalorizá-lo, mas ele passou a falar de todo tipo de detalhe, como os pigmentos de terceira classe usados por Vincent, a parte de trás da tela e tudo o mais. A parte *de trás* da tela, veja bem, aquilo que o modelo mais lembraria a respeito de uma pintura. Eu lhe disse que estava mais ou menos convencido, e ele prometeu voltar hoje. Deixou o endereço caso surgisse algum problema. – Georg tirou do bolso um cartão de visitas impresso em prata e leu – *Conde Enrique Danilewicz, Villa d'Est, Cadaquès, Costa Brava.* – Por cima do cartão, escrito a mão, lia-se: *Ritz Hotel, Paris.*

– Cadaquès – repeti. – Dalí mora ali pertinho, em Port Lligat. Outra coincidência.

– Talvez mais do que uma coincidência. Adivinhe o que o mestre catalão está executando, atualmente, para a nova Catedral de St. Joseph, em San Diego? Uma das suas maiores encomendas até hoje. Exatamente! Uma crucificação. Nosso amigo Ahasverus está fazendo sua ronda mais uma vez.

Georg puxou da gaveta do meio de sua mesa um bloco de anotações encadernado em couro.

– Agora, escute isto. Andei fazendo algumas pesquisas sobre a identidade dos modelos que posaram como Ahasverus; em geral, foram alguns nobres de menor importância ou comerciantes abastados. O de Leonardo foi impossível de identificar, porque a casa dele vivia aberta, mendigos e cabras entravam e saíam à vontade, e qualquer pessoa podia ter entrado lá e posado para ele. Mas os outros artistas eram mais seletivos. Quem posou para o Ahasverus de Holbein foi um tal de Sir Henry Daniels, um banqueiro proeminente e amigo de Henrique VIII. No quadro de Veronese, foi um membro do Conselho dos Dez, ninguém menos que o futuro doge, Enri Danieli... Lembre-se: nós já ficamos no hotel que traz o seu nome, em Veneza. No quadro de Rubens, foi o Barão Henrik Nielson, embaixador dinamarquês em Amsterdã, e no de Goya foi um certo Enrico da Nella, financista, um grande patrono do Museu do Prado. No Poussin foi o famoso diletante Henri, Duc de Nille.

Georg fechou o bloco com um gesto teatral. Comentei:

– Bem, isso certamente é extraordinário.

– Você não está exagerando. Danilewicz, Daniels, Danieli, Da Nella, de Nile e Nielson. Também conhecido como Ahasverus. Sabe, Charles, estou um pouco assustado, mas acho que o Leonardo desaparecido está ao alcance da nossa mão.

Assim, nada foi mais frustrante do que o fato de nosso suspeito não aparecer naquela tarde.

A transferência do Van Gogh para as vendas do dia seguinte, felizmente, deu-lhe um número de série bem elevado, tendo sua oferta ficado para depois de umas três dúzias de pinturas do século 20. À medida que se sucediam os lances pelos Kandinskys e os Légers, fiquei sentado no pódio, por trás de Georg, examinando a elegante plateia um pouco abaixo. Num grupo tão cosmopolita como aquele, composto de especialistas norte-americanos, barões da imprensa britânica e aristocratas da França e da Itália, misturados a uma boa quantidade de damas do *demi-monde*, mesmo a presença de uma figura tão notável como a que Georg descrevera não teria chamado demais a atenção. Entretanto, à medida que avançávamos nos itens do catálogo, e o espocar das lâmpadas do flash dos fotógrafos se tornava mais irritante, comecei a imaginar se ele apareceria de fato. A cadeira na fila da frente continuava reservada para ele, e esperei com impaciência que esse fugitivo através do espaço e do tempo se materializasse e fizesse sua entrada triunfal no momento em que o Van Gogh fosse anunciado.

No final de tudo, ninguém ocupou a cadeira nem arrematou o Van Gogh. Uma vez que Georg colocara em dúvida a autenticidade da pintura, o lance mínimo não foi coberto e, quando o leilão foi dado por terminado, ficamos sozinhos no pódio, com a nossa isca intacta.

– Ele desconfiou de alguma coisa – sussurrou Georg, depois que seus assistentes confirmaram que o Conde Danilewicz não estivera presente em nenhuma das outras salas adjacentes. Um minuto depois, um telefonema para o Ritz nos informou que ele encerrara sua estadia e tinha deixado Paris, rumo ao sul.

– Não há dúvida de que ele tem experiência com armadilhas desse tipo. E agora? – perguntei.

– Cadaquès.

– Georg! Está maluco?

– De modo algum. É apenas uma possibilidade, mas temos que tentar. O inspetor Carnot pode nos conseguir um avião. Inventarei alguma história para convencê-lo. Vamos, Charles, tenho certeza de que na *villa* do Conde vamos encontrar o Leonardo.

Chegamos a Barcelona acompanhados por Carnot. O inspetor Jurgens, da Interpol, providenciou nossa rápida passagem através da alfândega. Três horas depois já estávamos partindo à frente de uma comitiva de carros de polícia, rumo a Cadaquès. A viagem a toda velocidade ao longo daquela orla marítima deslumbrante, cheia de rochas monstruosas que lembravam répteis gigantes adormecidos, sob a luz ofuscante que brilhava sobre o mar imóvel, reminiscente daquelas praias atemporais dos quadros de Dalí, foi o prelúdio adequado ao desfecho de nossa aventura. O ar coruscava em diamantes à nossa volta, cintilando nos enormes paredões rochosos, à medida que vastos platôs de aparência lunar desciam bruscamente rumo a baías calmas, de uma água luminosa.

A Villa d'Est ficava situada num promontório a cerca de trezentos metros acima da cidade; seus muros altos e suas janelas em estilo mourisco, todas fechadas, refulgiam à luz do sol como quartzo branco. As grandes portas escuras, tais quais as entradas de uma catedral, estavam trancadas, e toques insistentes na campainha não produziram nenhuma resposta. Diante disso, começou uma prolongada altercação entre o inspetor Jurgens e a polícia, dividida entre o receio de ofender uma importante personalidade do lugar (ficamos sabendo que o Conde Danilewicz tinha financiado uma dúzia de bolsas de estudo para os mais promissores artistas locais) e a ansiedade de tomar parte na descoberta do Leonardo desaparecido.

Impacientes, eu e Georg requisitamos um dos carros e seu motorista e partimos rumo a Port Lligat, prometendo ao inspetor que estaríamos de volta a tempo de presenciar a chegada do voo comercial Paris-Barcelona, dali a duas horas, que supostamente traria o Conde Danilewicz.

– Não duvido – disse Georg baixinho, quando pegamos a estrada – de que ele se locomova por outro tipo de transporte.

Ainda não tínhamos pensado numa desculpa que nos desse acesso à residência e ao ateliê do pintor mais famoso da Espanha, embora a possibilidade de exposições individuais simultâneas na Northeby's e nas Galleries Normande talvez pudesse interessá-lo. No momento em que pegamos a reta final rumo à conhecida *villa* branca construída em níveis sobrepostos, uma grande limusine surgiu na direção oposta, levando um visitante recente.

Os dois carros se cruzaram num trecho onde a largura efetiva da estrada estava reduzida por uma série de buracos e, por alguns instantes, os dois grandes veículos sacolejaram um ao lado do outro na poeira, resmungando como dois mastodontes.

De súbito, Georg agarrou meu cotovelo e apontou pela janela.

– Charles! Lá está ele!

Abaixando o vidro, enquanto os dois motoristas praguejavam na direção um do outro, olhei o interior daquele carro, mergulhado na meia-luz. No banco de trás, erguendo a cabeça diante do barulho, avistei o vulto de uma espécie de Rasputin, num terno preto em risca de giz, com punhos brancos e um alfinete de gravata de ouro luzindo na penumbra, mãos enluvadas cruzadas diante do corpo, apoiando-se numa bengala de castão de marfim. Naquele instante em que os carros passaram um pelo outro, entrevi uma enorme cabeça saturnina, cujas feições correspondiam exatamente às que eu vira reproduzida por tantas mãos diferentes em tantas telas. Os olhos escuros tinham um brilho intenso, as sobrancelhas negras se erguiam em sua testa como se fossem asas e a curva aguda da barba, que acompanhava sua poderosa mandíbula, se projetava no ar como uma lança.

Mesmo elegantemente vestido como estava, sua presença irradiava uma energia tremenda, cheia de inquietação, um poderoso carisma que parecia extravasar o espaço do próprio carro. Por um momento, nossos olhos se cruzaram, separados por apenas um metro de distância. Ele estava olhando para além de mim, para algum ponto distante, alguma colina que se destacava remota no horizonte, e vi em seus olhos uma expressão de remorso sem redenção possível, de um desespero quase alucinatório, não contaminado de autopiedade ou qualquer outro tipo de contemporização, aquela expressão que imaginamos se estampar no rosto dos malditos.

– Faça-o parar! – gritou Georg por entre o barulho. – Charles, mande-o parar!

Nosso carro deu um solavanco para a frente ao transpor o último sulco, e eu gritei para fora, por entre a fumaça dos canos de escape:

– Ahasverus! Ahasverus!

Seus olhos selvagens se voltaram para trás e ele meio que se ergueu no assento, com um braço vestido de negro apoiado na janela do carro, como se fosse um imenso anjo semi-inválido prestes a levantar voo. Então os dois carros se afastaram, e entre nós e a limusine ficou somente um tornado de poeira. Erguido em tumulto na placidez daquele ar, o redemoinho ficou ainda vários minutos agitando-se para a frente e para trás.

Quando por fim conseguimos parar, fazer a volta e partir em sua perseguição, a grande limusine já tinha desaparecido.

O Leonardo Da Vinci foi encontrado na Villa d'Est, na sua moldura dourada, encostado a uma parede na sala de jantar. Para surpresa geral, descobriu-se que a casa estava totalmente vazia, embora dois criados que haviam recebido folga naquele dia testemunhassem que, quando saíram naquela manhã, ela estava ricamente mobiliada como sempre. Contudo, como observou Georg de Stael, sem dúvida o inquilino desaparecido dispunha de seus próprios meios de transporte.

A pintura não havia sofrido nenhum dano, embora um primeiro exame superficial constatasse que uma mão hábil tinha trabalhado num pequeno detalhe. O rosto do personagem envolto na capa negra estava novamente erguido para a cruz, com uma expressão de esperança, talvez mesmo de redenção, no seu olhar ansioso. As pinceladas estavam secas, mas Georg me informou que o verniz que as cobria ainda estava ligeiramente úmido.

No nosso retorno festivo e triunfante a Paris, Georg e eu recomendamos que, em vista do desgaste por que o quadro passara naquele período, era desaconselhável qualquer tentativa de limpeza ou restauração, e, com um suspiro cheio de gratidão, o diretor e a equipe do Louvre o recolocaram de volta na parede onde ficaria exposto. A pintura pode não ser totalmente de autoria de Leonardo Da Vinci, mas achamos que o pouco material adicionado justificava sua presença.

Não tivemos mais notícias do Conde Danilewicz, mas Georg me informou recentemente que havia notícias sobre um tal professor Henrico Daniella, nomeado diretor do Museu de Arte Pan-Cristã, em Santiago. Ele não teve êxito em suas tentativas de entrar em contato com o professor, mas descobriu que o museu estava fortemente interessado em compor uma grande coleção de pinturas retratando a crucificação de Cristo.

A carícia

Greg Egan

1990

"The Caress"
Primeira publicação: *Isaac Asimov's Science Fiction Magazine*, janeiro de 1990.
Primeira publicação em livro: *The Year's Best Science Fiction – Eighth Annual Collection*, ed. Gardner Dozois (St. Martin's Press, 1991).

Greg Egan (nascido em 1961) é um dos autores mais brilhantes e menos visíveis da ficção científica contemporânea. Não chega a ser um recluso como J. D. Salinger nem é avesso a entrevistas como Rubem Fonseca ou Thomas Pynchon, mas num meio social tão extrovertido como o da FC, tão propenso a convenções, festas, simpósios, celebrações coletivas, Egan é uma silhueta invisível na multidão. Conhecem-se poucas fotos dele, aliás. Sabe-se que é australiano, mora em Perth, e durante algum tempo trabalhou com programação de computadores. Uma boa porta de entrada sobre ele e sua obra é a sua homepage: http://www.gregegan.net.

Egan pertence a um grupo de autores contemporâneos de FC que se preocupa em manter um extremo rigor científico e tecnológico nas narrativas, o que acaba por conduzi-las a uma espécie de transcendência cósmica, quase metafísica, revelando novas dimensões para a presença humana no Universo. Esses autores são, nesse aspecto, continuadores e ampliadores da FC de Arthur C. Clarke. Em dois dos seus primeiros romances, *Quarantine* (1992) e *Distress* (1995), a humanidade é precipitada em catástrofes que acabam por conduzi-la a um patamar evolutivo superior.

O conto "A carícia" tem a arte como tema, a exemplo do conto de J. G. Ballard, incluído neste volume. Os dois nos apontam um novo tipo de sobrenatural no mundo futuro: um sobrenatural que consiste num mundo-simulacro produzido pelas culturas, pelas artes e pelas telecomunicações, uma espécie de Matrix da qual a "mídia ambiente" de hoje é um estado embrionário. Um mundo artificial, produzido por uma infraestrutura material (como o cinema ou o ciberespaço), mas em última análise feito, como disse o poeta, "da substância de que os sonhos são feitos".

Como diz um personagem do conto:

> Aos grandes artistas se permitem vislumbres para um mundo separado, transcendental, eterno. Esse mundo existe? Podemos viajar até ele? Não! Precisamos forçá-lo para que passe a existir entre nós! Precisamos pegar esses vislumbres fragmentários e torná-los sólidos e tangíveis, fazer com que eles vivam, respirem e caminhem entre nós, precisamos importar a arte para dentro da realidade e, ao fazer isso, *transformar* nosso mundo no mundo da visão dos artistas.

A carícia

Greg Egan
(tradução de Fábio Fernandes)

Dois cheiros me tomaram de assalto quando arrombei a porta: cheiro de morte e o odor de um animal.

Um homem que passava na frente da casa todos os dias havia nos telefonado anonimamente. Preocupado ao ver uma janela quebrada sem haver conserto, ele tinha batido à porta principal, mas não teve resposta. A caminho da porta dos fundos, vislumbrara, por uma brecha nas cortinas, sangue em uma parede da cozinha.

O lugar fora saqueado, tudo o que restou no andar de baixo foram as marcas deixadas pela mobília mais pesada ao ser arrastada sobre o carpete. A mulher na cozinha com a garganta cortada, cinquenta e poucos anos, estava morta há pelo menos uma semana.

Meu capacete estava arquivando som e imagem, mas não poderia registrar o cheiro do animal. O procedimento correto era fazer um comentário verbal, mas eu não disse uma palavra sequer. Por quê? Chamem isso de necessidade vestigial de independência. Daqui a pouco estarão registrando nossas ondas cerebrais, as batidas do nosso coração, quem sabe mais o quê, e tudo isso é passível de intimação judicial. "Detetive Segel, as provas mostram que o senhor teve uma ereção peniana quando o réu abriu fogo. O senhor descreveria isso como uma reação *apropriada*?"

O andar de cima estava uma zona. Roupas esparramadas no quarto. Livros, CDs, jornais, gavetas reviradas, espalhadas no chão do estúdio. Textos médicos. Num dos cantos, pilhas de CDs com periódicos se destacavam da confusão pela uniformidade de suas lombadas: *The New England Journal of Medicine*, *Nature*, *Clinical Biochemistry* e *Laboratory Embryology*. Havia um pergaminho emoldurado pendurado na parede, conferindo o título de doutora a Freda Anne Macklenburg no ano de 2023. A mesa tinha partes sem poeira na forma de um monitor e um teclado; reparei numa tomada de parede com uma luz-piloto, o interruptor estava voltado para baixo, mas a luz estava apagada. A luz do quarto não estava funcionando, o mesmo para o resto da casa.

Voltando ao térreo, encontrei uma porta atrás das escadas, que presumivelmente daria num porão. Trancada. Hesitei. Para entrar na casa, não tive alternativa senão recorrer à força; ali, entretanto, eu estava pisando num terreno juridicamente mais delicado. Eu não havia feito uma busca mais completa por chaves e não tinha um motivo objetivo para crer que fosse urgente entrar no porão.

Mas que diferença faria mais uma porta quebrada? Tiras já foram processados por se esquecerem de limpar as botas no capacho de entrada. Se um cidadão quer prejudicar você, vai encontrar motivo, mesmo que você tenha vindo de joelhos, com um punhado de mandados e tenha salvado toda a família dele de tortura e morte.

Não havia espaço para um chute, então abri a porta com um soco. O cheiro quase me fez vomitar, mas era o excesso e a concentração que causavam assombro, o cheiro em si não era ruim. No andar de cima, vendo livros médicos, eu havia pensado em porquinhos-da-índia e hamsters, mas aquele não era o fedor de roedores engaiolados.

Acendi a lanterna do meu capacete e desci rapidamente os degraus estreitos de concreto. Sobre minha cabeça, um cano grosso e quadrado. Duto de ar condicionado? Fazia sentido, a casa não podia *normalmente* ter o cheiro que tinha, mas depois de a energia ter sido cortada para o ar condicionado do porão...

O feixe da lanterna mostrou uma estante, decorada com badulaques e plantas em vasos. Um aparelho de TV. Pinturas de paisagens na parede. Um monte de palha no piso de concreto. Enroscado na palha, o corpo poderoso de um leopardo, pulmões visivelmente trabalhando, mas, afora isso, imóvel.

Quando o feixe pousou sobre um emaranhado de cabelos castanho-claros, pensei: ele está mastigando uma cabeça humana cortada. Continuei a me aproximar, esperando, torcendo para que, ao perturbar o animal em sua refeição, eu conseguisse provocá-lo, para que me atacasse. Eu estava portando uma arma que podia reduzi-lo a uma fina névoa de sangue e fragmentos, um resultado que me destinaria muito menos tédio e burocracia do que se lidasse com ele vivo. Direcionei a luz para sua cabeça mais uma vez e percebi que havia me enganado: ele não estava mastigando nada, sua cabeça estava oculta, enfiada mais para dentro da palha, e a cabeça humana era simplesmente...

Errado mais uma vez. A cabeça humana estava simplesmente colada ao corpo do leopardo. Seu pescoço humano tinha pelo e pintas e se fundia com os ombros de leopardo.

Agachei-me ao lado dele, pensando acima de tudo no que aquelas garras poderiam fazer comigo se minha atenção vacilasse. A cabeça era de mulher. Franzindo a testa. Aparentemente dormindo. Coloquei uma das mãos sob suas narinas e senti a lufada de ar sincronizada com o peito grande de leopardo subindo e descendo. Mais do que a leve transição da pele, isso tornou aquela união real para mim.

Explorei o resto do aposento. Havia um poço num dos cantos que, acabei percebendo, era um vaso sanitário afundado no chão. Pus o pé num pedal próximo e o vaso deu a descarga, com água de uma cisterna escondida. Havia um freezer vertical e embaixo uma poça d'água. Abri-o e encontrei uma prateleira contendo 35 pequenos frascos plásticos. Cada um deles tinha letras vermelhas borradas, que formavam a palavra ESTRAGADO. Tinta sensível à temperatura.

Voltei à mulher-leopardo. Dormindo? Fingindo dormir? Doente? Em coma? Dei palmadas em seu rosto, e não foram suaves. A pele parecia quente, mas eu não fazia ideia de qual deveria ser sua temperatura normal. Sacudi um de seus ombros, desta vez com um pouco mais de respeito, como se despertá-la tocando a parte do leopardo pudesse de algum modo ser mais perigoso. Não surtiu efeito.

Então me levantei, contive um suspiro de irritação (o departamento psi se apega ao menor ruído que você faz; já fui interrogado horas a fio por coisas miúdas, como um grito de triunfo impensado) e solicitei uma ambulância.

Eu devia saber que não podia esperar que *aquele* fosse o fim dos meus problemas. Precisei obstruir fisicamente a escadaria para impedir que os homens da ambulância recuassem. Um deles vomitou. Depois se recusaram a colocá-la na maca a menos que eu prometesse ir com ela até o hospital. Ela tinha apenas uns dois metros de comprimento, sem contar o rabo, mas devia pesar uns 150 quilos, e nós três precisamos carregá-la pelos degraus irregulares.

Cobrimos totalmente seu corpo com um lençol antes de sair da casa e me dei ao trabalho de arrumá-lo para evitar que ele revelasse a forma que havia embaixo. Uma pequena multidão havia se aglomerado do lado de fora, o costumeiro bando desorganizado de *voyeurs*. A equipe forense chegou naquele momento, mas eu já tinha lhes contado tudo via rádio.

Na emergência do St. Dominic, um médico atrás do outro deu uma olhada embaixo do lençol e depois saiu correndo, uns resmungando desculpas esfarrapadas, a maioria nem se dando a esse trabalho. Eu estava para perder a calma quando a quinta pessoa que cerquei num canto, uma moça, ficou branca, mas não saiu de onde estava. Depois de tocar, beliscar e iluminar com uma lanterna os olhos abertos à força da mulher-leopardo, a Dra. Muriel Beatty (estava no crachá) anunciou: "Está em coma", e começou a arrancar detalhes de mim. Quando terminei de contar tudo, inseri à força algumas perguntas minhas.

– Como alguém faria isso? Manipulação genética? Cirurgia de transplantes?

– Duvido de que tenha sido qualquer uma das duas. É mais provável que ela seja uma quimera.

Franzi a testa.

– Isso é um tipo de fera mítica...

– Sim, mas também é um termo de bioengenharia. Você pode misturar fisicamente as células de dois embriões geneticamente distintos em sua fase inicial e obter um blastocisto que se desenvolverá em um único organismo. Se forem ambos da mesma espécie, a taxa de sucesso é muito alta; para espécies diferentes, a coisa é mais complicada. As pessoas já geravam quimeras malfeitas de ovelhas com cabras desde a década de 1960, mas não leio nada novo a respeito há cinco ou dez anos. Eu diria que isso não estava mais sendo pesquisado a sério. Quanto mais com humanos. – Ela olhou para sua paciente com desconforto e fascinação. – Eu não saberia explicar como garantiram uma distinção tão aguda entre cabeça e corpo, foi colocado mil vezes mais esforço *nisso* do que em simplesmente mexer e misturar dois grupos de células. Pode-se dizer que é algo a meio caminho entre cirurgia de transplante fetal e quimerização. E deve ter havido manipulação genética também, para suavizar as diferenças bioquímicas. – Ela deu uma risada seca. – Então ambas as sugestões que você deu e que acabei de dispensar provavelmente estavam certas em parte. *É claro!*

– O quê?

– Não é de surpreender que ela esteja em coma! Aquele freezer cheio de frascos que você mencionou... Ela provavelmente necessita de um suprimento externo de meia dúzia de hormônios, que são insuficientemente ativos de uma espécie para a outra. Posso requisitar que alguém vá até a casa e pesquise os papéis da mulher morta? Precisamos saber exatamente o que aqueles frascos continham. Mesmo que ela tenha feito tudo sozinha, com materiais achados no mercado negro, podemos conseguir descobrir a receita, mas é provável que ela tivesse contrato com alguma empresa de biotecnologia para um suprimento regular e pré-misturado. Então, se pudermos encontrar, digamos, um recibo com um número de referência do produto, essa seria a forma mais rápida e certa de dar a esta paciente o que ela precisa para permanecer viva.

Concordei e acompanhei um técnico de laboratório até a casa, mas ele não achou nada de útil no estúdio nem no porão. Depois de conversar com Muriel Beatty por telefone, comecei a ligar para empresas locais de biotec, passando para elas o nome e o endereço da falecida. Várias pessoas disseram que tinham ouvido falar da Dra. Macklenburg, mas não como cliente. A décima quinta ligação produziu resultados – entregas destinadas a uma empresa chamada Applied Veterinary Research haviam sido enviadas para o endereço de Macklenburg – e, com uma combinação de ameaças e conversa mole (como inventar um número de pedido que eles podiam citar no recibo), consegui obter a promessa de que um lote do preparado da "Applied Veterinary Research" seria feito imediatamente e enviado às pressas para o St. Dominic.

Ladrões às vezes *desligam* a luz das casas, na esperança de desativarem os (muito raros) dispositivos de segurança que não têm *backup* de bateria, mas a casa não fora arrombada de fora para dentro: o vidro estilhaçado da janela caíra, e os cacos não tinham sido mexidos depois sobre o carpete onde um sofá havia deixado marcas claras. Os idiotas haviam se esquecido de quebrar a janela até depois de terem tirado a mobília. As pessoas *jogam fora* recibos, mas Macklenburg havia guardado todas as suas contas de videofone, água, gás e luz dos últimos cinco anos. Então, parecia que alguém havia ficado sabendo da quimera e a queria morta, desejando que não fosse totalmente óbvio, mas sem ser profissional o bastante para conseguir algo mais sutil, ou mais seguro.

Providenciei que a quimera fosse protegida, o que provavelmente era uma boa ideia de qualquer maneira, para manter a mídia afastada quando descobrissem a respeito dela.

De volta ao meu escritório, fiz uma busca na literatura médica por Macklenburg e encontrei seu nome em apenas meia dúzia de artigos científicos.

Todos tinham mais de vinte anos. Todos ligados à embriologia, embora (até onde eu podia entender os resumos cheios de jargão, cheios de "zonas pelúcidas" e "corpos polares") nenhum tratasse explicitamente de quimeras.

Os artigos eram todos de um único lugar: Early Human Development Laboratory, no St. Andrew's Hospital. Depois de alguns foras-padrão de secretárias e assistentes, consegui estabelecer contato com um dos antigos coautores de Macklenburg, um Dr. Henry Feingold, que parecia um tanto velho e frágil. A notícia da morte de Macklenburg produziu um suspiro triste, mas nenhum choque ou tensão visíveis.

– Freda nos deixou em 32 ou 33. Quase não a vi desde então, a não ser em uma conferência ou outra.

– Para onde ela foi depois do St. Andrew's?

– Algum lugar da indústria. Ela não foi muito específica. Não sei se ela tinha um lugar certo para ir.

– Por que ela pediu demissão?

Ele deu de ombros.

– Cansada das condições daqui. Salário baixo, recursos limitados, restrições burocráticas, comitês de ética. Algumas pessoas aprendem a viver com isso tudo, outras, não.

– O senhor saberia de alguma coisa a respeito do trabalho dela, seus interesses particulares de pesquisa, depois que ela foi embora?

– Até onde sei, ela não fez *muita* pesquisa. Ela parece ter parado de publicar, então eu realmente não poderia dizer o que ela estava fazendo.

Pouco depois disso (com uma velocidade incomum) recebi direito de acesso aos seus registros de impostos. Desde 35, ela trabalhava como autônoma, como "consultora independente de biotecnologia" – o que quer que isso significasse havia lhe fornecido uma renda de sete dígitos ao longo dos últimos quinze anos. Existiam pelo menos cem nomes diferentes de empresas relacionadas como fontes de renda por ela. Liguei para a primeira e acabei falando com uma secretária eletrônica. Passava das sete. Liguei para o St. Dominic e descobri que a quimera ainda estava inconsciente, mas passava bem; a mistura de hormônios havia chegado, e Muriel Beatty tinha localizado um veterinário na universidade com certa experiência. Então engoli meus *deprimers* e fui para casa.

O sinal mais certo de que não estou inteiramente para baixo é a frustração que sinto quando abro minha própria porta da frente. É muito sem graça, muito fácil: inserir três chaves e encostar o polegar no *scanner*. Nada lá dentro vai ser perigoso nem desafiador. Os *deprimers* deverão fazer efeito em cinco minutos. Em certas noites tenho a impressão de que mais parecem cinco horas.

Marion estava vendo TV e gritou:

– Oi, Dan.

Parei na entrada da sala de estar.

– Oi. Como foi seu dia? – Ela trabalha em um centro de atendimento infantil, que é a ideia que eu faço de uma profissão de muito estresse. Ela deu de ombros.

– Normal. E o seu?

Alguma coisa na tela da TV atraiu minha atenção. Comecei a disparar palavrões por aproximadamente um minuto, na maior parte do tempo xingando certo oficial de comunicações que eu sabia ser o responsável, embora não tivesse como provar.

– Meu dia? Você está olhando para ele. – A TV estava mostrando parte do registro do meu capacete: o porão, minha descoberta da quimera.

Marion disse:

– Ah, eu ia perguntar se você sabia quem era esse policial.

– E você sabe o que eu vou fazer amanhã? Tentar destrinchar alguns milhares de telefonemas de pessoas que viram isso e decidiram que têm algo de útil a dizer a respeito.

– Coitada daquela garota. Ela vai ficar bem?

– Acho que sim.

Eles exibiram as especulações de Muriel Beatty, novamente imagens do meu ponto de vista, depois cortaram para uns dois especialistas improvisados que debateram questiúnculas do quimerismo, enquanto um entrevistador se esforçava para fazer referências espúrias a tudo, desde a mitologia grega até ao livro *A ilha do dr. Moreau*.

Eu disse:

– Estou morrendo de fome. Vamos comer.

Acordei uma e meia da manhã, tremendo e gemendo. Marion já estava acordava, tentando me acalmar. Ultimamente eu vinha sofrendo muito de reações retardadas como aquela. Alguns meses antes, duas noites após um caso particularmente brutal de agressão, eu havia ficado disperso e incoerente por horas.

No serviço, somos o que se chama de "primidos". Uma mistura de drogas amplia diversas reações fisiológicas e emocionais e suprime outras. Aguça nossos reflexos e nos mantêm calmos e racionais. Supostamente aprimora nossa capacidade de julgamento. (A mídia gosta de dizer que as drogas nos tornam mais agressivos, mas isso é bobagem; por que a Força iria criar intencionalmente policiais loucos para sair dando tiros? Decisões rápidas e ações rápidas são o *oposto* de brutalidade estúpida.)

Quando não estamos de serviço, somos "deprimidos". Isso tem a intenção de nos deixar do jeito que seríamos se nunca tivéssemos tomado as drogas de *priming*. (Um conceito nebuloso, tenho de admitir. Como se nunca tivéssemos tomado as drogas de *priming* e nunca tivéssemos passado o dia no trabalho? Ou como se tivéssemos visto e feito as mesmíssimas coisas, mas sem os *primers* para nos ajudar a lidar com isso?)

Às vezes essa gangorra funciona muito bem. Em outras, ferra com tudo.

Eu queria descrever para Marion o que eu sentia a respeito da quimera. Queria falar do meu medo, meu nojo, da minha pena e minha raiva. Tudo o que consegui emitir foram ruídos de infelicidade. Nenhuma palavra. Ela não disse nada, só me abraçou, seus dedos compridos e frios na pele quente do meu rosto e peito.

Quando finalmente fiquei exausto e cheguei perto de algo parecido com a paz, consegui falar. Sussurrei:

– Por que você fica comigo? Por que você suporta isso?

Ela virou as costas e disse:

– Estou cansada. Vá dormir.

Alistei-me na Força aos doze anos de idade. Continuei minha educação normal, mas é aí que você tem que começar a sequência de injeções de fator de crescimento e treinamento nos fins de semana e nas férias, se você quiser se qualificar para o serviço ativo. (Não era uma obrigação irreversível, eu poderia ter escolhido uma carreira diferente depois e pago o que havia sido investido em mim à razão de aproximadamente cem dólares por semana ao longo dos trinta anos seguintes. Ou podia não ter passado nos testes psicológicos e ter sido reprovado sem ficar devendo um centavo. Mas os testes que são realizados antes mesmo de você começar tendem a eliminar qualquer um que possa fazer essas duas opções.) Faz sentido: em vez de limitar o recrutamento aos homens e mulheres que atendem a determinados critérios físicos, os candidatos são escolhidos de acordo com inteligência e atitude, e as características secundárias, porém úteis, de tamanho, força e agilidade são fornecidas artificialmente depois.

Então nós somos aberrações, construídas e condicionadas para atender às demandas do trabalho. Menos, porém, do que soldados ou atletas profissionais. Bem menos ainda do que o integrante médio de uma gangue de rua, que não pensa duas vezes antes de sair usando promotores de crescimento ilegais que reduzem sua expectativa de vida para cerca de trinta anos. E que, desarmados, porém movidos por uma mistura de Berserker e Timewarp (ignorando a dor e a maioria dos traumas físicos e com uma diminuição em vinte vezes dos tempos de reação), podem matar cem pessoas numa multidão em cinco minutos, depois desaparecer para um abrigo antes que o barato termine e o período de quinze dias de efeitos colaterais se inicie. (Certo político, um homem muito popular, defende operações secretas para vender suprimentos dessas drogas misturadas com impurezas fatais, mas ainda não conseguiu legalizar o projeto.)

Sim, nós somos aberrações, mas, se temos um problema, é que ainda somos demasiado humanos.

Quando mais de cem mil pessoas ligam sobre uma investigação, só há um jeito de lidar com suas ligações. Ele se chama AIRA (Análise de Informante Remoto Automatizada).

Um processo de filtragem inicial identifica os malucos e os que ligam para passar um trote muito óbvio. É sempre *possível* que alguém que ligue e passe noventa por cento de seu tempo reclamando furiosamente de OVNIs ou de conspirações comunistas, ou falando de como quer cortar nossos genitais com navalhas, tenha algo de relevante e verdadeiro para mencionar, ainda que de passagem, mas parece razoável dar às evidências dessas pessoas menos peso que as de alguém que se atém ao assunto em questão. Análises mais sofisticadas de gestos (cerca de trinta por cento das pessoas que ligam não desativam o vídeo) e de padrões de fala supostamente acusam qualquer um que esteja realmente sofrendo de delírios psicóticos e fixações, embora superficialmente racional e mentalmente capaz. Em última análise, cada pessoa que ligava recebia um "fator de confiabilidade" entre zero e um, com o benefício da dúvida atribuído a qualquer um que não apresentasse um sinal reconhecível de desonestidade ou doença mental. Há dias em que fico impressionado com a sofisticação do *software* que faz essas avaliações. Em outros dias, saio xingando como se não passasse de uma pilha de vodu inútil.

As afirmações relevantes (definidas de maneira bem ampla) de cada pessoa que liga são separadas, e uma tabela de frequência é criada, dando uma contagem do número de pessoas que ligam e fazem cada afirmação, além de seu fator de confiabilidade médio. Infelizmente, não existem regras simples que determinem quais afirmações têm mais chances de serem *verdadeiras*. Mil pessoas poderiam repetir um rumor amplo com sinceridade, mas sem fundamento algum. Uma única testemunha honesta poderia estar distraída, ou prejudicada quimicamente, e receber injustamente uma numeração baixa. Basicamente, você tem que ler todas as afirmações – o que é um tédio, mas ainda assim é mil vezes mais rápido que ver cada ligação.

001. A quimera é um marciano. 15312 0,37
002. A quimera vem de um OVNI. 14106 0,29
003. A quimera vem da Atlântida. 9003 0,24
004. A quimera é um mutante. 8973 0,41
005. A quimera é o resultado de intercurso sexual humano-leopardo. 6884 0,13
006. A quimera é um sinal de Deus. 2654 0,09
007. A quimera é o Anticristo. 2432 0,07
008. A pessoa que ligou é o pai da quimera. 2390 0,12
009. A quimera é uma divindade grega. 1345 0,10
010. A pessoa que ligou é a mãe da quimera. 1156 0,09
011. A quimera deveria ser morta pelas autoridades. 1009 0,19
012. A pessoa que ligou já havia visto a quimera nas redondezas antes. 998 0,39
013. A quimera matou Freda Macklenburg. 945 0,24
014. A pessoa que ligou pretende matar a quimera. 903 0,49
015. A pessoa que ligou matou Freda Macklenburg. 830 0,27

(Se eu estivesse desesperado, poderia ver, uma por uma, as 1.733 ligações dos itens 14 e 15. Mas não por enquanto, eu ainda tinha muitas maneiras melhores de passar meu tempo.)

016. A quimera foi criada por um governo estrangeiro. 724 0,18
017. A quimera é o resultado de pesquisas em guerra biológica. 690 0,14
018. A quimera é uma mulher que pode se transformar em leopardo. 604 0,09
019. A pessoa que ligou deseja ter relações sexuais com a quimera. 582 0,58
020. A pessoa que ligou já havia visto uma imagem da quimera em um quadro. 527 0,89

Essa não era muito surpreendente, considerando-se a quantidade de pinturas de criaturas fantásticas e míticas que deviam existir. Mas na página seguinte:

034. A quimera lembra bastante a criatura retratada numa pintura intitulada *A carícia*. 94 0,92

Curioso, exibi algumas das ligações. As primeiras me disseram pouco além da linha do sumário do impresso. Então, um homem levou um livro aberto até a altura da lente. O brilho de uma lâmpada refletido no papel *couchê* tornava partes daquilo quase invisíveis, e a coisa toda estava ligeiramente fora de foco, mas o que consegui ver era intrigante.

Um leopardo com cabeça de mulher estava agachado perto de uma bancada de superfície plana. Um jovem esbelto, nu da cintura para cima, estava em pé na parte de baixo, recostado na superfície elevada, rosto colado ao da mulher-leopardo, que pressionava uma pata dianteira contra o abdome dele em um estranho abraço. O homem olhava com frieza para a frente, os lábios apertados dando a impressão de um distanciamento afetado. Os olhos da mulher estavam fechados, ou quase, e sua expressão parecia menos certa de si quanto mais eu olhava para ela – podia ser um contentamento plácido e sonhador, podia ser um êxtase erótico. Ambas as figuras tinham cabelos castanhos.

Selecionei um retângulo ao redor do rosto da mulher, ampliei-o de modo a preencher a tela e depois apliquei uma opção de suavizamento, para tornar os *pixels* expandidos algo que desviasse menos a atenção. Com o brilho, o foco fraco e a resolução limitada, a imagem estava uma porcaria. O melhor que eu podia dizer era que o rosto na pintura não era tão diferente do da mulher que eu havia encontrado no porão.

Algumas dezenas de ligações mais tarde, entretanto, não restava nenhuma dúvida. Uma pessoa que ligou chegou até a se dar ao trabalho de capturar um *frame* do noticiário e colá-lo em sua ligação, lado a lado com um *close* bem-iluminado de sua cópia da pintura. A vista de uma única expressão não define um rosto humano, mas a semelhança era grande demais para ser uma coincidência. Já que – como muita gente havia me dito, e depois eu havia checado pessoalmente – *A carícia* havia sido pintada em 1896 pelo artista simbolista belga Fernand Khnopff, a pintura não poderia ter sido baseada na quimera viva. Então, tinha de ser o contrário.

Toquei todas as 94 ligações. A maioria não continha nada a não ser o mesmo punhado de fatos simples sobre o quadro. Uma delas foi um pouco além.

Um homem de meia-idade se apresentou como John Aldrich, *marchand* e historiador de arte amador. Após apontar a semelhança e falar rapidamente sobre Khnopff e *A carícia*, ele acrescentou:

– Já que essa pobre mulher se parece exatamente com a esfinge de Khnopff, será que vocês consideraram a possibilidade de envolvimento de proponentes de Lindhquistismo? – Ele corou levemente. – Talvez seja um tanto ousado, mas achei que devia mencionar isso.

Então ativei uma *Brittanica* online e disse "Lindhquistismo".

Andreas Lindhquist, 1961-2030, era um artista performático suíço, com a distinta vantagem financeira de ser o herdeiro de um grande império farmacêutico. Até 2011, ele participou de uma ampla variedade de atividades de natureza bioartística, progredindo da geração de sons e imagens por processamento de computador de sinais fisiológicos (ECG, EEG, condutividade da pele, níveis hormonais constantemente monitorados por sondas imunoelétricas) até se sujeitar a cirurgias em um casulo esterilizado e transparente no meio de um auditório lotado, uma vez para ter suas córneas trocadas gratuitamente, a esquerda pela direita, e uma segunda vez para tê-las trocadas de volta (ele anunciou uma versão mais ambiciosa, na qual afirmava que cada órgão em seu torso seria removido e reinserido de trás para a frente, mas não foi capaz de encontrar uma equipe de cirurgiões que considerasse isso anatomicamente plausível).

Em 2011, desenvolveu uma nova obsessão. Projetou *slides* de pinturas clássicas nas quais as figuras haviam sido escurecidas e colocou modelos em trajes e maquiagem apropriados fazendo poses na frente da tela, preenchendo as lacunas.

Por quê? Em suas próprias palavras (ou talvez uma tradução):

Aos grandes artistas se permitem vislumbres para um mundo separado, transcendental, eterno. Esse mundo existe? Podemos viajar até ele? Não! Precisamos forçá-lo para que passe a existir entre nós! Precisamos pegar esses vislumbres fragmentários e torná-los sólidos e tangíveis, fazer com que eles vivam, respirem e caminhem entre nós, precisamos importar a arte para dentro da realidade e, ao fazer isso, transformar *nosso mundo no mundo da visão dos artistas.*

Fiquei me perguntando o que AIRA teria pensado disso.

Ao longo dos dez anos seguintes, ele se afastou dos *slides* projetados. Começou a contratar *designers* de cenários de filmes e arquitetos de paisagens para recriar em três dimensões os fundos dos quadros que escolhia. Descartava o uso da maquiagem para alterar a aparência dos modelos e, quando achava impossível encontrar sósias perfeitos, só empregava aqueles que, mediante pagamento suficiente, estivessem dispostos a passar por cirurgia estética.

Seu interesse por biologia não desaparecera completamente; em 2021, em seu aniversário de sessenta anos, ele implantou dois tubos no crânio, o que lhe permitiu monitorar constantemente o conteúdo neuroquímico exato de seu fluido ventricular cerebral, bem como alterá-lo. Depois disso, suas exigências se tornaram ainda mais radicais. As técnicas de "falsificar" cenários de filme passaram a ser proibidas – uma casa, ou uma igreja, ou um lago ou uma montanha, vislumbrados num canto do quadro a ser "realizado", tinham de *estar lá*, em escala integral e completos em cada detalhe. Casa, igrejas e lagos pequenos foram criados; as montanhas ele precisou procurar... embora transplantasse ou destruísse milhares de hectares de vegetação para alterar sua cor e textura. Dos seus modelos exigia que passassem os meses antes e depois da "realização" escrupulosamente "vivendo seus papéis", seguindo regras e roteiros complexos que Lindhquist desenvolvia, com base em sua interpretação dos "personagens" da pintura. Esse aspecto foi ficando cada vez mais importante para ele.

A realização precisa da aparência – a superfície, como eu a chamo, ainda que tridimensional –, é apenas o começo mais rudimentar. É a rede de relacionamentos entre os sujeitos e entre os sujeitos e seu cenário que constitui o desafio para a geração que vier depois de mim.

No começo, me pareceu surpreendente que eu nunca tivesse sequer ouvido falar nesse maníaco; sua mera extravagância deve ter lhe conferido certa notoriedade. Mas existem milhões de excêntricos no mundo e milhares deles são extremamente ricos – e eu só tinha cinco anos quando Lindhquist morreu de um ataque do coração em 2030, deixando sua fortuna para um filho de nove anos.

Quanto a discípulos, a *Brittanica* listava meia dúzia deles espalhados pelo Leste Europeu, onde aparentemente ele era visto com mais respeito. Todos pareciam ter deixado completamente de lado os excessos dele, oferecendo volumes de teorias estéticas em defesa do uso de compensado pintado e mímicos com máscaras estilizadas. Na verdade, a maioria fez exatamente isto – ofereceu os volumes e nem sequer se importou com o compensado e os mímicos. Eu não conseguia imaginar algum deles tendo o dinheiro ou a inclinação para patrocinar pesquisa embriológica a milhares de quilômetros de distância.

Por razões obscuras da lei de direitos autorais, obras das artes visuais raramente figuram em bancos de dados de acesso público, então na hora do almoço eu saí e comprei um livro sobre pintores simbolistas, que incluía uma prancha em cores de *A carícia*. Fiz uma dúzia de cópias (ilegais), ampliações de vários tamanhos. Curiosamente, em cada uma delas a expressão da esfinge (como Aldrich a havia chamado) me pareceu apresentar uma diferença sutil. Não se podia dizer que a boca e os olhos (um inteiramente fechado, outro infinitesimalmente aberto) retratassem um sorriso em definitivo, mas o sombreamento das faces dava a entender um sorriso – em certas ampliações, visto de determinados ângulos. O rosto do jovem também mudava, de vagamente perturbado para ligeiramente entediado, de resoluto a dissipado, de nobre a afeminado. Os traços de ambos pareciam estar em fronteiras complicadas e incertas entre regiões de temperamento definido, e o menor deslocamento nas condições de visualização era o bastante para forçar uma reinterpretação completa. Se essa tivesse sido a intenção de Khnopff, era uma realização de mestre, mas eu também a achei extremamente frustrante. O breve comentário do livro não ajudava, elogiando "a composição perfeitamente equilibrada e a deliciosa ambiguidade temática" da pintura, sugerindo que a cabeça do leopardo havia sido "perversamente modelada com base na irmã do artista, com cuja beleza ele estava constantemente obcecado".

Por ora, sem saber ao certo como, se é que deveria, seguir esse fio da investigação, fiquei sentado à minha mesa por vários minutos, me perguntando (mas não inclinado a verificar) se cada uma das manchas do leopardo mostrada na pintura havia sido reproduzida fielmente *in vivo*. Eu queria fazer algo tangível, colocar alguma coisa em movimento, antes de pôr *A carícia* de lado e voltar às linhas mais rotineiras da investigação.

Então fiz mais uma ampliação da pintura, desta vez utilizando os recursos de edição da copiadora para cercar a cabeça e os ombros do homem com um fundo escuro uniforme. Levei-o até o setor de comunicações e entreguei-o a

Steve Birbeck (o homem que eu sabia que havia vazado o registro do meu capacete para a mídia).

Eu disse:

– Ponha um alerta para este homem. Procurado para interrogatório com relação ao assassinato de Freda Macklenburg.

Não achei mais nada de interesse no impresso da ARIA, então retomei de onde havia parado na noite anterior, ligando para empresas que tinham utilizado os serviços de Freda Macklenburg.

O trabalho que ela realizara não possuía nenhuma ligação específica com embriologia. O conselho e a assistência dela pareciam ser procurados para um amplo espectro de problemas não relacionados em uma dezena de campos – trabalho com culturas de tecidos, uso de retrovírus como vetores de terapia genética, eletroquímica de membrana celular, purificação de proteína e ainda outras áreas cujo vocabulário não significava absolutamente nada para mim.

– E a Dra. Macklenburg resolveu esse problema?

– Totalmente. Ela sabia um jeito perfeito de contornar o obstáculo que vinha nos deixando parados há meses.

– Como foi que você ficou sabendo dela?

– Existe um registro de consultores, com índice por especialidade.

E existia mesmo. Ela estava em 59 pontos desse índice. Ou ela de algum modo conhecia os detalhes específicos de todas essas áreas, melhor do que muita gente que estava de fato trabalhando em tempo integral nelas, ou tinha acesso a especialistas de renome mundial que podiam botar as palavras certas em sua boca.

Seria o método de seu patrocinador de financiar o trabalho dela? Pagando-lhe não em dinheiro, mas em *expertise*, que ela podia então vender como sendo dela própria? Quem teria acesso a tantos cientistas do ramo da biologia?

O império Lindhquist?

(Lá se iam minhas chances de fugir de *A carícia*.)

As contas de telefone dela não revelavam nenhuma ligação de longa distância, mas isso não queria dizer nada; o ramo local dos Lindhquist teria sua própria rede internacional.

Procurei Gustave, o filho de Lindhquist, no *Who's Who*. Era um verbete muito pequeno, apenas um esboço. Nascido de uma mãe de aluguel. Doadora do óvulo: anônima. Educado por tutores. Aos 29 anos, ainda não havia se casado. Recluso. Supostamente imerso em seus negócios. Nenhuma palavra sobre pretensões artísticas, mas ninguém diz tudo ao *Who's Who*.

O relatório forense preliminar chegou, mas não tinha nada de muito útil. Nenhuma evidência de luta – nenhuma escoriação, nenhum vestígio de pele ou sangue encontrado sob as unhas de Macklenburg. Aparentemente ela havia sido apanhada de surpresa. O ferimento na garganta fora feito por uma lâmina fina e reta, afiada como uma navalha, com um único e poderoso golpe.

Havia cinco genótipos, além do de Macklenburg e do da quimera, presente em pelos e fragmentos de pele morta encontrados na casa. Não era possível uma datação precisa, mas tudo indicava um amplo espectro na idade do descarte, o que significava um fluxo regular de visitantes e amigos, não estranhos. Todos os cinco haviam estado na cozinha em um momento ou outro. Somente Macklenburg e a quimera apareciam no porão em proporções que não podiam ser consideradas como resultado de passagem ocasional ou transporte por terceiros, ao passo que a quimera parecia raramente ter deixado seu quarto especial. Um macho predominante havia estado na maior parte do resto da casa, incluindo o quarto, mas não na cama – ou pelo menos não desde que os lençóis foram trocados pela última vez. Tudo aquilo dificilmente teria tido implicação direta no homicídio – os melhores assassinos ou não deixam nenhum detrito biológico ou plantam material pertencente a outra pessoa.

O relatório dos entrevistadores veio logo depois, e isso ajudou ainda menos. O parente mais próximo de Macklenburg era um primo, com quem ela não tinha contato havia muito tempo, e que sabia menos sobre a morta do que eu. Os vizinhos dela respeitavam demais sua privacidade para saber quem eram seus amigos ou para se importar com isso, e nenhum deles admitia algo de incomum no dia do assassinato.

Sentei e fiquei olhando para *A carícia*.

Algum lunático com muito dinheiro – talvez ligado a Lindhquist, talvez não – havia comissionado Freda Macklenburg para criar uma quimera idêntica à esfinge no quadro. Mas quem iria querer fingir um roubo, matar Macklenburg e colocar a vida da quimera em risco sem fazer o esforço de realmente matá-la?

O telefone tocou. Era Muriel. A quimera havia acordado.

Os dois policiais do lado de fora haviam tido um turno trabalhoso até então – um psicopata com uma faca, dois fotógrafos disfarçados de médicos e um fanático religioso com um kit de exorcismo enviado por correspondência. Os noticiários não tinham citado o nome do hospital, mas havia apenas uma dúzia de possibilidades plausíveis, e não se podia exigir juramento de sigilo da equipe nem imunizá-la contra o efeito de subornos. Em um ou dois dias, a localização da quimera seria de conhecimento de todos. Se as coisas não se acalmassem, eu teria de pensar seriamente em arranjar um quarto na enfermaria de uma prisão ou num hospital militar.

– Você salvou minha vida.

A voz da quimera era grave, tranquila e de tom baixo, e ela olhou diretamente para mim ao falar. Eu esperava que ela fosse ficar incrivelmente tímida, talvez estivesse pela primeira vez na vida entre estranhos. Ela estava deitada enroscada de lado na cama, não coberta por um lençol, mas com a cabeça repousando sobre um travesseiro branco e limpo. O cheiro era forte, mas não desagradável. Seu rabo, grosso como meu punho e mais comprido que meu braço, pendia da beira da cama, balançando incansável.

– A Dra. Beatty salvou a sua vida. – Muriel estava ao pé da cama, olhando regularmente para uma folha de papel em branco numa prancheta. – Eu gostaria de lhe fazer algumas perguntas. – Ela não disse nada quando falei isso, mas seus olhos permaneceram fixos em mim. – Poderia me dizer seu nome, por favor?

– Catherine.

– Você tem outro nome? Um sobrenome?

– Não.

– Quantos anos você tem, Catherine? – *Primed* ou não, eu não conseguia evitar me sentir um pouco zonzo, uma sensação de futilidade surreal por estar fazendo perguntas de rotina para uma esfinge arrancada de uma pintura a óleo do século 19.

– Dezessete.

– Você sabe que Freda Macklenburg está morta?

– Sim. – Mais baixo, mas ainda calma.

– Qual era seu relacionamento com ela?

Ela franziu levemente a testa e então deu uma resposta que soou ensaiada, porém sincera, como se tivesse esperado muito tempo para que lhe perguntassem isso.

– Ela era tudo. Ela era minha mãe, minha professora e minha amiga. – Angústia e perda apareceram no rosto dela e se foram, um lampejo, um tique.

– Me conte o que você ouviu no dia em que a energia acabou.

– Alguém foi visitar Freda. Eu ouvi o carro e a campainha da porta. Era um homem. Não consegui ouvir o que ele disse, mas podia ouvir o som de sua voz.

– Era uma voz que você já tinha ouvido antes?

– Acho que não.

– Como eles soavam? Estavam gritando? Discutindo?

– Não. Pareciam amistosos. Então pararam, tudo ficou quieto. Um pouco depois disso a energia acabou. Ouvi um caminhão parar e muito barulho – passos, coisas sendo transportadas. Mas não ouvi mais ninguém falando. Foram duas ou três pessoas se movimentando por toda a casa por cerca de meia hora. Eu continuei esperando que Freda descesse e me dissesse o que havia sido aquilo tudo.

Eu pensei um pouco em como formular a pergunta seguinte, mas finalmente desisti de tentar torná-la educada.

– Freda algum dia discutiu com você por que você é diferente das outras pessoas?

– Sim. – Nem uma ponta de dor ou vergonha. Em vez disso, seu rosto brilhou de orgulho, e por um momento ela pareceu tanto com a pintura que a tontura me atingiu novamente. – Ela me fez assim. Ela me tornou especial. Ela me tornou bonita.

– Por quê?

Isso pareceu intrigá-la, como se fosse uma provocação minha. Ela era especial. Ela era bonita. Não eram necessárias mais explicações.

Ouvi um leve grunhido logo além da porta, seguido por um ruído seco contra a parede. Fiz um sinal a Muriel para que ela se abaixasse, e para que Catherine ficasse quieta, então – o mais quieto que pude, mas com um inevitável rangido de metal – subi em cima de um armário que estava no canto à esquerda da porta.

Tivemos sorte. O que passou pela porta quando ela se entreabriu não foi uma granada de qualquer tipo, mas uma mão segurando um laser de leque. Um espelho giratório projetava o feixe ao longo de um amplo arco – aquele ali estava ajustado para 180 graus, horizontalmente. Erguido à altura do ombro, ele preencheu o quarto com um plano letal a cerca de um metro acima da cama. Fiquei tentado a simplesmente dar um chute na porta para que ela se fechasse na mão, no momento em que ela surgiu, mas isso teria sido arriscado demais; a arma poderia se inclinar para baixo antes que o feixe se desligasse. Pelo mesmo motivo, eu não podia simplesmente abrir um buraco na cabeça do homem quando ele entrasse no quarto, nem sequer mirar para a própria arma – ela estava blindada, e vários segundos de fogo teriam se passado até que ela sofresse qualquer impacto interno. A tinta nas paredes ficou tostada, e as cortinas se partiram em duas metades flamejantes; num instante ele abaixaria o feixe para cima de Catherine. Dei-lhe um chute com força no rosto, derrubando-o para trás e fazendo com que o leque de laser apontasse para o teto. Então pulei e encostei minha arma em sua têmpora. Ele desligou o feixe e me deixou tirar a arma dele. Estava usando uniforme de enfermeiro, mas o tecido era incoerentemente rígido – é provável que contivesse uma camada protetora de amianto revestido de alumínio (dado o potencial de reflexão, não é aconselhável operar um laser de leque sem pelo menos essa proteção).

Virei-o de barriga para baixo e o algemei da maneira padrão – pulsos e tornozelos reunidos atrás, em braceletes com borda interna afiada que tira o impulso de (algumas) tentativas de arrebentar as correntes. Joguei sedativo em *spray* no rosto dele por alguns segundos e ele agiu como se tivesse funcionado, mas então abri à força um dos olhos e percebi que não. Todo policial usa um sedativo com um efeito de rastreamento um pouco diferente, o meu normalmente transforma os brancos dos olhos em azul-claro. Ele deve ter passado uma camada protetora na pele. Enquanto eu estava preparando uma injeção IV, ele virou a cabeça em minha direção e abriu a boca. Uma lâmina voou de sua língua e arranhou minha orelha ao passar zunindo. Eu nunca tinha visto algo assim. Forcei seu maxilar a abrir e dei uma olhada: o mecanismo de projeção estava ancorado aos seus dentes com fios e pinos. Havia uma segunda lâmina ali dentro, coloquei minha arma na cabeça dele mais uma vez e o aconselhei a ejetá-la no chão. Então dei-lhe um soco na cara e comecei a procurar uma veia de acesso fácil.

Ele soltou um grito abafado e começou a vomitar sangue fervente. Possivelmente era por sua própria escolha, mas o mais provável era que seus empregadores tivessem decidido evitar mais prejuízos. O corpo começou a fumegar, e eu o arrastei para o corredor.

Os guardas que haviam estado de vigia estavam inconscientes, não mortos. Questão de pragmatismo: derrubar quimicamente alguém costuma ser mais silencioso, faz menos bagunça e é menos arriscado para quem ataca do que matar. Além disso, sabe-se que a morte de policiais costuma provocar um ímpeto extra em muitas investigações, então vale a pena o esforço de evitá-la. Liguei para uma pessoa que conhecia na toxicologia, pedi que viesse dar uma olhada nos policiais, depois enviei um rádio pedindo reforços. Organizar a transferência para um lugar mais seguro levaria pelo menos 24 horas.

Catherine estava histérica, e Muriel, bastante abalada, insistia em sedá-la e terminar a entrevista.

Muriel disse:

– Eu já li sobre isso, mas nunca tinha visto com meus próprios olhos antes. Qual é a sensação?

– De quê?

Ela soltou uma risada nervosa. Estava tremendo toda. Segurei-a pelos ombros até ela se acalmar um pouco.

– De ser assim. – Seus dentes batiam. – Alguém acabou de *tentar nos matar* e você está se comportando como se nada tivesse acontecido. Como alguém que saiu de uma revista em quadrinhos. Qual é a sensação?

Eu ri também. Temos uma resposta padrão.

– Eu não sinto absolutamente nada.

Marion estava deitada com a cabeça no meu peito. Seus olhos estavam fechados, mas ela não estava dormindo. Eu sabia que ela ainda estava me ouvindo. Ela sempre fica num determinado nível de tensão quando estou reclamando.

– Como é que alguém poderia fazer *aquilo*? Como alguém poderia se sentar e *planejar* a sangue frio criar um ser humano deformado, sem chance de viver uma vida normal? Tudo por um "artista" insano em algum lugar que está mantendo vivas as teorias loucas de um bilionário morto. Merda, o que eles acham que as pessoas são? Esculturas? Coisas com as quais eles podem sair mexendo do jeito que quiserem?

Eu queria dormir, era tarde, mas não conseguia calar a boca. Não havia sequer percebido como estava zangado até começar a falar no assunto, mas aí meu nojo começou a se intensificar a cada palavra pronunciada.

Uma hora antes, tentando fazer amor, eu havia percebido que estava impotente. Recorri à língua, e Marion havia gozado, mas a coisa ainda me deprimiu. Seria psicológico? O caso no qual eu estava? Ou efeito colateral das drogas de *priming*? Tão de repente, após todos esses anos? Corriam boatos e piadas de que as drogas provocavam quase tudo que era imaginável: esterilidade, bebês com má-formação, câncer, psicoses, mas nunca acreditei em nada disso. O sindicato teria descoberto e feito um alarde dos diabos, o departamento jamais teria conseguido levar isso adiante. Era o caso da quimera que estava me fodendo, tinha de ser. Então eu falei a respeito.

– E o pior é que ela nem sequer entende o que foi feito com ela. Mentiram para ela desde o nascimento. Macklenburg disse a ela que ela era *bonita* e ela *acredita* nessa merda, porque não conhece nada além disso.

Marion se mexeu levemente e suspirou.

– O que vai acontecer com ela? Como ela vai viver quando estiver fora do hospital?

– Não sei. Acho que ela poderia vender sua história por um dinheirão. O suficiente para contratar alguém para cuidar dela pelo resto de sua vida. – Fechei os olhos. – Desculpe. Manter você acordada metade da noite com isso não é justo.

Ouvi um som fraco, sibilante, e Marion relaxou subitamente. Pelo que pareceram vários segundos, mas não podia ter sido isso, eu me perguntei o que havia de errado comigo, por que eu não havia me levantado imediatamente, por que eu não havia sequer levantado a cabeça para olhar o quarto escuro para descobrir quem ou o que estava ali.

Então percebi que o *spray* também havia me acertado, e eu estava paralisado. Ficar indefeso foi um alívio tão grande que mergulhei na inconsciência, me sentindo absurdamente mais em paz do que me sentira há muito tempo.

Despertei com um misto de pânico e letargia, sem fazer ideia de onde estava nem do que havia acontecido. Abri os olhos e não vi nada. Me debati tentando tocar meus olhos e me senti como que flutuando levemente, mas meus braços e pernas estavam presos. Forcei-me a relaxar por um instante e interpretei minhas sensações. Eu estava vendado, ou com ataduras cobrindo meus olhos, flutuando em um líquido morno e viscoso, minha boca e nariz cobertos por uma máscara. A fraca tentativa que fiz de me debater havia me exaurido e durante muito tempo fiquei parado, incapaz de me concentrar o suficiente para começar a imaginar quais eram as circunstâncias nas quais me encontrava. Sentia como se cada osso de meu corpo tivesse sido quebrado – não pela dor, mas por intermédio de um desconforto mais sutil, surgindo de uma sensação nada familiar da configuração de meu corpo; ele estava estranho, ele estava errado. Ocorreu-me que eu pudesse ter sofrido um acidente. Um incêndio? Isso explicaria estar flutuando, eu estava em alguma unidade de tratamento de queimados. Perguntei:

– Alô? Estou acordado. – As palavras saíram como sussurros roucos e doloridos.

Uma voz animada, quase sem gênero, mas no limite da identificação como voz masculina, respondeu. Eu estava usando fones de ouvido, não os havia notado até senti-los vibrar.

– Sr. Segel. Como está se sentindo?

– Desconfortável. Fraco. Onde estou?

– Muito longe de casa, receio. Mas sua esposa também está aqui.

Foi só então que me lembrei: deitado na cama, incapaz de me mover. Isso parecia ter acontecido há um tempo inacreditavelmente distante, mas eu não tinha memórias mais recentes para preencher a lacuna.

– Há quanto tempo estou aqui? Onde está Marion?

– Sua esposa está aqui perto. Ela está confortável e a salvo. Você está aqui há algumas semanas, mas está se curando rapidamente. Em pouco tempo estará pronto para a fisioterapia. Então, por favor, relaxe, seja paciente.

– *Me curando do quê?*

– Sr. Segel, receio de que tenha sido necessário realizar uma série de cirurgias para ajustar sua aparência a fim de que ela se adequasse às minhas exigências. Seus olhos, seu rosto, sua estrutura óssea, seus tons de pele: tudo isso necessitava de uma alteração substancial.

Eu flutuava em silêncio. O rosto do jovem arrogante em *A carícia* flutuava na escuridão. Eu estava horrorizado, mas minha desorientação suavizou o impacto; flutuando na escuridão, ouvindo uma voz desincorporada, nada ainda era exatamente real.

– Por que me escolheu?

– Você salvou a vida de Catherine. Em duas ocasiões. Esse é precisamente o tipo de relacionamento quc eu queria.

– Duas armações. Ela nunca esteve verdadeiramente em perigo, esteve? Por que você não procurou alguém que já se parecesse com o personagem, para ir simplesmente cumprindo o roteiro preestabelecido? – Quase acrescentei "Gustave", mas parei a tempo. Eu tinha certeza de que ele pretendia me matar de qualquer maneira ao final, mas trair minhas suspeitas com relação à sua identidade seria suicídio. A voz era sintética, claro.

– Você realmente salvou a vida dela, Sr. Segel. Se ela tivesse ficado no porão sem hormônios de reposição, teria morrido. E o assassino que enviamos para o hospital tinha a séria intenção de matá-la.

Soltei um som fraco de deboche.

– E se ele tivesse conseguido? Vinte anos de trabalho e milhões de dólares teriam descido pelo ralo. O que você faria então?

– Sr. Segel, o senhor tem uma visão muito limitada do mundo. Sua cidadezinha não é a única do planeta. Sua pequena Força Policial também não é exclusiva, a não ser pelo fato de ser a única que não conseguiu impedir que a história circulasse na mídia. Nós começamos com doze quimeras. Três morreram na infância. Três não foram descobertas a tempo depois que seus guardiões foram mortos. Quatro foram assassinadas após a descoberta. A vida da outra quimera sobrevivente foi salva por pessoas diferentes nas duas ocasiões – e ela também não alcançou o padrão de morfologia que Freda Macklenburg atingiu com Catherine. Então, por mais imperfeito que o senhor seja, Sr. Segel, o senhor é aquilo com o que tenho de trabalhar.

Pouco depois disso, fui transferido para uma cama normal e as ataduras foram removidas do meu rosto e do meu corpo. No começo o quarto foi mantido às escuras, mas a cada manhã as luzes iam sendo acesas levemente. Duas vezes ao dia, um fisioterapeuta usando máscara e uma voz filtrada vinha e me ajudava a me mover novamente. Havia seis guardas armados e mascarados no quarto sem janelas em todos os momentos – um exagero ridículo, a menos que eles estivessem ali para evitar uma improvável tentativa externa de resgate. Eu mal conseguia andar, uma vovozinha severa teria impedido que eu escapasse.

Eles me mostraram Marion uma vez, por uma TV de circuito fechado. Ela estava sentada em um quarto com mobília elegante, vendo um disco de notícias. De minuto em minuto, ela olhava nervosa ao redor. Não deixaram que nos encontrássemos. Fiquei feliz. Eu não queria ver a reação dela à minha nova aparência: essa era uma complicação emocional sem a qual eu poderia passar muito bem.

À medida que fui lentamente me tornando funcional, comecei a sentir uma profunda sensação de pânico que ainda me levava a pensar em um plano para nos manter vivos. Tentei puxar papo com os guardas, na esperança de acabar convencendo um deles a nos ajudar, ou por compaixão ou pela promessa de um suborno, mas todos se atinham a monossílabos e me ignoravam quando eu falava de algo mais abstrato do que pedidos por comida. Recusar a me recuperar para a "realização" era a única estratégia em que eu podia pensar, mas por quanto tempo isso duraria? Eu não tinha dúvidas de que meu captor recorreria à tortura de Marion, e se isso falhasse ele simplesmente me hipnotizaria ou me drogaria para assegurar minha obediência. E depois ele nos mataria a todos: Marion, eu e Catherine.

Eu não fazia ideia de quanto tempo tínhamos; nem os guardas, nem o fisioterapeuta, nem os cirurgiões estéticos que ocasionalmente vinham checar sua obra de arte me davam a entender que sequer ouviam minhas perguntas sobre o cumprimento do cronograma. Eu desejava muito que Lindhquist falasse comigo de novo – por mais insano que fosse, pelo menos ele participava de uma conversa de mão dupla. Exigi uma audiência com ele, gritei e xinguei; os guardas permaneceram tão impassíveis quanto suas máscaras.

Acostumado com o auxílio das drogas de *priming* para dar foco a meus pensamentos, percebi que era constantemente distraído por todos os tipos de divagações não produtivas, desde um simples medo da morte até preocupações sem sentido quanto a minhas chances de continuação no emprego e a continuação do casamento, se Marion e eu de algum modo sobrevivêssemos. Semanas se passaram nas quais não senti nada, a não ser desespero e autopiedade. Tudo o que me definia havia sido tirado de mim: meu rosto, meu corpo, meu emprego, meus modos costumeiros de pensar. E, embora eu sentisse falta de minha antiga força física (mais como fonte de autorrespeito do que como alguma coisa que tivesse sido útil em si mesma), era a clareza mental que fora parte tão importante de meu estado *primed* que certamente teria feito toda a diferença se pudesse tê-la recuperado.

Acabei alimentando uma bizarra fantasia romântica: a perda de tudo em que um dia eu havia confiado – a queda das muletas bioquímicas que haviam sustentado minha vida artificial – revelariam um núcleo interior de pura coragem moral e uma habilidade desesperada que me ajudariam nesta hora de desalento. Minha identidade havia sido demolida, mas a fagulha pura de humanidade permanecia e em breve se tornaria uma chama devastadora que nenhuma parede de prisão poderia conter. O que não havia me matado me deixaria (em breve, muito em breve) mais forte.

Um momento de introspecção a cada manhã mostrava que aquela transformação mística ainda não havia começado. Iniciei uma greve de fome, torcendo para apressar minha emergência vitoriosa do caldeirão de sofrimento aumentando o calor. Não fui alimentado à força, nem me deram proteína intravenosa. Eu era burro demais para chegar à dedução óbvia: o dia da realização estava chegando.

Torci para que tivéssemos que viajar, com todas as oportunidades que isso pudesse ocasionar, mas a paisagem havia sido preparada apenas a algumas centenas de metros do prédio em que eu havia sido mantido. Pisquei várias vezes por causa do brilho intenso das finas nuvens cinzentas que cobriam a maior parte do céu (será que Lindhquist estava esperando por elas, ou havia ordenado sua presença?), cansado, assustado, mais fraco do que nunca por não ter comido durante três dias. Campos desolados se estendiam ao horizonte em todas as direções. Não havia para onde fugir, ninguém para quem fazer um sinal de socorro.

Vi Catherine já sentada no seu lugar à beira de um trecho de chão levantado. Um homem baixo – bem, mais baixo que os guardas, a cuja altura eu já havia me acostumado – estava em pé ao lado dela, acariciando-lhe o pescoço. Ela mexia o rabo com prazer, os olhos semicerrados. O homem vestia uma túnica branca frouxa e uma máscara branca, mais parecida com uma máscara de esgrima. Quando viu que eu me aproximava, ele ergueu os braços em um extravagante gesto de saudação. Por um instante, uma ideia louca se apossou de mim: Catherine podia nos salvar! Com sua velocidade, sua força, suas *garras*.

Havia uma dúzia de guardas armados ao nosso redor, e Catherine estava claramente dócil como uma gatinha.

– Sr. Segel! O senhor está com uma cara tão lúgubre! Anime-se, por favor! Este é um dia maravilhoso!

Parei de andar. Os guardas que andavam ao meu lado também pararam e não fizeram nada para me forçar.

Eu disse:

– Não vou fazer isso.

O homem de branco foi indulgente.

– Mas por que não faria?

Eu o confrontei, trêmulo. Sentia-me como uma criança. Desde a infância eu não havia confrontado alguém dessa maneira, sem as drogas de *priming* para me acalmar, sem uma arma ao alcance da mão, sem a confiança absoluta em minha força e agilidade.

– Quando acabarmos de fazer o que você quer, você vai matar todos nós. Quanto mais eu me recusar mais tempo permanecerei vivo.

Foi Catherine quem respondeu primeiro. Ela balançou a cabeça, quase rindo.

– Não, Dan! Andreas não vai nos machucar! Ele nos ama!

O homem se aproximou de mim. Seria possível que Andreas Lindhquist tivesse forjado a própria morte? Seu andar não era o de um velho.

– Sr. Segel, por favor, acalme-se. Eu maltrataria minhas próprias criações? Eu desperdiçaria todos esses anos de trabalho duro, meu e de tantos outros?

Comecei a gaguejar, confuso.

– Você matou pessoas. Você nos sequestrou. Você violou uma centena de leis diferentes. – Quase gritei com Catherine. – *Ele* tramou a morte de Freda! – Mas tive a sensação de que isso me faria mais mal do que bem.

O computador que disfarçava sua voz riu uma risada neutra.

– Sim, eu violei leis. O que quer que aconteça ao senhor, Sr. Segel, eu já as violei. Acha que tenho medo do que o senhor fizer quando eu o soltar? O senhor estará tão indefeso para me fazer algum mal quando isso acontecer quanto está agora. O senhor não tem prova alguma da minha identidade. Ah, eu examinei um registro de suas investigações. Eu sei que o senhor suspeitou de mim...

– Suspeitei de seu filho.

– Ah. Uma questão abstrata. Prefiro ser chamado de Andreas por conhecidos mais íntimos, mas, para associados no mundo dos negócios, eu sou Gustave Lindhquist. Sabe, este corpo *é* o do meu filho – se filho é a palavra correta a ser usada para um clone –, porém, desde seu nascimento, tirei amostras regulares de meu tecido cerebral, extraí os componentes adequados dele e os injetei em seu crânio. O cérebro não pode ser *transplantado*, Sr. Segel, mas, com cuidado, uma grande parte da memória e da personalidade pode ser implantada em uma criança muito jovem.

Quando meu primeiro corpo morreu, mandei congelar o cérebro e continuei as injeções até todo o tecido ser utilizado. Se eu sou "de fato" Andreas ou não é uma questão para filósofos ou teólogos. Eu me lembro claramente de estar sentado em uma sala de aula lotada, assistindo a uma televisão em preto e branco, no dia em que Neil Armstrong pisou na Lua, cinquenta e dois anos antes de este corpo nascer. Então me chame de Andreas. Faça este favor a um velho.

Ele deu de ombros.

– As máscaras, os filtros de voz... eu gosto de um pouco de teatro. E quanto menos você vir e ouvir, menores as possibilidades de você me provocar pequenos aborrecimentos. Mas, por favor, não se sinta lisonjeado; você jamais será uma ameaça para mim. Eu poderia comprar cada membro de toda a sua Força Policial com metade do dinheiro que acumulei enquanto estamos tendo esta conversa.

"Então esqueça essas ilusões de martírio. Você vai viver e, pelo resto de sua vida, você será não só minha criação como também meu instrumento. Você vai carregar este momento dentro de você para onde for, por mim e para o mundo, como uma semente, com um estranho e belo vírus, transformando tudo e todos a quem tocar."

Ele me pegou pelo braço e me levou até Catherine. Não resisti. Alguém colocou um cajado com asas na minha mão direita. Fui empurrado, disposto, ajustado, mexido. Mal reparei no rosto de Catherine encostado no meu, sua pata descansando na minha barriga. Eu estava olhando fixamente para a frente, aturdido, tentando decidir se acreditava ou não que iria viver, extasiado por aquela primeira chance verdadeira de esperança, mas aterrorizado demais pela possibilidade de decepção para confiar nela.

Não havia ninguém, a não ser Lindhquist, seus guardas e assistentes. Eu não sabia o que esperar, uma plateia em roupas de gala? Ele estava parado a uns dez metros de distância, olhando para uma cópia da pintura (ou talvez fosse o original) montada num cavalete, depois solicitando mudanças microscópicas em nossas posturas e expressões. Meus olhos começaram a lacrimejar, por manter o olhar fixo; alguém veio correndo e os secou, depois borrifou algo neles para impedir que isso acontecesse outra vez.

Então, por vários minutos, Lindhquist ficou em silêncio. Quando finalmente falou, disse bem baixinho:

– Agora estamos esperando apenas pelo movimento do Sol, o posicionamento correto de suas sombras. Tenham só mais um pouquinho de paciência.

Não lembro com clareza do que senti naqueles últimos segundos. Eu estava tão cansado, tão confuso, tão inseguro. Lembro que pensei, *como saberei quando o momento tiver passado? Quando Lindhquist sacar uma arma e nos incinerar, preservando o momento com perfeição? Ou quando ele sacar uma câmera?* O que será?

Subitamente ele disse:

– Obrigado. – Virou e foi embora sozinho. Catherine se mexeu, se espreguiçou, me beijou no rosto e disse:

– Não foi divertido? – Um dos guardas me pegou pelo cotovelo, e percebi que havia cambaleado.

Ele não havia sequer tirado uma fotografia. Comecei a dar risinhos histéricos, agora com a certeza de que ia viver afinal. E ele não havia sequer tirado uma fotografia. Eu não conseguia deduzir se isso fazia dele alguém duas vezes mais louco ou se isso redimia totalmente sua sanidade.

Nunca descobri o que aconteceu com Catherine. Talvez ela tenha ficado com Lindhquist, protegida do mundo por sua riqueza e isolamento, vivendo uma vida efetivamente idêntica à que vivia antes, no porão de Freda Macklenburg. Com ou sem alguns serviçais e umas vilas luxuosas.

Marion e eu fomos levados de volta para nossa casa, inconscientes durante o tempo de viagem, despertando na cama que havíamos deixado seis meses antes. Havia muita poeira ao redor. Ela me pegou pela mão e disse:

– Bem. Aqui estamos nós. – Ficamos deitados ali em silêncio por horas, depois saímos em busca de comida.

No dia seguinte fui até a delegacia. Provei minha identidade com impressões digitais e DNA, e dei um relatório completo de tudo o que havia acontecido.

Ninguém supôs que eu estivesse morto. Meu salário continuou a ser depositado na minha conta bancária, e os pagamentos de minha hipoteca deduzidos automaticamente. O departamento e eu chegamos a um acordo de compensação fora dos tribunais; pagaram-me setecentos e cinquenta mil dólares, e comecei a passar por cirurgias para recuperar o máximo que pudesse de minha aparência original.

Levei mais de dois anos em reabilitação, mas agora estou de volta à ativa. O caso Macklenburg foi arquivado por falta de provas. A investigação do sequestro de nós três e o destino atual de Catherine estão prestes a seguir o mesmo caminho; ninguém duvida de meu relato dos acontecimentos, mas todas as evidências contra Gustave Lindhquist são circunstanciais. Eu aceito isso. Estou feliz. Quero apagar tudo o que Lindhquist me fez, e o estado de espírito que pretendo atingir é o oposto exato de uma obsessão em levá-lo à justiça. Não finjo entender o que ele pensou que conseguia ao me deixar viver, com sua ideia insana do suposto efeito que eu provocaria no mundo, mas estou determinado a ser, de qualquer maneira, a mesma pessoa que era antes da experiência, e desse modo sabotar suas intenções.

Marion está indo bem. Por um tempo ela teve pesadelos recorrentes, mas, depois de se consultar com um terapeuta especializado em tratar o trauma de reféns e vítimas de sequestro, hoje ela está tão relaxada e despreocupada quanto costumava estar.

Também tenho pesadelos de vez em quando. Acordo nas primeiras horas da manhã, tremendo, suando e chorando, incapaz de lembrar de que horror estou fugindo. Andreas Lindhquist injetando amostras de tecido cerebral em seu filho? Catherine fechando seus olhos em êxtase e me agradecendo por salvar sua vida enquanto suas garras rasgam meu corpo em tiras sangrentas? Eu mesmo, aprisionado dentro de *A carícia,* o momento da realização infinitamente, impiedosamente prolongado? Talvez, ou talvez eu simplesmente sonhe com meu caso mais recente – isso parece muito mais provável.

Tudo voltou ao normal.

Um estudo em esmeralda

Neil Gaiman

2003

"A study in emerald"
Primeira publicação: *Shadows Over Baker Street*, ed. Michael Reaves & John Pelan (Ballantine Del Rey, 2003).
Tradução cedida pela editora Conrad – "Coisas frágeis", de Neil Gaiman (2010).

A série de quadrinhos *The Sandman* (1989-1996) tornou Neil Gaiman um dos escritores mais conhecidos do gênero variadamente designado como "dark fantasy", "macabro" etc. Ele foi um dos principais nomes da explosão das *graphic novels* nos anos 1980, quando as histórias em quadrinhos começaram a exibir um tratamento mais literário e a constituir uma forma paralela à prosa de ficção, principalmente no campo da literatura de gênero envolvendo ficção científica, fantasia e horror.

Seus romances, tanto para adultos quanto para o público infanto-juvenil, têm tido sucesso de público e crítica, e a maioria deles já foi traduzido no Brasil. Entre outros títulos, estão *Good Omens* (*Belas maldições*, 1990, em parceria com Terry Pratchett), uma novela picaresca sobre o Fim dos Tempos; *Neverwhere (Lugar nenhum,* 1996), novelização de uma série de TV sobre criaturas fantásticas que vivem na parte subterrânea da Londres contemporânea; *Stardust* (*Stardust, o mistério da estrela*, 1999), uma fantasia de perfil mais tradicional; *American Gods* (*Deuses americanos*, 2001), que mostra a decadência dos deuses da mitologia convivendo com pessoas comuns na América de hoje; *Coraline* (2002), história de uma garota que vai parar num mundo paralelo com versões macabras de seus pais; *Anansi Boys* (*Os filhos de Anansi*, 2005), sobre a descendência de entidades africanas no mundo de hoje; *The Graveyard Book* (*O livro do cemitério*, 2005), história de um garoto criado num cemitério por criaturas do Além; e *The Ocean at the End of the Lane* (*O oceano no fim do caminho*, 2013), que conta a viagem de um homem para esclarecer os mistérios do seu passado.

Gaiman publicou também algumas coletâneas de contos, entre elas *Smoke and Mirrors* (*Fumaça e espelhos*, 1998) e *Fragile Things* (*Coisas frágeis*, 2006). "Um estudo em esmeralda", escrito para uma antologia de contos em homenagem a Sherlock Holmes e a H. P. Lovecraft, ganhou o Prêmio Hugo de "Best Short Story", em 2004, e o Prêmio Locus de "Best Novelette", em 2005.

Um estudo em esmeralda

Neil Gaiman
(tradução de Michele de Aguiar Vartuli)

1. On

RECÉM-CHEGADA DE SUA ESTUPENDA TURNÊ EUROPEIA, DURANTE A QUAL SE APRESENTOU PARA VÁRIAS **CABEÇAS COROADAS DA EUROPA**, ARRANCANDO *APLAUSOS* E *ELOGIOS* COM *DESEMPENHOS DRAMÁTICOS MAGNÍFICOS*, COMBINANDO **COMÉDIA** E **TRAGÉDIA**, A **COMPANHIA TEATRAL STRAND** DESEJA INFORMAR QUE ESTARÁ EM CARTAZ NO **ROYAL COURT THEATRE**, NA **DRURY LANE**, POR UMA **CURTA TEMPORADA** EM ABRIL, APRESENTANDO *MEU IRMÃO TOM, MEU SÓSIA! A PEQUENINA VENDEDORA DE VIOLETAS* E *AÍ VÊM OS GIGANTES ANTIGOS* (ESTE ÚLTIMO, UM ÉPICO HISTÓRICO CHEIO DE ESPLENDOR E ENCANTO), CADA QUAL UMA *PEÇA COMPLETA* EM UM ATO! OS INGRESSOS JÁ ESTÃO DISPONÍVEIS NA BILHETERIA.

Acredito que seja a imensidão. O tamanho das coisas lá embaixo. A escuridão dos sonhos.

Mas estou devaneando. Perdoem-me. Não sou um literato.

Eu precisava de hospedagem. Foi assim que o conheci. Eu queria alguém para dividir o aluguel do quarto comigo. Fomos apresentados por um conhecido comum, nos laboratórios químicos de St. Bart's.

– Percebo que esteve no Afeganistão – foi isso que ele me disse, e meu queixo caiu e meus olhos se arregalaram.

– Incrível – comentei.

– Na verdade, não – continuou o estranho de jaleco branco que se tornaria meu amigo. – Olhando para o seu braço, vejo que o senhor foi ferido, e de modo peculiar. O senhor é bem bronzeado e tem postura de militar, e há poucos lugares do Império onde um militar pode se bronzear e também, considerando a natureza do ferimento no seu ombro e os costumes dos povos afegãos das cavernas, ser torturado.

Explicado assim, claro, parecia absurdamente simples e lógico. E realmente era. Eu tinha mesmo um bronzeado jambo. E de fato fora, como ele observou, torturado.

Longe de serem sensatos, os deuses e os homens do Afeganistão eram selvagens e se recusavam a ser governados por Whitehall, Berlim ou até Moscou. Eu fora enviado para aquelas colinas junto com o __º Regimento. Enquanto a luta ficou nas montanhas, combatemos em pé de igualdade, mas, quando descemos para a escuridão das cavernas, ficamos encrencados até o pescoço, em larga desvantagem.

Jamais vou esquecer a superfície espelhada do lago subterrâneo, nem a coisa que emergiu dele, seus olhos abrindo e fechando, e os sussurros melódicos que acompanhavam sua entrada em cena, envolvendo-a como o zumbido de moscas gigantescas.

Que eu tenha sobrevivido, foi um milagre, mas sobrevivi, e voltei para a Inglaterra com meus nervos em frangalhos. O lugar onde aquela boca de sanguessuga me tocara ficou tatuado para sempre, uma pele branca feito barriga de sapo, no meu ombro, atualmente atrofiado. Eu já fora um exímio atirador. Agora não me restava nada além do medo do mundo subterrâneo, quase um pânico, que me fazia pagar de bom grado seis *pence* da minha pensão militar por uma charrete em vez de um *penny* para viajar de metrô.

Ainda assim, as névoas e a escuridão de Londres me confortavam, me acolhiam. Eu perdera minha moradia anterior porque gritava à noite. Eu estivera no Afeganistão, mas não estava mais lá.

– Eu grito à noite – contei.

– Já me falaram que eu ronco – disse ele. – Também tenho horários irregulares e costumo praticar a pontaria na lareira. Vou precisar da saleta para receber clientes. Sou egoísta, reservado e me entedio facilmente. Isso vai ser um problema?

Eu sorri, meneei a cabeça e estendi o braço. Selamos o acordo com um aperto de mão.

Os aposentos que ele encontrara para nós, na Baker Street, eram mais do que suficientes para dois solteirões. Lembrando o que meu amigo dissera sobre ter privacidade, evitei perguntar qual era a sua profissão. No entanto, muito havia para me instigar a curiosidade. Visitantes chegavam a qualquer hora, e então eu saía da saleta e me recolhia ao meu dormitório, perguntando-me o que eles poderiam ter em comum com meu amigo: a mulher pálida com um olho esbranquiçado, o homenzinho que parecia um caixeiro-viajante, o dândi corpulento de paletó de veludo, e o resto deles. Alguns faziam visitas frequentes, vários outros só vinham uma vez, falavam com ele e iam embora, ora preocupados, ora satisfeitos.

Ele era um mistério para mim.

Certa manhã, enquanto nos fartávamos com um magnífico café da manhã servido pela proprietária, meu amigo tocou a sineta para chamar aquela boa mulher.

– Um cavalheiro se juntará a nós em aproximadamente quatro minutos – disse ele. – Vamos precisar de mais um lugar à mesa.

– Muito bem – disse ela –, vou pôr mais salsichas na grelha.

Meu amigo voltou a ler o seu jornal. Esperei impacientemente por uma explicação, até que não aguentei mais.

– Não entendo. Como pode saber que daqui a quatro minutos receberemos uma visita? Não houve nenhum telegrama nem mensagem.

Ele sorriu discretamente.

– Não ouviu o barulho de uma carruagem há alguns minutos? Ela diminuiu a velocidade ao passar por aqui. Obviamente, o condutor identificou nossa porta, depois acelerou e seguiu rumo a Marylebone Road. Há um congestionamento de carruagens e táxis deixando passageiros na estação de trem e no museu de cera, e é para lá que iria alguém que quisesse desembarcar sem ser notado. A caminhada até aqui leva apenas quatro minutos...

No instante em que ele olhou para o relógio de bolso, soaram passos na escada lá fora.

– Entre, Lestrade – gritou. – A porta está aberta, e suas salsichas já estão saindo da grelha.

Um homem, que deduzi ser Lestrade, abriu a porta, entrou e fechou-a cuidadosamente.

– Eu não deveria – disse ele. – Mas, para falar a verdade, não tive oportunidade de fazer meu desjejum esta manhã. E certamente não poderia desperdiçar essas salsichas.

Ele era o homenzinho que eu observara em várias ocasiões, que tinha a fisionomia de um vendedor de bugigangas de borracha ou de elixires milagrosos. Meu amigo esperou até que a proprietária se retirasse antes de dizer:

– Obviamente, presumo que seja um assunto de interesse nacional.

– Pelos céus! – exclamou Lestrade, e empalideceu. – Não é possível que a notícia já tenha se espalhado. Diga que não é verdade. – Ele começou a encher seu prato com salsichas, filés de salmão, *kedgeere*** e torradas, mas suas mãos tremiam um pouco.

– Claro que não – respondeu meu amigo. – Acontece que, depois de tanto tempo, eu já reconheço o ranger das rodas de sua carruagem: um sol sustenido oscilante modulando um dó alto. E se o inspetor Lestrade, da Scotland Yard, não pode ser visto entrando na sala do único consultor investigativo de Londres, e ainda assim ele entra, e antes de tomar o café, então sei que o caso não é de rotina. Logo, deve envolver aqueles que estão acima de nós e ser um assunto de interesse nacional.

Lestrade limpou a gema de ovo do queixo com o guardanapo. Olhei para ele. Não se parecia com a imagem que eu fazia de um inspetor de polícia. Mas, até aí, meu amigo tampouco se parecia com a imagem que eu tinha de um consultor investigativo, seja lá o que fosse isso.

– Talvez devêssemos discutir o assunto em particular – disse Lestrade, olhando para mim.

Meu amigo deu um sorrisinho maldoso e balançou a cabeça como sempre fazia quando estava se deleitando com alguma brincadeira secreta:

– Bobagem. Duas cabeças pensam melhor do que uma. E o que é dito para um de nós dois é dito para ambos.

– Se eu estiver atrapalhando... – comecei emburrado, mas ele acenou para que eu ficasse quieto.

Lestrade deu de ombros.

– Para mim, dá no mesmo – comentou, depois de um momento. – Se você resolver o caso, continuarei empregado. Caso contrário, estarei na rua. Só lhe peço que use seus métodos, porque as coisas não poderiam estar piores do que já estão.

** Prato típico da Índia, preparado com arroz, peixe e ovos. (N. do E.)

– Se há algo que podemos aprender com a história, é que as coisas sempre podem piorar – disse meu amigo. – Quando iremos para Shoreditch?

Lestrade deixou cair o garfo.

– Assim não dá! – exclamou. – Você fica aí zombando de mim, quando já sabe tudo sobre o caso! Deveria se envergonhar...

– Ninguém me contou nada sobre o caso. Quando um inspetor da polícia entra em minha sala com barro amarelo-mostarda fresco em suas botas e calças, certamente posso ser perdoado por presumir que ele passou recentemente pelas escavações da Hobbs Lane, em Shoreditch, que é o único lugar de Londres, aparentemente, onde se pode encontrar barro dessa cor.

O inspetor Lestrade disse, constrangido:

– Agora que você explicou, parece tão óbvio.

Meu amigo afastou o seu prato.

– Claro que parece – replicou, com certa irritação.

Eu e meu amigo pegamos um táxi para o East End, enquanto o inspetor Lestrade foi procurar sua carruagem na Marylebone Road, deixando-nos a sós.

– Então você é realmente um consultor investigativo?

– O único em Londres, ou talvez no mundo – respondeu ele. – Eu não aceito casos, apenas faço consultas. As pessoas me contam seus problemas insolúveis com detalhes, e às vezes eu os resolvo.

– Então aquelas pessoas que procuram você...

– São, na maioria, policiais ou mesmo detetives, sim.

Aquela era uma bela manhã, mas agora sacolejávamos nos arredores do cortiço de St. Giles, um covil de ladrões e assassinos que assola Londres como um cancro no rosto de uma bela florista. A luz que entrava na cabine era fraca e pálida.

– Tem certeza de que quer que eu o acompanhe?

Em resposta, meu amigo me olhou sem piscar:

– Tenho a sensação de que nos conhecemos por algum motivo. Que já lutamos o bom combate, lado a lado, no passado ou no futuro, não sei. Sou um homem racional, mas aprendi a dar valor a um bom companheiro e, desde que o vi, percebi que confiava em você tanto quanto confio em mim mesmo. Sim, quero que me acompanhe.

Fiquei vermelho, ou falei algo sem sentido. Pela primeira vez desde o Afeganistão, senti que eu tinha valor no mundo.

2. O quarto

VITAE, DE VICTOR! UM FLUIDO ENERGÉTICO! SEUS MEMBROS E REGIÕES INFERIORES ESTÃO SEM VIDA? VOCÊ SUSPIRA PELOS DIAS DE SUA JUVENTUDE? OS PRAZERES DA CARNE JÁ ESTÃO ENTERRADOS E ESQUECIDOS? **VITAE, DE VICTOR**, LEVARÁ VIDA PARA ONDE ELA HÁ MUITO SE PERDEU: ATÉ O MAIS VELHO ANIMAL DE CARGA PODE VOLTAR A SER UM ALTIVO GARANHÃO! LEVANDO VIDA AOS MORTOS: A UNIÃO DE UMA VELHA RECEITA FAMILIAR COM O MELHOR DA CIÊNCIA MODERNA. PARA RECEBER TESTEMUNHOS ASSINADOS DA EFICÁCIA DE **VITAE, DE VICTOR**, ESCREVA PARA A V. VON F. COMPANY, CHEAP STREET, 1B, LONDRES.

Era uma hospedaria barata em Shoreditch. Havia um policial na entrada. Lestrade o cumprimentou chamando-o pelo nome, acenou para que entrássemos, e eu já ia entrar, mas meu amigo se agachou na soleira e tirou uma lupa do bolso do casaco. Ele examinou a lama no ferro de limpar solas, cutucando-a com o indicador. Só quando se deu por satisfeito nos deixou entrar. Subimos as escadas. O quarto onde o crime fora cometido era óbvio: dois policiais corpulentos guardavam a porta.

Lestrade acenou para os homens e eles abriram caminho. Entramos.

Não sou, como já disse, um escritor profissional, e hesito em descrever aquele lugar, sabendo que minhas palavras não são suficientes para tal. No entanto, já que comecei esta narrativa, receio que seja preciso continuar. Um assassinato fora cometido no pequeno dormitório. O cadáver, ou o que restava dele, ainda estava lá, no chão. Eu o vi, mas a princípio, de alguma forma, não o vi. O que mais me chamou a atenção foi o que esguichara da garganta e do peito da vítima: a cor ia do verde-bílis ao verde-musgo. Tinha penetrado no carpete surrado e espirrado no papel de parede. Imaginei por um momento que fosse obra de algum artista diabólico que tivesse decidido criar um estudo em esmeralda.

Depois do que pareceram cem anos, baixei os olhos para o corpo, aberto como um coelho sobre a bancada de um açougueiro, e tentei entender o que via. Tirei o chapéu, e meu amigo fez o mesmo.

Ele se ajoelhou e inspecionou o corpo, examinando os cortes e as lacerações. Depois, puxou sua lupa e foi até a parede examinar as manchas de linfa.

– Já fizemos isso – disse o inspetor Lestrade.

– É mesmo? – retrucou meu amigo. – O que acha disto, então? Creio que é uma palavra.

Lestrade foi até o lugar onde meu amigo estava e olhou para cima. Havia uma palavra, escrita em maiúsculas, em sangue verde, no papel de parede amarelado, pouco acima da cabeça de Lestrade.

– R-A-C-H-E...? – soletrou Lestrade, letra por letra. – Obviamente, ele queria escrever "Rachel", mas foi interrompido. Portanto, precisamos procurar uma mulher...

Meu amigo nada disse. Ele voltou para perto do cadáver e levantou-lhe as mãos, uma após a outra. Os dedos não estavam manchados de linfa.

– Acho que já determinamos que a palavra não foi escrita por Sua Alteza Real...

– Por que diabos diz que...?

– Meu caro Lestrade. Por favor, dê-me algum crédito por ter um cérebro. O cadáver, obviamente, não é de um homem: a cor do sangue, o número de membros, os olhos, a posição do rosto, todas essas coisas denunciam o sangue real. Embora eu não saiba precisar a qual linhagem ele pertença, arriscaria dizer que se trata de um herdeiro, talvez... não, segundo na linha de sucessão ao trono... de um dos principados germânicos.

– Impressionante. – Lestrade hesitou, depois continuou: – Este é o príncipe Franz Drago, da Boêmia. Estava aqui em Albion como convidado de Sua Majestade Vitória. Veio passar férias e mudar de ares...

– Visitar os teatros, as meretrizes e as mesas de jogo, você quer dizer.

– Se você diz. – Lestrade parecia irritado. – De qualquer forma, você nos deu uma ótima pista com essa tal de Rachel. Ainda que eu não duvide de que a teríamos encontrado por nossa conta.

– Sem dúvida – observou meu amigo.

Ele inspecionou o quarto mais um pouco, várias vezes comentando, irritado, que a polícia, com suas botas, apagara pegadas e mexera em coisas que poderiam ter sido úteis para quem quisesse reconstituir os fatos da noite anterior.

Mesmo assim, interessou-se por um pequeno torrão de lama que achou atrás da porta.

Ao lado da lareira, ele encontrou o que pareciam ser cinzas ou poeira.

– Viu isto? – perguntou a Lestrade.

– A polícia de Sua Majestade – replicou Lestrade – não costuma se entusiasmar com cinzas numa lareira. É ali que elas costumam ficar. – E deu uma risadinha.

Meu amigo pegou uma pitada das cinzas e a esfregou entre os dedos, cheirando-a em seguida. Finalmente, coletou o que restava do material e o introduziu numa ampola de vidro, tampando-a e guardando-a num bolso interno do casaco.

Ele se levantou:

– E o corpo?

– O palácio vai mandar seu próprio pessoal – respondeu Lestrade.

Quando estávamos indo em direção à porta, após meu amigo ter feito sinal para sairmos, ele suspirou:

– Inspetor. Sua busca pela senhorita Rachel pode provar-se infrutífera. Entre outras coisas, Rache é uma palavra alemã. Significa "vingança". Consulte o dicionário. Tem outros significados.

Chegamos ao pé da escada e saímos para a rua.

– Você nunca tinha visto a realeza antes, certo? – perguntou ele.

Balancei a cabeça.

– É, quando não se está preparado, pode ser uma visão perturbadora. Ora, meu bom amigo, você está tremendo!

– Não se preocupe, logo vou melhorar.

– Será que caminhar lhe faria bem?

Eu fiz que sim, certo de que, se não caminhasse, começaria a gritar.

– Para o oeste, então – anunciou meu amigo, apontando para a escura torre do palácio. E começamos a andar.

– Quer dizer – continuou, depois de algum tempo – que você nunca teve um encontro pessoal com nenhuma das cabeças coroadas da Europa?

– Não.

– Mas acredito que você terá – ele me disse. – E, dessa vez, não como um cadáver. Muito em breve.

– Meu caro amigo, por que acredita...?

Em resposta, ele apontou para uma carruagem, pintada de preto, que havia parado uns cinquenta metros à nossa frente. Um homem de cartola preta e casacão estava de pé à porta, segurando-a aberta, esperando, em silêncio. Um brasão familiar para qualquer criança de Albion, em ouro, adornava a carruagem.

– Há convites que não se recusam – observou meu amigo.

Ele tirou o chapéu para o lacaio, e acredito que estava sorrindo ao entrar na pequena cabine e se recostar sobre o estofamento macio.

Quando tentei falar durante o trajeto até o palácio, ele pôs um dedo sobre os lábios. Depois fechou os olhos e pareceu imerso em pensamentos. De minha parte, tentei lembrar o que sabia sobre a realeza alemã, mas, além do fato de o consorte da Rainha, o príncipe Albert, ser alemão, eu sabia bem pouco.

Enfiei a mão no bolso, tirei um punhado de moedas – marrons e prateadas, pretas e de cobre esverdeado. Fitei a imagem da nossa Rainha gravada em cada uma delas e senti ao mesmo tempo orgulho patriótico e terror absoluto. Disse a mim mesmo que eu já fora um militar que desconhecia o medo, e consegui me lembrar de quando isso era a mais pura verdade. Por um momento, recordei uma época em que fora exímio atirador – até mesmo, eu gostava de pensar, um perito no assunto –, mas minha mão direita tremeu como se eu sofresse do mal de Parkinson, as moedas chocalharam, e senti apenas arrependimento.

3. O palácio

E *AGORA*, O DOUTOR HENRY JEKYLL ORGULHOSAMENTE ANUNCIA O LANÇAMENTO DOS MUNDIALMENTE RENOMADOS "**PÓS DE JEKYLL**" PARA CONSUMO POPULAR. NÃO MAIS UM PRIVILÉGIO PARA POUCOS. *LIBERTE O SEU EU INTERIOR!'* PARA LIMPEZA INTERNA E EXTERNA! **PESSOAS DEMAIS**, HOMENS E MULHERES, SOFREM DE **CONSTIPAÇÃO DA ALMA**! O ALÍVIO É IMEDIATO E BARATO COM OS PÓS DE JEKYLL! (*DISPONÍVEIS NOS SABORES BAUNILHA E MENTA*).

O consorte real, príncipe Albert, um homenzarrão calvo com um bigode curvo impressionante, era completa e inegavelmente humano. Ele nos encontrou no corredor, cumprimentou meu amigo e a mim com a cabeça, não perguntou nossos nomes nem nos estendeu a mão.

– A Rainha está muito nervosa – disse ele, com sotaque. Carregava nos erres: *rrainha, nerrvosa.* – Franz era um de seus favoritos. Ela tem tantos sobrinhos, mas ele a fazia rir muito. Vocês precisam descobrir quem fez isso com ele.

– Farei o impossível – enfatizou meu amigo.

– Li suas monografias – contou o príncipe Albert. – Fui eu quem sugeriu que consultassem você. Espero ter feito a coisa certa.

– Também espero – disse meu amigo.

E então a grande porta se abriu, e fomos levados à escuridão e à presença da Rainha.

Ela era chamada de Vitória porque nos derrotara em combate, setecentos anos antes, e era chamada de Gloriana porque era gloriosa e era chamada de Rainha porque a boca humana não conseguia dizer seu verdadeiro nome. Era enorme, mais imensa do que eu poderia imaginar, e estava agachada nas sombras, olhando-nos de cima, sem se mover.

– *Izsszo prezcisa zser rezsolvido.* – As palavras vinham das sombras.

– De fato, senhora – disse meu amigo.

Um membro se retorceu e apontou para mim.

– *Um pazsso adiante.*

Eu queria andar, mas minhas pernas não se moviam.

Meu amigo acorreu em minha ajuda, então. Pegou-me pelo cotovelo e me levou até Sua Majestade.

– *Não rezeear. Mozstrar valor. Zser companheiro.* – Foi isso que ela me disse. Sua voz era um contralto muito doce, com um zumbido distante. Então o membro se desenrolou e se estendeu, e ela tocou meu ombro. Houve um momento, mas só um momento, da dor mais lancinante e profunda que já senti, e em seguida ela foi substituída por uma penetrante sensação de bem-estar. Eu podia sentir os músculos do meu ombro relaxando e, pela primeira vez desde o Afeganistão, fiquei livre da dor.

Então meu amigo se adiantou. Vitória falou com ele, mas eu não ouvia as palavras dela. Perguntei-me se elas estariam indo, de alguma maneira, diretamente da sua mente para a dele, se esse seria o Colóquio Real sobre o qual lera nas histórias. Ele respondeu em voz alta.

– Certamente, senhora. Posso dizer que havia dois outros homens com seu sobrinho naquele quarto em Shoreditch, naquela noite. Embora apagadas, as pegadas eram inconfundíveis. – E depois: – Sim. Entendo... acredito que sim... Sim.

Ele estava calado quando saímos do palácio e não me disse nada no trajeto de volta a Baker Street.

Já estava escuro. Eu não sabia quanto tempo havíamos passado lá.

Dedos de uma neblina quase negra trançavam-se entre a estrada e o céu.

Quando voltamos para a Baker Street, no espelho do quarto, observei que a pele esbranquiçada do meu ombro havia adquirido um tom rosado. Torci para que não fosse minha imaginação ou o efeito do luar através da janela.

4. A apresentação

DORES HEPÁTICAS? AZIA? PERTURBAÇÕES NEURASTÊNICAS? AMIGDALITE? ARTRITE? ESSES SÃO SÓ ALGUNS DOS MALES PARA OS QUAIS UMA **SANGRIA** PROFISSIONAL PODE SER O REMÉDIO. EM NOSSOS ESCRITÓRIOS, TEMOS PILHAS DE **TESTEMUNHOS** QUE PODEM SER INSPECIONADOS PELO PÚBLICO A QUALQUER MOMENTO. NÃO PONHA SUA SAÚDE NAS MÃOS DE *AMADORES*!! NÓS FAZEMOS ISSO HÁ MUITO TEMPO: **V. TEPES – SANGRADOR PROFISSIONAL**. (LEMBRE-SE! A PRONÚNCIA É TZSEP-PESH!) ROMÊNIA, PARIS, LONDRES, WHITBY. VOCÊ JÁ EXPERIMENTOU O RESTO – **AGORA EXPERIMENTE O MELHOR!!**

Que meu amigo fosse um mestre do disfarce, não deveria ser surpresa, mas o que eu via ali era inacreditável. Nos dez dias seguintes, uma estranha variedade de personagens adentrou nossa porta em Baker Street – um ancião chinês, um jovem dissoluto, uma mulher gorda e ruiva, sobre cuja ocupação anterior restava pouca dúvida, e um venerável negociador que trazia uma enorme gota num pé inchado e enfaixado. Cada um deles entrava no quarto do meu amigo e, com uma rapidez de dar inveja a um ilusionista, ele próprio saía em seguida.

Ele não comentava o que havia feito nessas ocasiões, preferindo se pôr à vontade, olhar para o nada, ocasionalmente fazendo anotações no primeiro pedaço de papel que encontrava, anotações que eu achava, francamente, incompreensíveis. Ele parecia completamente absorto, tanto que cheguei a me preocupar com seu bem-estar. E então, num fim de tarde, apareceu vestindo suas próprias roupas, com um sorriso aberto no rosto, e perguntou se eu me interessava por teatro.

– Como a maioria das pessoas – respondi.

– Então pegue seu binóculo – disse ele. – Vamos para a Drury Lane.

Eu estava esperando uma opereta ou algo do gênero, mas em vez disso me vi no que devia ser o pior teatro da Drury Lane, embora ostentasse o nome da corte – e, para ser sincero, nem bem ficava na Drury Lane, e sim na extremidade que dá para a Shaftesbury Avenue, quase no cortiço de St. Giles. Seguindo o conselho do meu amigo, escondi minha carteira e, a exemplo dele, levei comigo uma bengala robusta.

Quando nos sentamos no camarote (eu havia comprado por três *pence* uma laranja de uma das jovens adoráveis que as vendiam na plateia, e a chupava enquanto aguardávamos), meu amigo disse baixinho:

– Considere-se afortunado por não ter precisado me acompanhar aos covis de jogatina ou aos bordéis. Ou aos manicômios, lugares que o príncipe Franz também se deliciava em visitar, conforme apurei. Mas ele não visitou nenhum deles mais de uma vez. Nenhum, a não ser...

A orquestra atacou e o pano subiu. Meu amigo se calou.

Foi uma apresentação bastante boa, à sua maneira: foram encenadas três peças de um ato. Canções cômicas eram interpretadas entre os atos. O ator principal era alto, lânguido e cantava bem. A atriz principal era elegante, e sua voz enchia o teatro. O comediante se saía bem nas canções mais ligeiras.

A primeira peça era uma comédia indecorosa de identidades trocadas: o ator principal interpretou gêmeos idênticos que jamais haviam se encontrado, mas conseguiram, por meio de uma série de cômicas desventuras, ficar noivos da mesma jovem – a qual, hilariamente, pensava ser noiva de um só. Portas se abriam e fechavam quando o ator mudava de identidade.

A segunda peça era a pungente história de uma órfã que passava fome na neve vendendo violetas de estufa – sua avó a reconheceu no final e jurou que ela era o bebê levado dez anos antes por bandidos, mas já era tarde, e o anjinho, quase congelando, deu seu último suspiro. Devo confessar que mais de uma vez enxuguei os olhos com meu lenço de linho.

A apresentação terminou com uma instigante narrativa épica: toda a companhia interpretou os homens e as mulheres de uma aldeia litorânea, setecentos anos antes de nossos tempos modernos. Eles viram vultos saindo do mar, ao longe. O herói anunciou com alegria aos aldeões que aqueles eram os Gigantes Antigos, cuja chegada fora prevista, voltando a nós de R'lyeh, da sombria Carcosa e das planícies de Leng, onde eles dormiam, ou esperavam, ou passavam o tempo após sua morte. O comediante opinou que os outros aldeões haviam comido torta e bebido cerveja demais, e estavam imaginando aqueles vultos.

Um cavalheiro corpulento, interpretando um sacerdote do Deus romano, disse aos aldeões que os vultos no mar eram monstros e demônios, e deviam ser destruídos.

No auge da peça, o herói matou o sacerdote com golpes da sua própria cruz e se preparou para dar as boas-vindas a Eles em Sua chegada. A heroína entoou uma ária fantasmagórica e, num assombroso uso de lanternas mágicas, parecia que estávamos vendo Suas sombras no céu do fundo do palco: a própria Rainha de Albion e o Ser Negro do Egito (quase na forma de um homem), seguidos pelo Bode Antigo, Pai de Mil Filhos, Imperador de toda a China, pelo Czar Irrefutável, por Aquele Que Preside o Novo Mundo, pela Dama Branca dos Rincões Antárticos e pelos outros. E quando cada sombra cruzava o palco, ou parecia cruzar, de cada garganta nas tribunas saía, espontaneamente, um vigoroso "Viva!", até que o próprio ar parecia vibrar. A lua surgiu no céu pintado, e então, no ápice de sua trajetória, num derradeiro momento de magia teatral, o amarelo pálido das narrativas antigas foi substituído pelo reconfortante escarlate do luar que hoje brilha sobre todos nós.

O elenco deu as mãos e se curvou enquanto o pano caía e subia diante dos aplausos e das risadas do público. O pano caiu uma última vez, e a apresentação terminou.

– Pronto – disse meu amigo. – O que você achou?

– Muito bom, muito bom mesmo – respondi, com as mãos doendo de tanto aplaudir.

– Bravo, amigo – disse ele sorrindo. – Vamos para os bastidores.

Saímos e enveredamos por um beco ao lado do teatro, rumo à entrada de serviço, onde uma mulher magra com um cisto na bochecha tricotava furiosamente. Meu amigo mostrou-lhe um cartão de visitas, e ela nos acompanhou para dentro do prédio até uma escada que levava a um pequeno camarim.

Lanternas a óleo e velas escorriam diante de espelhos ensebados, e homens e mulheres tiravam a maquiagem e as roupas sem aparentar nenhum pudor. Desviei o olhar. Meu amigo parecia imperturbável.

– Posso falar com o senhor Vernet? – perguntou em voz alta.

Uma jovem que interpretara a melhor amiga da heroína na primeira peça, e a provocante filha do dono da estalagem na última, apontou o fundo da sala.

– Sherry! Sherry Vernet! – gritou.

O jovem que se levantou em resposta era magro, de beleza menos convencional do que parecera do outro lado da ribalta. Ele nos olhou, intrigado.

– Acho que não tive o prazer...?

– Meu nome é Henry Camberley. – Meu amigo se apresentou arrastando um pouco a fala. – Talvez tenha ouvido falar de mim.

– Confesso que não tive esse privilégio – respondeu Vernet.

Meu amigo entregou ao ator um cartão de visitas. O homem olhou para o cartão com sincero interesse:

– Um produtor de teatro? Do Novo Mundo? Ora, ora. E este é...? – Ele sorriu para mim.

– Um amigo meu, o Sr. Sebastian. Ele não é do *métier*.

Balbuciei algo sobre ter apreciado imensamente a apresentação e apertei a mão do ator.

Meu amigo perguntou:

– Já visitou o Novo Mundo?

– Ainda não tive essa honra – admitiu Vernet –, embora sempre tenha sido meu maior desejo.

– Bem, meu bom homem – disse meu amigo, com a informalidade de um cidadão do Novo Mundo –, talvez seu desejo se realize. Essa última peça... nunca vi nada parecido. Você mesmo a escreveu?

– Infelizmente, não. O autor é um grande amigo meu. Mas eu criei o mecanismo das lanternas mágicas que produz o truque das sombras. Não existe nada melhor nos palcos, hoje em dia.

– Poderia me dizer o nome do autor? Talvez eu devesse falar diretamente com esse seu amigo.

Vernet balançou a cabeça:

– Temo que não seja possível. Ele tem outra profissão, e não quer que sua ligação com o mundo artístico venha a público.

– Entendo. – Meu amigo tirou um cachimbo do bolso e o pôs na boca. Depois apalpou os bolsos. – Perdão. Esqueci de trazer meu porta-tabaco.

– O que eu fumo é preto, bem forte – apressou-se em dizer o ator –, mas se o senhor não se incomodar...

– Absolutamente! Ora, o meu também é forte. – Encheu o cachimbo com o tabaco do ator e os dois começaram a soltar baforadas, enquanto meu amigo descrevia a sua visão de uma peça que poderia excursionar pelas cidades do Novo Mundo, da ilha de Manhattan até a ponta do continente, no sul distante. O primeiro ato seria a última apresentação que vimos. O resto da peça poderia, talvez, narrar o domínio dos Gigantes Antigos sobre a humanidade e seus deuses, mostrando o que poderia ter acontecido se a humanidade não tivesse Famílias Reais para lhe servir de inspiração – um mundo de barbárie e trevas.

– Mas o seu misterioso amigo seria o autor da peça, e só ele poderia decidir o que aconteceria – exclamou meu amigo. – Nosso drama seria dele. Mas posso lhe garantir mais público do que imagina, e uma parte significativa dos proventos da bilheteria: cinquenta por cento, digamos!

– Isso é muito interessante – comentou Vernet. – Espero que não se revele uma viagem de ópio!

– Não, senhor. Afinal, isto é apenas tabaco, não? – disse meu amigo, puxando mais uma baforada e rindo da brincadeira. – Vá aos meus aposentos na Baker Street amanhã de manhã, após o desjejum, às dez, digamos, com seu amigo, o autor, e eu estarei esperando com os contratos prontos.

Com isso, o ator subiu em sua cadeira e bateu palmas, pedindo silêncio.

– Senhoras e senhores da companhia, tenho um comunicado a fazer – anunciou ele, preenchendo a sala com sua voz forte. – Este cavalheiro é Henry Camberley, o produtor teatral. Ele acaba de propor que cruzemos o oceano Atlântico, rumo à fama e à fortuna.

Houve vários gritos de entusiasmo, e o comediante continuou:

– Bem, é melhor do que comer arenque com repolho em conserva. – E toda a companhia riu.

E foi diante de todos aqueles sorrisos que saímos do teatro para a neblina das ruas.

– Meu caro amigo – falei. – O que você...

– Nem mais uma palavra – ordenou. – Esta cidade tem muitos ouvidos. – E nem mais uma palavra foi dita até que paramos um táxi, entramos nele e começamos a sacolejar pela Charing Cross Road.

Antes de dizer qualquer coisa, meu amigo tirou o cachimbo da boca e esvaziou seu conteúdo semi-incinerado numa latinha, que, depois de fechada, foi colocada em seu bolso.

Pronto. Já achamos o Homem Alto ou vou vender frutas na barraca da esquina. Agora só precisamos torcer para que a ganância e a curiosidade do Médico Manco sejam suficientes para trazê-lo até nós amanhã de manhã.

– O Médico Manco? – Meu amigo riu.

– É assim que eu o chamo. Era óbvio, pelas pegadas e por muitas outras pistas deixadas na cena do crime, que dois homens estiveram no quarto naquela noite: um deles, alto, o qual, a menos que eu esteja enganado, acabamos de conhecer, e outro mais baixo e manco, que estripou o príncipe com tal habilidade que nos deixa clara sua profissão médica.

– Um médico?

– De fato. Detesto dizer isso, mas sei por experiência própria que, quando um médico se dedica ao mal, torna-se uma criatura mais hedionda e macabra do que o pior degolador. Tivemos Huston, o homem do banho de ácido, e Campbell, que levou o leito de Procusto a Ealing... – E ele continuou a enumerar casos durante o resto do trajeto.

O táxi parou ao lado da calçada.

– Um *shilling* e dez *pence* – informou o condutor.

Meu amigo lhe atirou um florim, que ele apanhou e jogou em seu velho chapelão.

– Muito obrigado aos dois – disse ele, deixando o cavalo se afastar na neblina.

Fomos até a nossa porta. Enquanto eu a destrancava, meu amigo comentou:

– Estranho. Nosso condutor não parou para aquele sujeito na esquina.

– Eles fazem isso no final dos turnos – expliquei.

– Fazem mesmo – concordou meu amigo.

Sonhei com sombras naquela noite, sombras imensas que encobriam o sol, e gritei para elas em desespero, mas elas não me ouviram.

5. A casca e o caroço

ESTE ANO, COMECE A PRIMAVERA COM O PÉ DIREITO! **JACK'S BOTAS, SAPATOS E BORZEGUINS**. NÃO GASTE AS SOLAS POR AÍ! SALTOS SÃO A NOSSA ESPECIALIDADE. **JACK'S**. E NÃO SE ESQUEÇA DE VISITAR NOSSO NOVO BAZAR DE ROUPAS E ACESSÓRIOS NO EAST END – ONDE VOCÊ ENCONTRARÁ TRAJES DE GALA DE TODO TIPO, CHAPÉUS, BIBELÔS, BENGALAS, LÂMINAS ETC. JACK'S, DE PICCADILLY. *TUDO NA PRIMAVERA!*

O inspetor Lestrade foi o primeiro a chegar.

– Posicionou seus homens na rua? – perguntou o meu amigo.

– Sim – respondeu Lestrade. – Com ordens expressas para deixar passar quem quiser entrar, mas prender qualquer um que tente sair.

– E trouxe as algemas?

Em resposta, Lestrade enfiou a mão no bolso e, sombriamente, exibiu dois pares de algemas.

– Agora, senhor – disse ele –, enquanto ninguém chega, por que não me conta o que estamos esperando?

Meu amigo tirou o cachimbo do bolso. Ele não o levou à boca: pousou-o na mesa diante de si. Depois, pegou a latinha da noite anterior e uma ampola de vidro que reconheci como aquela que ele usara no quarto em Shoreditch.

– Pronto – anunciou ele. – O último prego, acredito, no caixão do nosso Mestre Vernet. – E fez uma pausa. Em seguida, sacou seu relógio de bolso e o colocou cuidadosamente sobre a mesa. – Temos alguns minutos antes que eles apareçam. – Ele se dirigiu a mim. – O que você sabe sobre os restauracionistas?

– Absolutamente nada – respondi.

Lestrade tossiu:

– Se está falando do que estou pensando, talvez seja melhor parar por aí. Tudo tem limite.

– Tarde demais – observou meu amigo –, porque existem aqueles que não acham que a chegada dos Antigos tenha sido algo bom, como todos sabemos que foi. Anarquistas, todos eles, que gostariam de restaurar o sistema antigo: a humanidade controlando o seu próprio destino, se preferir.

– Recuso-me a ouvir esse discurso subversivo – retrucou Lestrade. – Devo avisá-lo...

– Devo avisá-lo que está reagindo como um imbecil – completou meu amigo –, porque foram os restauracionistas que mataram o príncipe Franz Drago. Eles assassinam, matam, numa tentativa vã de forçar nossos governantes a nos deixar sozinhos nas trevas. O príncipe foi morto por um rache, termo arcaico para cão de caça, inspetor, como o senhor saberia se tivesse consultado um dicionário. Também significa "vingança". E o caçador deixou sua assinatura no papel de parede no local do crime, como um artista que assina uma tela. Mas não foi ele quem matou o príncipe.

– O Médico Manco! – exclamei.

– Muito bem. Havia um homem alto ali naquela noite. Presumi sua estatura pela altura em que a palavra fora escrita. Ele fumava cachimbo: as cinzas estavam na lareira, e ele batera o cachimbo com facilidade na moldura da lareira, algo que um homem mais baixo não faria. O tabaco era uma mistura incomum de diversos fumos. As pegadas no quarto haviam sido quase todas apagadas pelos seus homens, inspetor, mas várias delas ainda eram visíveis atrás da porta e perto da janela. Alguém esperara ali: pela passada, um homem mais baixo que apoiava seu peso na perna direita. Fora da casa, achei muitas pegadas visíveis, e as diferentes cores da argila no raspa-botas me deram mais informações: um homem alto, que acompanhara o príncipe até aquele quarto e que mais tarde saíra dele. Esperando pelos dois, estava o homem que retalhou o príncipe de forma tão impressionante...

Lestrade produziu um grunhido de desconforto que não chegou a se tornar uma palavra.

– Passei vários dias refazendo o trajeto de Sua Alteza. Fui de covis de jogatina a bordéis, tavernas e manicômios, buscando o homem de cachimbo e seu amigo. Não fiz nenhum progresso até que pensei em consultar os jornais da Boêmia, procurando pistas das atividades recentes do príncipe por lá, e neles li que uma companhia teatral inglesa estivera em Praga mês passado, apresentando-se para o príncipe Franz Drago...

– Bom Deus – falei. – Então aquele tal de Sherry Vernet...

– É um restauracionista. Exatamente.

Eu balançava a cabeça, maravilhado com a inteligência e a capacidade de observação do meu amigo, quando alguém bateu na porta.

– Deve ser nossa presa! – alertou ele. – Cuidado agora!

Lestrade afundou a mão no bolso, onde eu não tinha dúvida de que carregava uma pistola. Ele engoliu em seco. Meu amigo disse em voz alta:

– Por favor, entre! – A porta se abriu.

Não era Vernet, tampouco o Médico Manco. Era um dos jovens árabes que viviam nas ruas, cujo ganha-pão era fazer entregas – "funcionários da calçada", como dizíamos na juventude.

– Por favor, senhores – disse ele –, há um senhor Henry Camberley aqui? Pediram-me que eu lhe entregasse este bilhete.

– Sou eu – respondeu meu amigo. – E, por seis *pence*, o que pode me contar sobre o cavalheiro que lhe deu o bilhete?

O rapaz, que se apresentou como Wiggins, mordeu a moeda antes de fazê-la desaparecer e revelou que o tipo alegre que lhe dera o bilhete era alto, tinha cabelo preto e, acrescentou, fumava cachimbo.

Tenho o bilhete aqui, e tomo a liberdade de transcrevê-lo.

Caro senhor,

Não vou chamá-lo de Henry Camberley, pois esse é um nome ao qual o senhor não tem direito. Estou surpreso que não tenha se apresentado com o verdadeiro, pois é um bom nome, que lhe dá crédito. Li vários de seus textos, sempre que pude obtê-los. De fato, troquei proveitosa correspondência com o senhor há dois anos sobre certas anomalias teóricas em seu ensaio sobre a Dinâmica de um Asteroide.

Diverti-me ao conhecê-lo noite passada. Algumas sugestões que podem lhe poupar futuros aborrecimentos na profissão que o senhor exerce no momento: primeiro, alguém que fuma cachimbo pode até tirar um cachimbo novo em folha, sem uso, do bolso, e não carregar um porta-tabaco, mas isso é no mínimo improvável demais, tão improvável quanto um produtor de teatro que não faz ideia das formas habituais de pagamento numa turnê, acompanhado por um taciturno ex-oficial do Exército (Afeganistão, a menos que eu esteja enganado). A propósito: embora tenha razão ao afirmar que as ruas de Londres têm ouvidos, lembre-se, no futuro, de não tomar o primeiro táxi que aparecer. Condutores também têm ouvidos, quando decidem usá-los.

Mas o senhor está correto em uma de suas suposições: fui realmente eu que atraí a criatura bastarda ao quarto de Shoreditch.

Se isso lhe serve de consolo, depois de me familiarizar um pouco com os passatempos prediletos daquele ser, eu disse que lhe forneceria uma jovem, raptada de um convento na Cornualha, no qual ela jamais vira um homem, e que bastaria um toque dele, e a visão do seu rosto, para levá-la à mais completa loucura.

Se a tal jovem existisse, ele teria sorvido sua loucura ao possuí-la, como um homem que suga a polpa de um pêssego maduro, deixando apenas a casca e o caroço. Já vi a laia dele fazendo isso. Já os vi fazendo coisas bem piores. E esse não é o preço que pagamos pela paz e prosperidade. É um preço alto demais.

O bom doutor – que acredita nos mesmos ideais que eu e que de fato escreveu nossa singela apresentação, pois tem algum dom para o teatro – estava à nossa espera, com suas lâminas.

Eu lhe envio este bilhete não como provocação, como um "agarra-me se puderes", porque já estamos longe, o estimado doutor e eu, e o senhor não nos encontrará, mas sim para lhe dizer que foi bom sentir, ainda que apenas por um momento, que eu tinha um adversário de valor – mais valor, de longe, do que essas aberrações do outro lado do Abismo.

Temo que a Companhia Teatral Strand terá de procurar um novo ator.

Não assinarei como Vernet, e, até que a caçada termine e o mundo seja restaurado, rogo que pense em mim simplesmente como Rache.

O inspetor Lestrade saiu correndo do quarto e chamou seus homens. Eles fizeram o jovem Wiggins levá-los até o lugar onde o homem lhe dera o bilhete, como se fossem encontrar Vernet, o ator, à sua espera, baforando seu cachimbo. Da janela, nós os observamos correr, meu amigo e eu, balançando a cabeça.

– Vão parar e vasculhar todos os trens saindo de Londres, todos os navios partindo de Albion para a Europa ou para o Novo Mundo – disse meu amigo –, procurando um homem alto e seu companheiro, um médico baixo e atarracado que manca levemente. Vão bloquear todos os portos. Todas as saídas do país serão fechadas.

– Acha que vão pegá-los, então?

Meu amigo fez que não com a cabeça:

– Posso estar errado, mas seria capaz de apostar que ele e seu amigo estão neste exato momento a pouco mais de um quilômetro daqui, no cortiço de St. Giles, onde os policiais não entram senão aos montes. E os dois vão se esconder lá até a poeira baixar. Depois, seguirão com seu trabalho.

– Por que diz isso?

– Porque, se as posições estivessem invertidas, é o que eu faria. A propósito, é melhor você queimar o bilhete.

Franzi o cenho:

– Mas é uma prova importante.

– E uma bobagem subversiva – disse meu amigo.

E eu deveria tê-lo queimado. Aliás, eu disse a Lestrade que o queimara, quando ele voltou, e ele me congratulou pelo meu bom senso. Lestrade conservou seu emprego, e o príncipe Albert escreveu uma mensagem para o meu amigo, parabenizando-o por suas deduções, embora o culpado continuasse à solta, o que ele lamentava.

Ainda não capturaram Sherry Vernet, ou seja lá qual for seu verdadeiro nome, e nem sequer um único sinal foi encontrado de seu comparsa assassino, provisoriamente identificado como um ex-cirurgião militar chamado John (ou talvez James) Watson. Curiosamente, soube-se que ele também estivera no Afeganistão. Eu me pergunto se chegamos a nos conhecer lá.

Meu ombro, tocado pela Rainha, continua a melhorar, a carne está preenchendo-o de novo. Logo serei capaz de atirar tão bem como antes.

Uma noite, quando estávamos a sós, há alguns meses, perguntei ao meu amigo se ele se lembrava da correspondência a que se referia o homem que se denominara Rache. Meu amigo disse que se lembrava bem dela, e que "Sigerson" (era assim que o ator se apresentava então, dizendo ser islandês) se inspirara numa equação do meu amigo para sugerir algumas teorias tresloucadas que aprofundavam a relação entre massa, energia e a hipotética velocidade da luz.

– Bobagens, é claro – disse ele, sem sorrir. – Ainda assim, bobagens inspiradas e perigosas.

O palácio, por fim, mandou dizer que a Rainha estava satisfeita com o desempenho de meu amigo no caso, e a coisa ficou por isso mesmo.

No entanto, duvido que ele vá deixá-la assim. Essa história só vai acabar quando um deles matar o outro.

Guardei o bilhete. Nesta reconstituição dos fatos, eu disse coisas que não devem ser ditas. Se eu tivesse bom senso, queimaria estas páginas todas. Porém, como meu amigo me ensinou, até cinzas podem revelar segredos. Então, guardarei estes papéis numa caixa de segurança no cofre do meu banco, com instruções para que não seja aberta até bem depois de todos os que hoje vivem estarem mortos. Contudo, à luz dos recentes eventos na Rússia, temo que esse dia esteja mais próximo do que gostaríamos.

Major S_M_ (Reformado)
Baker Street, Londres, Nova Albion, 1881

BIBLIOGRAFIA

BALLARD, J. G. *The Terminal Beach*. Londres: Penguin, 1974.

EGAN, Greg. *Axiomatic*. Nova York: HarperPrism, 1997.

ELWOOD, Roger & GHIDALIA, Vic (eds.). *Horror Hunters*. Nova York: Manor Books, 1975.

FORTUNE, Dion. *The Secrets of Doctor Taverner*. São Francisco: Redwheel/Weiser, 2011.

GAIMAN, Neil. *Fragile Things*. Nova York: Harper Perennial, 2007.

Hodgson, W. H. *The Casebook of Carnacki, The Ghost Finder*. Ware, Hertfordshire: Wordsworth, 2006.

LUMLEY, Brian. *The Compleat Crow*. Londres: Hodder and Stoughton, 1997.

PARRY, Michael (ed.). *The Supernatural solution – chilling tales of detectives against ghosts*. Londres: White Lion, 1977.

WAUGH, Charles G. & GREENBERG, Martin H. (eds.). *Supernatural Sleuths*. Nova York: Roc, 1996.

WELLMAN, Manly Wade. *Who Fears the Devil?* Londres: Star, 1975.

Obras consultadas:

CLUTE, John & GRANT, John (eds.). *The Encyclopedia of Fantasy*. Nova York: St. Martin's Press, 1997.

SULLIVAN, Jack (ed.). *The Penguin Encyclopedia of Horror and the Supernatural*. Nova York: Viking Penguin, 1986.

1ª impressão *Setembro de 2014*
papel de miolo *Lux Cream 70g/m²*
papel de capa *Cartão supremo 250g/m²*
tipografia *Adobe Garamond Pro*